ullstein

Das Buch

Bei Ermittlungen in einer Fabrikhalle in Augsburg wird Polizeihauptkommissar Florian Stocker brutal niedergeschlagen. Als Stocker nach mehreren Stunden Bewusstlosigkeit Verstärkung anfordert, wird eine furchtbare Entdeckung gemacht: In der Fabrikhalle liegt eine männliche Leiche, die Kugel stammt unzweifelhaft aus Stockers Dienstwaffe. Stocker wird vorübergehend vom Dienst suspendiert.

Und als ob das nicht schon genug wäre, muss der Kommissar auch noch feststellen, dass er plötzlich in der Lage ist, mit Katzen zu sprechen. Besonders gut klappt die Kommunikation mit seiner eigenen Katze Kassandra. Stocker glaubt an ein vorübergehendes Phänomen, das auf den Schlag zurückzuführen ist, und beginnt, mit tierischer Unterstützung durch die neugierige Kassandra, zu ermitteln.

Der Autor

Gunther Lennert wurde 1953 in München geboren und arbeitet in einem Deutsch-Schweizer Unternehmen im Vertrieb. *Schneeblind* ist der erste Krimi in der Serie um Hauptkommissar Florian Stocker.

Gunther Lennert

Schneeblind

Allgäu-Krimi

Ullstein

Besuchen Sie uns im Internet:
www.ullstein-taschenbuch.de

MIX
Papier aus verantwortungsvollen Quellen
FSC® C006701

Lizenzausgabe im Ullstein Taschenbuch
1. Auflage März 2011

Titel der Originalausgabe: *Schnee im August*
Umschlaggestaltung: HildenDesign, München
Titelabbildung: Haus: © Tobias Thomassetti/STOCK4B/
Getty Images; Katze: © Beautiful Lotus/iStockphotos
Satz: LVD GmbH, Berlin
Gesetzt aus der ITC Galliard
Papier: Pamo Super von Arctic Paper Mochenwangen GmbH
Druck und Bindearbeiten: CPI – Ebner & Spiegel, Ulm
Printed in Germany
ISBN 978-3-548-28308-1

Kopfarbeit

Vorsichtig zog er an dem verchromten Bügel der Fahrertüre, die mit einem Klicken aus dem Schloss sprang. Dann schob er sie mit dem linken Knie weiter auf und setzte einen Fuß auf das nasse Kopfsteinpflaster. Als er aus dem Wagen gestiegen war, lauschte er einen Moment in das feuchte Dunkel. Doch er nahm nur die nächtliche Stille wahr. Vorsichtig drückte er die Autotüre zu und begann, auf den riesigen Schatten der Lagerhalle zuzugehen, immer darauf bedacht, kein unnötiges Geräusch zu verursachen.

Seine Glieder waren steif, hatte er doch seit zwei Stunden nahezu unbeweglich in seinem Auto zugebracht. Noch während er auf das Gebäude zuging, löste sich langsam die anfängliche Starre.

Im spärlichen Schein der wenigen Straßenlaternen sah er eine Reihe von Mülltonnen und die Stahltüre, durch die kurz vorher ein dunkler Schatten das Gebäude betreten hatte. Erneut hob er den Kopf und lauschte. Doch er vernahm nur die fernen undeutlichen Geräusche der nächtlichen Stadt.

Er drückte sich vorsichtig an die Wand neben der Türe, die nur angelehnt war.

Langsam schob er seine rechte Schuhspitze in den

Türspalt und drückte sie weiter auf, ohne jedoch seine Deckung zu verlassen. Ein leises Knarren war zu vernehmen, als die Türe sich in den Angeln bewegte.

Er rutschte in die Hocke und spähte in den Gang. Nichts. Geschmeidig richtete er sich wieder auf und glitt durch die Türe, die sofort zurückschwang. Mit gespreizten Fingern fing er sie vorsichtig ab, um jegliches Geräusch zu vermeiden.

Mit ausgestreckter Hand tastete er sich den Gang entlang. Die Bürotüren, die nach rechts abzweigten, standen ausnahmslos offen, so dass der spärliche Lichtschein, der durch die Fenster fiel, auch den Gang etwas erhellte. Es roch nach Staub und kaltem Rauch.

Er hatte das Ende des Flurs erreicht. Auch hier befand sich eine nur angelehnte Stahltüre. Der Gang war jedoch nicht breit genug, um ihm neben der Türe genügend Deckung zu bieten. Deshalb blieb er hinter ihr und zog sie langsam auf. Durch den geöffneten Spalt erkannte er das Innere einer großen Halle. Scheinbar wahllos standen große Holzverschläge und Maschinenteile nebeneinander. Dazwischen gab es Stapel kleinerer Holzkisten, die sich mehrere Meter hoch türmten. Stellenweise spiegelte sich das wenige Licht, das durch ein Band von Oberlichten hereinfiel, in großen Wasserpfützen. Offensichtlich hatte hier trotz des Feiertages Ladetätigkeit stattgefunden, denn der Regen hatte erst gegen Mittag eingesetzt. Feuchte Abdrücke von Lastwagenreifen zwischen den Pfützen bestätigten diese Vermutung.

Er ging auf den nächsten Kistenstapel zu, um wenigstens nach vorne eine gewisse Deckung zu haben. Die Behälter waren aus dicken Brettern gezimmert und oben durch Querriegel verstärkt, in die daumendicke Hanfseile als Trageschlaufen eingelassen waren. Mit roter Farbe war ein großer Drache über einer Reihe von Zahlencodes auf jeder Kiste angebracht worden.

Langsam glitt er an den Stapeln vorbei. Dahinter stand im Abstand von etwa zehn Metern eine riesige, undefinierbare Maschine. Seitlich davon erkannte er die Umrisse eines großen, fahrbaren Portalkranes. Er löste sich aus dem Schatten der Kisten und verharrte einen Moment bewegungslos. Langsam ging er auf die Maschine zu, als er aus dem Augenwinkel rechts über sich eine Bewegung wahrnahm. Ein schwerer Eisenschäkel schwang an einem Seil direkt auf ihn zu. Seine ausweichende Körperdrehung kam jedoch zu spät und das Metall streifte seinen Hinterkopf. Das Bild der Halle in seinem Kopf zerplatzte in einem roten Feuerball, der Sekunden später implodierte und eine gähnende Schwärze hinterließ.

Das Erste, was er spürte, war die Kälte, die in seinen Körper kroch. Er konnte sich nicht bewegen. Als er die Augen öffnete, sah er seine Beine merkwürdig verdreht in einer Wasserlache liegen. Er streckte seinen Körper und ein stechender Schmerz durchzuckte seinen Kopf. Sein rechter Arm lag unter seinem Körper und verweigerte ihm den Dienst. Lediglich seiner linken Hand gelang es, langsam die Stelle seines Hinterkopfes zu berühren, die ihm diesen Übelkeit erregenden Schmerz verursachte. Er fühlte jedoch nur eine klebrige Feuchte, hervorgerufen von halb getrocknetem Blut.

Mühsam richtete er sich auf. Seine Beine begannen ihm wieder zu gehorchen. Gestützt auf seinen linken Ellbogen, kämpfte er mit der in Wellen aufkommenden Übelkeit. Er würgte und erbrach sich. Ekel erfasste ihn und er rutschte etwas nach hinten. Es gelang ihm, auf die Knie zu kommen. Doch sein Oberkörper sackte nach vorne. Minutenlang verharrte er in dieser Stellung, bevor er es schaffte, sich aufzurichten. Langsam kehrte die Erinnerung bruchstückhaft zurück und er begann zu begreifen, was mit ihm geschehen war. Er blickte nach oben. Dämmerlicht schien durch das verdreckte Oberlicht. Er kniete in einer Pfütze, auf deren Oberfläche sich Ölreste mit Blut und Erbrochenem vermischten.

»Verdammte Scheiße«, entfuhr es ihm. Mehrmals versuchte er, auf die Beine zu kommen. Doch erst im dritten Anlauf gelang es ihm, in die aufrechte Stellung eines Homo sapiens zurückzukehren. Er stolperte mehr, als dass er ging, in Richtung der Stahltüre, die zu den Büros führte. Jegliche Vorsicht außer Acht lassend, öffnete er die Türe und betrat den Gang. Der erste Raum zu seiner Linken war mit einfachen Büromöbeln ausgestattet. Auf den beiden Schreibtischen lagen zahlreiche Papierstapel. Die PCs machten einen etwas antiquierten Eindruck. Trotz des spärlichen Lichts, das durch die Jalousien fächerartig in den Raum drang, war eine dunkle Schmutzschicht auf der gesamten Einrichtung zu erkennen. Der Anblick zweier großer, überquellender Aschenbecher verursachte bei ihm erneut Übelkeit. Er griff nach dem Telefonhörer, jedoch nicht ohne sein Taschentuch zu benutzen, um Fingerabdrücke zu vermeiden. Die Sache mit dem Taschentuch registrierte er als positiv. Offensichtlich kann ich trotz meiner lädierten Birne noch soweit denken.

Er wählte die Nummer seines Büros.

»Meier«, meldete sich eine verschlafene Stimme.

»Ja, hier Stocker. Hören Sie zu, Meier. Schicken Sie einen Streifenwagen ins Industriegebiet Oberhausen, August-Wessel-Straße.«

»Welche Hausnummer?«

»Sie fragen mich Sachen. Ich weiß es nicht. Aber die große Lagerhalle ist nicht zu verfehlen. Ich warte vor der Türe. Und trommeln Sie die Spurensicherung zusammen, die brauche ich auch.«

»Na, die werden sich freuen.«

»Das ist mir egal. Ich hab mir auch die Nacht um die Ohren geschlagen.« Damit legte er auf.

Als er sich umdrehte, fiel sein Blick auf eine halbvolle Flasche Cognac, die zusammen mit einem Wasserglas zwischen Aktenordnern in einem der zahllosen Regale stand. Er schenkte sich einen Doppelten ein und kippte ihn in einem Zug hinunter. Sofort rebellierte sein Magen und eine neuerliche Welle von Übelkeit überrollte ihn. Er hielt sich krampfhaft am Schreibtisch fest und sein Blick suchte einen Papierkorb. Aber genauso schnell, wie er gekommen war, verebbte der Brechreiz auch wieder.

Er tastete sich langsam aus dem muffigen Büro den Gang entlang. Als er ins Freie trat, empfand er die frische Morgenluft wie ein Geschenk.

›Ich muss mich hinsetzen‹, dachte er, ›sonst kipp ich noch aus den Latschen.‹

Er hielt auf die Mauer zum Nachbargrundstück zu, an der wahllos Kisten aufeinandergestapelt waren und mehrere überquellende Mülltonnen standen. Vorsichtig setzte er einen Fuß vor den anderen, als er im Unterbewusstsein eine Silhouette wahrnahm. Ein dicker, rothaariger Kater saß auf einem der Mülltonnendeckel und betrachtete ihn mit unverhohlener Neugier.

›Wie Garfield‹, schoss es ihm durch den Kopf und ein Lächeln umspielte seinen Mund, erstarb aber sofort wieder, als der Kater zu sprechen begann.

»Oh Mann, Bruder, du siehst vielleicht abgefuckt aus. Dich hat's wohl böse erwischt. Von den Klamotten her scheinst du ein Edelpenner zu sein, aber stinken tust du ganz normal.«

»Ach, leck mich, du Lasagnekugel.«

»Na, na. Wer wird denn gleich so unfreundlich sein«, erwiderte der Kater.

Florian Stocker schleppte sich zu dem Stapel und ließ sich mühsam auf eine der umgestürzten Kisten fallen. »Delirium tremens, jetzt rede ich schon mit fremden Katzen«, murmelte er leise vor sich hin.

Der Kater saß noch immer da, widmete seine ganze Aufmerksamkeit jetzt jedoch der morgendlichen Toilette.

Plötzlich flackerte ein bläuliches Licht auf, streifte seinen Körper und sprang dann auf die Mauer über. Ein Streifenwagen bog mit eingeschaltetem Blaulicht auf das Firmengelände und stoppte vor den Kisten.

Der Kater suchte mit einem Satz das Weite und sein dicker Schwanz verschwand zwischen dem Unkraut, das rings um die Halle herum wuchs.

»Guten Morgen, Commissario«, sagte einer der Polizisten, die aus dem Wagen gestiegen waren.

»Morgen! Das gut können Sie sich sparen.«

Inzwischen war auch sein Kollege näher getreten. »Was ist denn mit Ihnen passiert? Sie sehen ja furchtbar aus!«

»Das hat der Kater vorhin auch schon festgestellt. Irgendjemand hat mich da in der Lagerhalle niedergeschlagen.«

»Und was sollen wir jetzt machen?«, fragte einer der beiden Streifenpolizisten und warf seinem Kollegen einen vielsagenden Blick zu.

»Sie gehen jetzt da rein und durchkämmen die Halle. Und wenn Sie etwas Verdächtiges bemerken, dann lassen Sie es in Ruhe, bis die Spurensicherung kommt. Und machen Sie in Teufelsnamen dieses Blaulicht aus. Da wird man ja ganz verrückt.«

Die beiden Polizisten gingen auf die Stahltüre zu und stellten sich links und rechts davon auf. Dann zogen sie ihre Waffen, nickten sich zu und verschwanden nacheinander in dem Gang.

Fünf Minuten später fuhr ein dunkelblauer Kombi auf den Hof und hielt neben dem Streifenwagen.

Drei Männer und eine Frau stiegen aus. Während die Frau und einer der Männer auf Stocker zugingen, machten sich die anderen beiden im Kofferraum zu schaffen.

»In welchen Gully bist du denn gefallen?«, sagte der Mann von der Spurensicherung und sah seinen Kollegen ungläubig an.

»Wieder im Alleingang unterwegs gewesen, Commissario?«, fragte Ina Schatz, Stockers Assistentin, ergänzend. Sie hatte kurze blonde Haare, Sommersprossen und eine zierliche, aber sportliche Figur.

»Für blöde Kommentare brauche ich euch nicht. Macht euch lieber an die Arbeit. Die zwei von der Streife sind schon in der Halle. Irgendjemand hat mich dort niedergeschlagen, und zwar mit einem Schäkel. So ein Haken halt, an dem man Lasten befestigt. Schaut mal, ob ihr Fingerabdrücke oder sonstige Hinweise findet. O. K.?«

»O. K.!« Die beiden hatten die Halle beinahe erreicht, als die Stahltüre aufschwang und die beiden Streifenpolizisten erschienen. Nach einem kurzen Wortwechsel verschwanden die Leute von der Spurensicherung mit einem der Streifenpolizisten wieder nach drinnen. Ina Schatz kam auf Stocker zu, während der andere Polizist sich in den Streifenwagen setzte und nach dem Hörer seines Funkgerätes griff.

»Mit wem spricht er?«, fragte Stocker seine Assistentin.

»Commissario, was ist wirklich in der Halle passiert? Versuchen Sie sich zu erinnern.«

»Was soll das, Ina?« Stocker hatte die Angewohnheit, seine Mitarbeiter mit dem Vornamen anzureden, während sie ihn, seiner Vorliebe für Italien wegen, nur mit Commissario ansprachen.

»Commissario, da drin liegt eine Leiche! Und die wurde offensichtlich mit Ihrer Dienstwaffe erschossen.«

Stocker griff automatisch unter sein Jackett. Doch das Holster war leer. »Mann! Ich erschieße doch nicht jemanden und weiß nichts mehr davon. Bis zu dem Augenblick, als ich durch den Schäkel zu Boden ging, kann ich mich an jede Einzelheit erinnern.«

»Wann sind Sie denn in die Halle rein?«

»Es war null Uhr fünfundzwanzig«, antwortete Stocker prompt.

»Jetzt haben wir sechs Uhr dreißig. Meier hat mich kurz vor sechs angerufen. Das heißt, Sie waren über fünf Stunden bewusstlos. Jetzt bin ich auf den Todeszeitpunkt der Leiche gespannt.«

»Wir müssen den Leichenfledderer verständigen.«

»Ist gerade passiert.«

»Komm, schauen wir uns die Leiche an.« Stocker erhob sich mühsam von der Kiste. Er schwankte kurz, setzte dann aber einen Fuß vor den anderen. Erst jetzt sah Ina die Platzwunde an seinem Hinterkopf.

»Um Gottes willen. Commissario, Sie müssen in ein Krankenhaus!«

»Ja, ja. Später.«

»Sturschädel«, murmelte sie und folgte ihm.

Die Leute von der Spurensicherung waren schon bei der Arbeit. Der Raum zwischen den Kisten und der großen Maschine war mit rotweißem Band abgesperrt und einzelne Stellen mit Nummerntäfelchen markiert. Die Leiche selbst lag auf dem Bauch, die Arme seitlich weggestreckt und die Beine leicht angewinkelt. Der Kopf war zur Seite gedreht und wies am Hinterkopf ein kleines Loch auf. Doch dort, wo einmal das Gesicht des Mannes gewesen war, befand sich nur noch eine handtellergroße, blutige Höhlung. Der Oberkiefer fehlte gänzlich und vom Unterkiefer war nur noch die rechte Hälfte vorhanden. Zähne, Knochensplitter und Hirnmasse lagen in einem kleinen See aus Blut und Hirnflüssigkeit. Kein sehr schöner Anblick. Nun war es an Ina, gegen ihren rebellierenden Magen anzukämpfen.

»Habt ihr den schon untersucht?«, fragte Stocker und zeigte auf den riesigen Schäkel, der an einem Hanfseil von der Decke baumelte.

»Wir sind erst mal damit beschäftigt. Alles zu seiner Zeit«, entgegnete der Chef der Spurensicherung und zeigte auf die Leiche.

Plötzlich hörten sie die Metalltüre schlagen und Schritte hallten in dem Gebäude wider. Ein Mann wurde hinter den Kisten sichtbar. Er war ziemlich groß, und so fiel sein leichter Bauchansatz kaum auf. Sein dunkles Haar hatte er mit Gel nach hinten gekämmt. Er steckte in einem grauen Einreiher, unter dem er ein schwarzes T-Shirt trug.

»Leiche am Morgen bringt Kummer und Sorgen«, sagte er und blickte auf Florian Stocker.

»Göttler, du hast mir heute Morgen gerade noch gefehlt. Dabei geht es mir schon beschissen genug«, antwortete dieser.

Doch der Pathologe ließ sich nicht beirren. »So siehst du auch aus. Was genau ist passiert? Aber etwas zügig bitte. Ich hab nämlich noch nicht gefrühstückt.« Dabei blickte er auf die Leiche.

»Also. Gestern Abend traf ich mich mit einem Informanten, der etwas von einer Übergabe hier im Industriegebiet faselte, jedoch ohne weitere oder genauere Angaben, außer dem Ort. Da ich ohnehin nichts Besseres vorhatte, hab ich mich auf die Lauer gelegt. Um halb eins betrat jemand die Halle und ich hinterher. Als ich dann ungefähr hier stand, erwischte mich dieser Schäkel. Wach geworden bin ich erst wieder heute früh. Die Leiche hab ich gar nicht bemerkt.«

»Und von wem ist das?«, fragte der Pathologe und zeigte auf das Erbrochene.

»Das war mein Abendessen«, antwortete Stocker und hielt sich die Hand vor den Mund.

»Nudeln am Abend machen dick, das solltest du wissen«, mahnte Göttler.

»Das musst gerade du mir sagen.«

»Bitte, jetzt wirst du persönlich.«

»Johann, was mich im Moment interessiert, ist einzig und allein die Frage: Hab ich den Typen erschossen oder nicht?«

»Also, wenn ich noch auf dem Laufenden bin, verwendet ihr immer noch normale 9 mm-Mannstopp-Munition. Und die hinterlässt keinen Bombenkrater wie diesen. Habt ihr schon die Waffe untersucht?«, fragte Johann Göttler, an die Spurensicherung gewandt.

»Noch mal zum Mitschreiben: Eins nach dem anderen. Erst die Leiche, dann die Knarre und dann das Abendessen vom Commissario.«

Während einer der Spurensicherungsleute die Waffe

hochhob und daran roch, sprach sein Kollege in ein kleines Diktiergerät.

»Also, aus der Waffe ist definitiv geschossen worden.« Er drehte die Waffe nach allen Seiten und zog das Magazin heraus.

»Es fehlt eine Kugel.« Dann pfiff er durch die Zähne. »Commissario, ich gehe davon aus, dass Sie keine Spezial-Geschosse verwenden! Aber dieses Magazin ist voll davon!«

Mit einem Schlag richteten sich alle Blicke auf Florian Stocker. Er war ein Profi, aber auch für seine unkonventionellen Methoden bekannt. Langsam richtete er seinen schmerzenden Kopf auf und sah in eine Runde von betroffenen Gesichtern.

»Ihr glaubt doch nicht, dass ich …« Er brach den Satz ab.

»Wir glauben gar nichts!«, sagte Göttler. »Du fährst jetzt erst mal ins Krankenhaus und dann schläfst du dich aus. Den Krempel hier machen wir schon alleine. Und morgen früh, wenn die Untersuchungsergebnisse vorliegen, wissen wir mehr.«

»Du weißt, dass ich Krankenhäuser hasse. Und fürs Ausschlafen hab ich unter den Umständen gar keine Zeit.«

»Commissario, Sie haben eine Gehirnerschütterung«, sagte Ina.

»Na ja, das sollte man nicht überschätzen. So viel ist da auch nicht zu erschüttern. O. K., komm mit«, sagte Göttler resigniert und zog ihn hoch. »Ina, Sie kommen auch mit.«

»Was haben Sie vor?«, fragte Ina Schatz und runzelte die Stirn.

»Der geht nie und nimmer ins Krankenhaus. Ich kenne ihn. Also werde ich ihm seine Schwarte selbst zusammennähen. Und zwar gleich hier. Und Sie können dabei Ihr Schwesternexamen machen.«

Er führte seinen Freund in das erste freie Büro. Dort drückte er Stocker auf einen Sessel und befahl Ina, im Blitzkocher Wasser heiß zu machen.

»Ich geh nur schnell zum Wagen und hole meine Tasche.«

Als er zurückkam, trug er eine schwarze Notarzttasche. Er entnahm ihr einen Packen steriler Kompressen und begann, die Wunde mit heißem Wasser zu säubern. Danach sprühte er seine Hände und die Wunde mit Desinfektionsspray ein.

»So, jetzt kommen wir zum schmerzhaften Teil.«

»Moment«, sagte Stocker. Er griff nach der Cognacflasche und nahm einige kräftige Schlucke.

Als er die Flasche absetzte, klemmte ihm sein Freund einen Holzspatel zwischen die Zähne und holte einen sterilen Faden samt Nadel aus einer Verpackung.

»Halten Sie ihm die Hände fest, damit er mir keine langen kann«, kommandierte der Pathologe, an Ina gewandt.

Dann begann er, die aufgeplatzte Kopfhaut zusammenzunähen. Zum Schluss legte er noch einen fachmännischen Verband darüber.

»Du siehst schöner aus als vorher«, lachte Göttler. »Sollte man vielleicht auch mal mit deinem Gesicht machen.«

»Pferdemetzger«, knurrte Stocker.

»Ina, fahren Sie den Commissario nach Hause und legen Sie ihn ins Bett. Sie sind mir dafür verantwortlich.«

Ina Schatz wurde leicht rot, griff Stocker unter den Arm und zog ihn hoch. »Schaffen Sie es bis zu Ihrem Wagen?«

»Wird schon gehen«, murmelte dieser. Er spürte die

Wirkung des Cognacs, den er ja auf vollkommen leeren Magen getrunken hatte.

Ina steuerte sein Käfer-Cabrio schweigend durch den einsetzenden morgendlichen Verkehr. Als sie den Rathausplatz erreichten, stöhnte Stocker auf.

»Tut mir leid, aber für das Kopfsteinpflaster kann ich nichts«, sagte Ina.

»Ich hab Ihnen ja auch keinen Vorwurf gemacht«, kam es zurück.

Sie hielten vor einem der zahlreichen großen Bürgerhäuser. Auf ihre Schulter gestützt, durchquerte er den wunderschönen Innenhof und sie fuhren mit dem Lift ins oberste Stockwerk.

Stocker besaß ein Penthouse mit Dachterrasse in bester Lage. Von seinem Polizistengehalt hätte er sich dieses Millionenobjekt nie leisten können. Doch sein Vater hatte ihm ein nicht unbeträchtliches Vermögen hinterlassen. Das Apartment und gutes Essen waren jedoch der einzige Luxus, den er sich leistete und seine Schwäche für attraktive, intelligente Frauen. Ansonsten lebte er eher zurückgezogen. Er hatte nach seiner Ausbildung bei der Polizei sehr früh eine Kollegin geheiratet. Die Scheidung zwei Jahre später war von ihr ausgegangen und hatte ihn damals ins Bodenlose stürzen lassen. Seitdem vermied er erfolgreich jede feste Bindung.

Stocker zog den Wohnungsschlüssel aus der Tasche und sperrte auf. Auf Ina gestützt, durchquerte er die Eingangshalle, die in ein riesiges Wohnzimmer überging. Auf einer großen Dachterrasse standen zahllose Terrakottatöpfe mit einer üppigen Blumenpracht.

Stocker hielt linker Hand auf eine Türe zu, die zum Schlafzimmer führte. Das Bett war unberührt.

»Wo sind die Schlafanzüge?«, fragte Ina.

Mit einem Kopfnicken deutete er auf einen Schrank, verzog aber gleich darauf schmerzhaft das Gesicht und ließ sich aufs Bett sinken. Ina öffnete die Schranktüre und entschied sich für einen gelbkarierten Schlafanzug.

»Raus jetzt«, raunzte er sie an. »Und machen Sie die Terrassentüre einen Spaltbreit auf, damit die Katze rein kann.«

Ina zog die Türe hinter sich zu und ging auf die Terrasse hinaus. Sie genoss die morgendlichen Sonnenstrahlen und blickte über die Dächer der Altstadt.

Als sie fünf Minuten später, nach vergeblichem Klopfen, das Schlafzimmer betrat, lag Stocker schlafend auf seinem Bett. Sie zog die Decke über ihn und verließ dann leise die Wohnung.

Die Erinnerung

Als er erwachte, war es bereits Mittag. Gerne hätte er sich einfach umgedreht, doch dann fiel ihm die Leiche der letzten Nacht wieder ein. Er versuchte, sich aufzusetzen. Der stechende Schmerz in seinem Kopf ließ ihn jedoch wieder zurücksinken. ›Na dann eben anders‹, dachte er und schob sich an den Rand des Bettes. Er drehte sich auf den Bauch und ließ die Beine aus dem Bett hängen, bis seine Knie den Boden erreichten. Ganz langsam richtete er sich auf. Sterne tanzten vor seinen Augen. Er schleppte sich ins Bad.

Was er im Spiegel sah, stimmte ihn auch nicht gerade heiter. Seine Haut wirkte grau, die Augen waren glanzlos und tiefe Schatten lagen darunter. Verstärkt wurde der katastrophale Eindruck noch durch seinen Eintagesbart. Den ganzen Kopf zierte eine Art Turban aus weißer Gaze.

»Junge, Junge. Du siehst aus wie ein arabischer Penner«, sprach er zu seinem Spiegelbild. Bei dem Wort Penner hatte er für Bruchteile von Sekunden das Bild eines dicken Katers vor Augen, der mit ihm sprach.

Minutenlang stand er so vor dem Spiegel und hielt sich am Waschbecken fest. Gewohnheitsgemäß begann er dann, sich zu rasieren. Die Vibrationen des Apparates waren ihm unangenehm und verursachten zusätzliche Schmerzen.

Anschließend stellte er sich unter die Dusche, wohl darauf bedacht, dass sein Kopfverband nicht nass wurde.

Als er das Bad verließ, stolperte er über eine große Plastiktüte. Sie enthielt das Hemd und den Anzug der letzten Nacht, und ein saurer Geruch machte sich breit. Schnell verschloss er die Tüte wieder und trug sie in den Flur. Dann zog er sich an – beige Hose und schwarzer Strickpulli.

In der Küche stellte er fest, dass der Bohnenkaffee alle war. Resigniert machte er sich einen Pulverkaffee. Hunger verspürte er keinen.

Langsam schlürfte er die heiße Brühe und genoss das Gefühl der Wärme, das sich in seinem Körper ausbreitete.

An der Balkontüre bewegte sich etwas. Eine kleine, hellgraue Katze, dem Aussehen nach eine norwegische Waldkatze, kam herein.

»Hallo, Großer«, sagte sie. »Mein Gott, du siehst ja fürchterlich aus.«

»Tröste dich, ich fühl mich auch so«, antwortete Stocker mechanisch.

Automatisch zog er einen Unterschrank auf und entnahm ihm eine Dose Katzenfutter. Mit einem Löffel häufte er eine Portion in eine Schale, die am Boden stand. Doch mitten in der Bewegung erstarrte er. Hatte er etwa gerade mit seiner Katze gesprochen? Abwehrend schüttelte er den Kopf, was er aber sofort bereute. Dann griff er nach der Milchtüte und schüttete etwas in eine zweite Schale, die er in die Mikrowelle stellte, um den Inhalt anzuwärmen.

Während er seiner Katze beim Fressen zusah, erinnerte er sich daran, wie sie zu ihm beziehungsweise er zu ihr gekommen war.

Er hatte eine Woche Urlaub in Italien verbracht und war auf dem Rückweg gewesen. Es war bereits Nacht gewesen, als er im Allgäu, irgendwo in der Nähe von Nesselwang, von einem Gewitter mit sintflutartigem Regen überrascht worden war. Die kleinen Scheibenwischer seines Käfer-Cabrios waren total überfordert gewesen, und an einigen Stellen des Verdecks hatte es bereits verdächtig durchgetropft. Er hatte die Hauptstraße in Richtung eines großen Gehöftes verlassen, das für einen Moment schemenhaft durch den Regen zu sehen gewesen war. Als er die schmale Straße bergauf gefahren war, hatte im Wald rechts unter ihm ein Blitz krachend eine große Fichte getroffen. Flammen waren kurz emporgezüngelt und ein Funkenregen durch die Nacht gesprüht, als der riesige Stamm auf halber Höhe gebrochen und zu Boden gestürzt war. Dann war schlagartig die Dunkelheit zurückgekehrt. Langsam war er die letzten hundert Meter bis zu einer offen stehenden Scheune gefahren. Im Wohnhaus war bereits alles dunkel gewesen, und so hatte er beschlossen, im Auto auf das Nachlassen des Regens zu warten. Dann hatte er den Wagen in die Scheune gefahren, die Sitzlehne etwas nach hinten gedreht und sein Seitenfenster geöffnet. Anschließend hatte er sich zurückgelehnt und war bald darauf eingeschlafen.

Er hatte von längst vergangenen Zeiten am Strand des Lago Trasimeno und seiner Frau geträumt, die zärtlich ihren Kopf in seinen Schoß gebettet hatte.

Mit dem Erwachen hatte sich auch der Traum verflüchtigt, doch das warme Gefühl auf seinen Oberschenkeln hatte er weiterhin wahrgenommen und eine kleine, grauhaarige Kugel erblickt. Erst auf den zweiten Blick waren ihm damals die beiden Ohrspitzen und das leichte Heben und Senken eines atmenden Wesens aufgefallen. Vorsichtig hatte er die Hand ausgestreckt, um dieses Etwas zu berühren. Ein leichtes Vibrieren war durch den kleinen Körper gegangen, der sich langsam und genüsslich gestreckt hatte. Ein kleines Köpfchen hatte sich zu ihm gedreht, gähnend geblinzelt und begonnen, mit der kleinen rosa Zunge seine Hand zu schlecken.

Er hatte die kleine Fellkugel auf den Arm genommen und war ausgestiegen. Als er aus der Scheune getreten war, hatte er auf eine phantastische Landschaft geblickt, im Süden von hohen Bergen begrenzt, die im Morgenlicht erstrahlten. Am Rande des Hanges hatte er sich auf eine Bank gesetzt und die Fellkugel hatte sich sofort wieder auf seinen Beinen eingerollt.

Wie lange er damals so gesessen hatte, wusste er nicht mehr.

Später hatte er auf dem Ferienhof gefrühstückt und ein gerade frei gewordenes Zimmer gemietet. Das kleine Kätzchen war nicht von seiner Seite gewichen.

Als er zwei Tage später gefahren war, hatte er sich nochmals nach der kleinen Katze umgesehen. Doch sie war wie vom Erdboden verschluckt gewesen.

Zu Hause in Augsburg hatte er die beiden Taschen vom Rücksitz seines Wagens geholt und war in die Wohnung hinaufgefahren.

Die Sonne hatte durch die hohen Terrassenfenster geschienen und alles in einen goldenen Schimmer getaucht. Eine Tasche hatte er gleich ins Bad vor die Waschmaschine gestellt und die andere ins Schlafzimmer getragen. Danach war er in die Küche gegangen und hatte die Kaffeemaschine angestellt. Als er kurz darauf ins Schlafzimmer zurückgekommen war, hatte er seinen Augen nicht getraut. Auf seinem Bett hatte die kleine, graue Fellkugel gelegen und friedlich geschlafen.

Ob dieser Erinnerung musste er lächeln.

Als Kassandra satt war, sprang sie auf die Küchenanrichte, setzte sich und sah ihn unverwandt an. Wie in Gedanken streckte er die Hand aus und begann das kleine Wollknäuel zu streicheln.

»Bitte etwas weiter unten am Hals«, sagte die Katze.

»Sonst noch Wünsche«, kam es zurück. Erschrocken zog er seine Hand zurück, als ihm bewusst wurde, dass er soeben wieder mit seiner Katze Konversation betrieb.

»Meine Fresse, hoffentlich bleibt mir nichts. Wenn ich das jemandem erzähle, sperren die mich gleich ein.« Er musste lachen, verzog aber sogleich wieder schmerzhaft das Gesicht. »Jetzt phantasiere ich schon am helllichten Tag.«

»Was ist denn letzte Nacht eigentlich passiert?«, fragte die Katze und sah ihn mit ihren gelben Augen durchdringend an. Es gelang ihm nicht, sich diesem Blick zu entziehen, und er antwortete wie unter Hypnose.

»Jemand hat mich niedergeschlagen. Und dann hab ich mich mit einem dicken, fetten Kater unterhalten«, erwiderte er und lachte hysterisch.

»Du hast dich mit einem Kater unterhalten?«

Er stutzte und drehte sich zur Seite. »Ja, genauso wie ich mich jetzt mit dir unterhalte.« Er zuckte mit den Achseln. »Aber ich bilde mir das alles nur ein. Kein Mensch kann mit Katzen sprechen. Aus, basta. Vielleicht sollte ich doch einen Arzt aufsuchen. Allerdings ist die Einbildung erstaunlich realistisch«, murmelte er kopfschüttelnd vor sich hin, wobei sich sofort die Schmerzen wieder meldeten.

Wie auf ein Stichwort ertönte der Türgong. Er rutschte vom Stuhl und ging zur Türe. Während er sie öffnete, stützte er sich am Türrahmen ab und begrüßte Göttler mit den Worten: »Ich hab gesagt, ich sollte zum Arzt gehen. Von einem Leichenfledderer war nicht die Rede.«

»Dem Aussehen nach zu schließen, bist du dem Leichenschauhaus aber näher als den Lebenden«, unkte Göttler und schob sich grinsend an ihm vorbei.

»Das ist es, was ich so an dir schätze. Deine einfühlsame, nette Art«, knurrte Stocker.

»Ich weiß. Mach mir lieber einen Kaffee. Aber einen, in dem der Löffel stecken bleibt, und tu einen Schuss Cognac rein.«

»Na, du scheinst es ja notwendig zu haben. Was hast du denn getrieben?«

»Ich hab deine Leiche auseinandergenommen!«, antwortete Göttler.

»Was heißt hier meine Leiche. Das ist nicht meine Leiche, verdammt noch mal. Ich hab den Typen noch nie zuvor gesehen, geschweige denn, auf ihn geschossen. Das weißt du ganz genau.«

»Ich schon, aber der Staatsanwalt nicht! Du weißt ja, wie gerne er dich mag.«

»Der kann mich mal!«

»Hat er schon.«

»Was heißt, hat er schon?« Stocker drehte sich um und verschüttete dabei das Kaffeepulver.

»Du bist suspendiert. Du stehst unter Mordverdacht«, antwortete Göttler mit ernstem Gesicht.

»Sag mal, seid ihr alle noch ganz dicht? Ich bin Polizist und nicht Django. Ich erschieß doch nicht einen Wildfremden und hau mir dann selber eins auf den Schädel.«

»Mir brauchst du das nicht zu erzählen. Ich weiß, dass du ihn nicht erschossen hast.«

»Das nützt mir nur recht wenig.«

»Wenn du meinst.« Göttler machte ein teilnahmsloses Gesicht und zuckte mit den Schultern.

Stocker strich mit der Hand das Kaffeepulver zusammen und schob es über den Rand der Arbeitsplatte in die Tasse. »Was weißt du, was ich nicht weiß? Komm, spuck es schon aus!«

Göttler klemmte sich auf einen Barhocker und zog die Kaffeetasse zu sich heran. »Was ich jetzt sage, ist rein hypothetisch. Also, jemand gibt dir einen Tipp, dass irgendwo etwas läuft. Wer hat dir den Hinweis eigentlich gegeben?«

»Der Biber, ein Informant von mir.«

»Wieso Biber?«, hakte Göttler nach.

»Weil er angeblich so einen großen Schwanz hat«, grinste Stocker.

»Also weißt du, einen Umgang hast du.« Göttler schüttelte missbilligend den Kopf. »O. K., weiter im Text. Du gehst der Sache nach und folgst einem Typen in eine Lagerhalle. Übrigens ganz schön bescheuert, wenn du mich fragst. Dort bekommst du eins über die Rübe. Irgendjemand nimmt dir deine Dienstwaffe ab, entfernt das Magazin und tauscht es gegen eines mit Hohlmantelmunition aus. Ich glaube nämlich nicht, dass er die Patronen einzeln gewechselt hat.

Wenn das Magazin jetzt von dir wäre, müssten auf alle Fälle deine Fingerabdrücke drauf sein. Richtig? Sind sie es nicht, hast du entweder Handschuhe getragen oder es ist tatsächlich nicht von dir.«

»Aha, und was nützt mir das?«, unterbrach ihn Stocker.

»Im Moment noch nichts. Aber gesetzt den Fall, auf

dem Magazin sind tatsächlich deine Fingerabdrücke, dann müssten sie an der Stelle sein, die du normalerweise berührst, wenn du das Magazin lädst und in die Waffe steckst. Ich bezweifle jedoch, dass einer, der gerade jemanden erschossen hat, so cool ist und dir das Magazin genau richtig in die Hand drückt.«

Stocker sah seinen Freund eine Weile zweifelnd an. »Hab ich sonst eine Chance?«

»Nein! Komm, lass uns gehen! Den Rest erzähl ich dir unterwegs. Und vergiss dein Sakko nicht.«

Göttler rutschte vom Stuhl und ging in Richtung Türe. Plötzlich drehte er sich um und schaute seinen Freund an. »Übrigens, einer der beiden von der Streife hat zu Protokoll gegeben, dass du dich unmittelbar nach seinem Eintreffen am Tatort dahin gehend geäußert hast, mit einem Kater gesprochen zu haben.«

Stocker erstarrte mitten in der Bewegung, fasste sich aber schnell wieder. »Mein Gott, drück dich doch nicht so geschwollen aus. Krieg du mal so eins auf die Rübe, dann erzählst du auch Scheiß. Noch mehr als sonst«, fügte er halblaut hinzu.

Wie zum Hohn kam ein »Ciao, Großer, bis abends« von Kassandra, bevor Stocker die Wohnungstüre ins Schloss zog.

Die Fahrt in die Gerichtsmedizin verlief schweigsam. Göttler parkte vor dem alten Backsteingebäude. Bereits an der Treppe ins Untergeschoss roch es nach Formalin. Schenk, der Mitarbeiter von Göttler, war gerade dabei den Boden herauszuwischen, als sie eintraten.

»Hallo, Schenk«, grüßte ihn Stocker.

»Hallo, Commissario.«

Schenk war zirka sechzig, unverheiratet und etwas verschroben. Doch seine fachlichen Kenntnisse waren brillant. Leute, die er nicht mochte, ignorierte er normalerweise. Er stellte den Schrubber in die Ecke und ging zu einem Seziertisch hinüber, auf dem offensichtlich eine mit einem Leintuch abgedeckte Leiche lag. Er zog das Tuch beiseite und begann zu sprechen.

»Männliche Leiche. Alter zirka fünfundvierzig. Größe eins fünfundsechzig, Gewicht zweiundachtzig Kilogramm. Südländer oder Araber. Todeszeitpunkt zwischen null Uhr und vier Uhr morgens. Todesursache. …«

»Kompletter Gesichtsverlust«, fiel ihm Göttler ins Wort.

»… durch die das Stammhirn verletzende Kugel«, fuhr Schenk ungerührt fort. »Der Tod ist sofort eingetreten. Im Bereich des Hinterkopfes konnten keine Schmauchspuren festgestellt werden. Das heißt, der Schuss wurde nicht aufgesetzt beziehungsweise aus unmittelbarer Nähe abgefeuert.«

»Irgendwelche vorausgehenden Gewalteinwirkungen?«, fragte Stocker.

»Nichts«, sagte Göttler. »Aber wir haben seine letzte Mahlzeit untersucht. Sieht mir ganz nach Bordverpflegung aus.«

»Du meinst, er ist kurz zuvor von irgendwoher eingeflogen?«

»Ich bin mir sogar ziemlich sicher.«

»Sonst irgendetwas Außergewöhnliches?«, fragte Stocker.

»Wir haben uns seine Kleidung mal genau angesehen. Alle Etiketten sind sorgfältig herausgetrennt, so als wollte er seine Herkunft verschleiern«, antwortete Schenk.

»Und seine Schuhe?«, hakte Stocker nach.

Göttler grinste. »Treffer! Er hat kombinierte Senk-,

Platt- und Spreizfüße. Deshalb trug er Einlagen. Und unten auf diesen Einlagen war ein halb verwischter Aufkleber, den hatte er wohl übersehen, ›Hamrun, Ta'Quali Road‹. Klingt irgendwie arabisch, was zu seinem Aussehen passen würde. Aber wo das ist, darfst du mich nicht fragen. Noch etwas haben wir entdeckt. In seinen Hosenaufschlägen war so eine Art weißer Staub. Ist schon im Labor.«

»Meinst du, man könnte anhand der Reste seiner Visage ein Phantombild anfertigen?«, fragte Stocker.

»Wäre möglich. Braucht aber etwas Zeit«, antwortete sein Freund.

»O. K., ich glaub das wär's fürs Erste. Fahren wir ins Präsidium und bringen es hinter uns.« Stocker wandte sich zum Gehen. »Ach ja, ich hätte gerne eine Aufstellung seines letzten Menüs. Vielleicht können wir damit seinen Flug etwas eingrenzen.«

»Kein Problem, Commissario. Heute Nachmittag haben Sie sie auf dem Schreibtisch, samt dem Namen des Kochs«, kam es von Schenk.

»Zuzutrauen wäre es Ihnen«, grinste Stocker.

Während sie den Raum verließen, begann Schenk bereits, die Leiche in ein Kühlfach zu verfrachten.

Als sie wenige Minuten später die Treppe des Präsidiums hinaufstiegen, folgten ihnen die Blicke der umhereilenden Beamten.

»Hast du gesehen, wie die mich anschauen?«, fragte Stocker, ohne tatsächlich eine Antwort zu erwarten.

»Klar, einen Killer-Kommissar sieht man ja auch nicht alle Tage«, war Göttlers Kommentar. Stocker warf ihm einen giftigen Blick zu.

Sie traten durch die Türe mit der Aufschrift ›Morddezernat und Sonderaufgaben‹.

»Hallo, Commissario«, begrüßte ihn seine Sekretärin und schenkte ihm ein scheues Lächeln. »Sie sollen gleich zum Chef. Er ist in Ihrem Büro. Übrigens, keiner von uns glaubt an Ihre Schuld.«

»Außer dem Staatsanwalt«, grunzte Stocker und ging an ihr vorbei.

Der traurige Blick, den sie Göttler mit einem Schulterzucken zuwarf, entging Stocker.

Er riss die Türe auf. Kriminalrat Wörner saß auf Stockers Schreibtischstuhl. Ihm gegenüber hatte Meier Platz genommen und Ina hatte das Fensterbrett gewählt.

»Hallo, Commissario«, sagte Ina und schaute ihrem Chef mit ernstem Gesicht entgegen.

»Wie ich sehe, ist mein Stuhl schon wieder besetzt«, sagte Stocker und grinste Wörner sarkastisch an. Der Kriminalrat war ein korpulenter Endfünfziger mit Halbglatze. Auf Kleidung legte er kaum Wert und sein Hemd hing ihm permanent an irgendeinem Ende aus der Hose.

»Richtig«, erwiderte Wörner. »Ich habe die Leitung des Falles persönlich übernommen.«

»Prost Mahlzeit!«, lachte Göttler.

»Was wollen Sie eigentlich hier, Göttler? Dies ist ein vertrauliches Dienstgespräch, und soweit ich weiß, sind Sie immer noch Pathologe«, reagierte Wörner patzig.

»Und Arzt, Herr Polizeirat«, entgegnete Göttler. »Herr Stocker befindet sich noch in einem sehr labilen Gesundheitszustand und bedarf ständiger ärztlicher Aufsicht.« Dabei machte er die Andeutung einer Verbeugung.

In dem Moment öffnete sich die Türe, und Cora, die Sekretärin, schob sich mit einem Tablett herein. Sie hatte ein schmales, blasses Gesicht, das von wunderschönem, rotem Haar umrahmt wurde. Wie immer trug sie ein klassisch geschnittenes Kostüm. Sie stellte das Tablett auf dem Schreibtisch ab, nahm eine Tasse und reichte sie Stocker. Danach bediente sie Göttler. Ina hatte inzwischen dem Kriminalrat und Meier die anderen Tassen hingestellt und sich mit der ihren wieder auf das Fensterbrett zurückgezogen.

Stocker griff hinter sich in das Regal und förderte eine Flasche Grappa zutage. Mit fragendem Gesichtsausdruck sah er seinen Freund an, der nur nickte.

Nachdem er Göttler einen Schuss in den Kaffee geschüttet hatte, blickte er fragend in die Runde. Doch die anderen winkten ab.

»Also«, ergriff Wörner wieder das Wort und kippte in Stockers Stuhl nach hinten. »Wir haben eine Leiche und einen Tatverdächtigen, der über kein Alibi verfügt.« Stockers Ansatz einer Entgegnung würgte er mit einer Handbewegung ab. »Entsprechend den vorliegenden Fakten und den Anordnungen des Staatsanwaltes bleibt mir nichts anderes übrig, als Sie vorläufig vom Dienst zu suspendieren. Ihre Dienstmarke bitte, die Waffe haben wir ja schon.« Er streckte die Hand aus. Stocker warf ihm die Marke zu und Wörner fing sie geschickt auf. Dann fuhr er ungerührt fort. »Angenommen, Sie haben den Kerl nicht erschossen. Dann läuft da draußen ein Wahnsinniger herum, der Leute scheinbar ohne Grund umbringt, aber vermutlich triftige Gründe dafür hat.«

»Ist eigentlich bezüglich der Fingerabdrücke etwas herausgekommen?«, unterbrach ihn Göttler.

»Warum fragen Sie?« Wörner sah ihn mit zusammengekniffenen Augen an.

»Beantworten Sie einmal ausnahmsweise nur meine Frage.«

»Dazu war noch keine Zeit«, erwiderte Wörner.

Göttler öffnete die Türe. »Cora, würden Sie bitte Markus von der Spurensicherung herauf bitten. Und er soll den Krempel für die Fingerabdrücke mitbringen.« Die Sekretärin sah von Göttler fragend zu Wörner. Als dieser schulterzuckend nickte, griff sie zum Telefonhörer.

Zwei Minuten später trat Markus Bein, der Leiter der Spurensicherung, in den Raum.

»Bein, wessen Fingerabdrücke haben wir auf der Tatwaffe?«, fragte Wörner.

»Ausschließlich deine!«, antwortete er und sah dabei Stocker mit einem bedauerlichen Schulterzucken an.

»Und auf dem Magazin?«, hakte Göttler nach.

»Genau das Gleiche!«

»Wie sind seine Abdrücke auf dem Magazin angeordnet?« Göttler deutete mit einem Kopfnicken auf seinen Freund.

Schweigend griff Bein in seinen Alukoffer und entnahm ihm einen Stapel Fotos. Er blätterte sie durch und legte dann zwei Aufnahmen des Magazins auf den Schreibtisch. Deutlich waren die pulvermarkierten Abdrücke zu sehen.

Göttler drehte sich zu Ina. »Würden Sie mir bitte Ihre Dienstwaffe für einen Moment ausleihen?«

Sie griff hinter sich und zog ihre Heckler & Koch aus dem Holster.

Göttler entfernte das Magazin und zog den Schlitten nach hinten, um eine eventuell im Lauf befindliche Patrone zu entfernen. Dann wischte er sowohl die Waffe als auch das Magazin sorgfältig mit seinem Taschentuch ab und legte beides auf den Tisch. »Würden Sie jetzt bitte die Waffe laden und auf den Schreibtisch zurücklegen.«

Ina rutschte vom Fensterbrett, schob das Magazin in den Griff und legte die Waffe wieder zurück.

»Jetzt bist du dran«, wandte sich Göttler dem Spurensicherer zu.

Bein zog sich seine Gummihandschuhe an, entfernte das Magazin wieder, trug ein weißes Pulver auf die beiden Gegenstände auf und entfernte den Überschuss mit einem Pinsel. Deutlich waren Inas Fingerabdrücke zu sehen.

»Und was wollen Sie damit beweisen? So sind die Abdrücke auch auf Stockers Waffe«, bellte Wörner.

»Auf der Waffe schon, aber nicht auf dem Magazin. Hier!«, er deutete auf die Fotos. »Bei den Abdrücken auf Stockers Magazin zeigt der Daumen nach unten. Bei Ina nach oben. Das heißt, der Mörder hat Florian das Magazin zwischen die Finger geschoben, nur leider verkehrt herum.«

Alle Anwesenden starrten ungläubig auf Göttler, dann auf Stocker.

»Mann, Commissario, das ist genial«, meldete sich erstmals Meier zu Wort. »Jetzt kann Sie der Staatsanwalt mal.« Dies war für das Temperament von Jens Meier bereits ein gewaltiger Gefühlsausbruch. Der Vierzigjährige war ganz das Gegenteil von Stocker. Rundes, biederes Gesicht, blonde Igelfrisur, ansonsten unscheinbar wie seine Kleidung. Er konnte einen Raum betreten und wieder verlassen, ohne einen bleibenden Eindruck zu hinterlassen, was bei seinem Job durchaus von Vorteil sein konnte.

»Nein!«, sagte Stocker. »Irgendjemand wollte mich aus dem Verkehr ziehen und mir einen Mord anhängen. Wir sollten ihn in diesem Glauben lassen.«

»Genial«, brüllte Wörner und schlug mit der flachen Hand auf den Tisch. »Und der Staatsanwalt, dieser Dünnbrettbohrer, kann uns mal!«

»Aber Herr Kriminalrat!«, sagte Ina und rutschte grinsend vom Fensterbrett.

»Ach, ist doch wahr. Ich kann diesen gelackten Schnösel nicht ausstehen.«

In dem Moment öffnete Cora die Türe, steckte den Kopf herein und flüsterte: »Der Staatsanwalt.«

Wörner stutzte, dann setzte er ein strahlendes Lächeln auf, bevor er losbrüllte: »Stocker, Sie sind suspendiert. Cora, schließen Sie seine Polizeimarke in Ihren Schreibtisch. Und Sie, Meier und Schatz, nehmen die Firma auseinander, bei der wir die Leiche gefunden haben.« Dann schob er sich durch die Türe.

»Ja, mein lieber Staatsanwalt, was kann ich für Sie tun?«, hörten sie Wörner gerade noch, als er Detlef Horn vor sich herschob.

Eine halbe Stunde später verließ die gesamte Crew das Büro.

Der Maltamann

Hamrun, Ta'Quali Road, irgendwie kommt mir das bekannt vor.« Stocker saß in seinem Wohnzimmer und schaute auf die Dachterrasse, ohne jedoch irgendetwas wahrzunehmen. Vor ihm lag ein Block, auf den er einige Fragen geschrieben hatte.

»Ich dreh mich im Kreis, verdammt noch mal«, flüsterte er.

Er stand auf und ging hinüber zur Küche. Dabei fiel sein Blick auf ein kleines Aquarell in einem vergoldeten Rahmen. »Das ist es!«, rief er und schlug sich mit der flachen Hand an die Stirn. Ein stechender Kopfschmerz durchzuckte ihn, als das Telefon schrillte. Er musste sich am Türrahmen festhalten. »Ta'Quali. Natürlich!« Langsam griff er nach dem Telefon und ging zu einem seiner zahlreichen Bücherregale. Mit dem Hörer in der Rechten, zog er mehrere Broschüren und eine Karte von Malta aus einem Stapel, während er sich meldete.

»Hallo, Katrin. Nein, ich kann nicht. Warum? Weil ich krank bin, verdammt noch mal, und eine Gehirnerschütterung habe. Ja dann geh halt alleine, auf die Deppen lege ich ohnehin keinen Wert. Hallo, hallo … Aufgelegt, sie hat einfach aufgelegt, ohne zu fragen, wie es mir geht. Nicht zu fassen. Gut im Bett, aber sonst …«

Auf dem Weg zur Couch begann er bereits die Broschüren durchzublättern, bis er auf eine bunte, viertelseitige Anzeige stieß. ›Handscraft City, Ta'Quali, Malta‹. Er entfaltete die Karte von Malta und begann zu suchen. Nach wenigen Minuten hatte er gefunden, was er gesucht hatte. Hamrun, früher ein eigenes Dorf, heute quasi ein Vorort von Valletta.

Kam der Tote aus Malta? Und was hatte er in dieser Lagerhalle zu suchen?

Stocker griff zum Telefon. »Hallo, Ina. Hat Ihnen Schenk schon die Menükarte unseres Toten rübergefaxt? O. K., ich glaube wir können die Suche auf Malta Air oder eine andere Gesellschaft beschränken, die vorgestern von Malta nach Deutschland geflogen ist. Fragen Sie nach, ob die Speisenfolge mit dem Menüplan unseres Toten übereinstimmt und lassen Sie sich die Passagierliste zufaxen. Ach, und nehmen Sie mit der dortigen Polizei Kontakt auf und übermitteln Sie denen die Fingerabdrücke. Vielleicht ist er ja aktenkundig. Was kam bei der Befragung der Import-Export-Firma heraus? Aha, verstehe. Melden Sie sich bitte, sobald es etwas Neues gibt.« Dann hängte er ein.

Er nahm eine Schmerztablette vom Tisch und spülte sie mit einem Schluck Tee hinunter. Dann legte er sich auf die Couch. Er schloss die Augen, während seine Gedanken um den Toten kreisten.

Er erwachte mit einem leichten Druck auf der Brust und einem Kitzeln im Ohr. Kassandra lag auf seinem Oberkörper und leckte genüsslich an seinem linken Ohr. »Pfui Deibel, du weißt ganz genau, dass ich das hasse«, sagte er und griff mit beiden Händen nach seiner Katze.

»Geht es dir wieder besser, Großer?«, kam es mit einem entwaffnenden Gesichtsausdruck zurück.

»Nein, Mädchen! Es ist unmöglich. Menschen können nicht mit Katzen reden. Aus, basta!«, stellte Stocker fest und schob die Katze von sich.

Kassandra öffnete ihr Schnäuzchen und Stocker hörte sie wieder sprechen. »Nur weil ihr Menschen glaubt, dass es etwas nicht gibt, heißt es noch lange nicht, dass das auch so sein muss.«

»Ich bin übergeschnappt! Ich habe Halluzinationen! Meine Fresse!« Mit einem Ruck setzte er sich auf. Die Katze betrachtete ihn weiterhin amüsiert.

»Kassandra, du bist eine Katze und ich bin ein Mensch. Und Katzen und Menschen können sich nicht miteinander unterhalten. So ist das eben.«

»Ist es nicht, Großer! Es gibt unzählige Dinge zwischen Himmel und Erde, von denen ihr Menschen keine Ahnung habt. So auch von uns Katzen.«

»Keiner kann mit Tieren sprechen. Warum sollte ausgerechnet ich – nein!« Stocker sah sie zweifelnd an.

»Das allerdings kann ich dir auch nicht sagen. Vielleicht hat es mit dem Schlag auf deinen Kopf zu tun.«

»Dann hätte ich mit demjenigen, der mir dieses Horn verpasst hat, ja eine doppelte Rechnung offen!«

»Wenn du es so siehst, ja.«

»Quatsch, alles nur Einbildung. Aber der Tote ist keine Einbildung. Wenn ich nur wüsste, wer er war. Nur eine Idee.«

»Sagtest du nicht, du hättest mit einem Kater gesprochen, nach dem Überfall? Vielleicht hat der etwas gesehen?«, sagte Kassandra und lief auf der Glasplatte des geflochtenen Couchtisches auf und ab.

»Klar, wir verhören den Kater. Ich lasse ihn einfach ins Präsidium vorladen. Aber ein Problem haben wir. Er muss seine Aussage unterschreiben. Und wie ich den einschätze, kann der gar nicht schreiben.«

»Jetzt wirst du unsachlich, Großer. Wir sollten versuchen, ihn vor Ort zu finden. Dir wird er wahrscheinlich nichts sagen. Aber vielleicht erzählt er mir etwas.«

»Das war ein Straßenkater von der übelsten Sorte. Du glaubst doch nicht, dass ich dich mit dem auch nur einen Augenblick alleine lasse.«

»Ach, Großer, von Katzen verstehst du wirklich nicht viel. Vertrau mir doch einfach«, schnurrte Kassandra.

Stocker erhob sich. »Ich spinne, jetzt ist es so weit! Durchgeknallt, reif für die Klapsmühle, total gaga, Gummizelle und ein weißes Jäckchen mit zusammengebundenen Ärmeln und den Seelenklempner auf dem Schoß. Ich muss hier raus, sonst dreh ich noch durch. Aber eigentlich bin ich das schon.« Er lachte hysterisch.

»Wo willst du hin?«

»Ich muss zu Göttler«, antwortete er automatisch. »Vielleicht hat er schon die Visage von dem Maltamann wieder zusammengesetzt.«

»Ich komme mit. Wenn ich dir helfen soll, muss ich so viel wie möglich über diesen Fall wissen«, entschied Kassandra.

»Oh Gott, nicht genug, dass ich übergeschnappt bin, jetzt musst du auch noch dazwischenfunken.« Stocker grunzte: »Aber wehe, du mischst dich irgendwo ein.«

»Du weißt ganz genau, dass nur du mich verstehen kannst. Also, wo liegt das Problem?«

»Das genau ist ja die Sache. Ich kann etwas, was es nicht gibt. Aber meinetwegen, jetzt ist sowieso schon alles egal. Gehen wir. Moment noch.« Er bückte sich unter ein kleines Tischchen im Flur und löste eine Beretta 9 mm aus einer Metallklammer an dessen Unterseite.

Es war ein sonderbares Gespann, das da auf die Straße hinaustrat. Ein sportlich-elegant gekleideter Herr mit einem weißen Turban und eine kleine, wuschelige Katze, die ihm mit trippelnden Schritten folgte. Stocker sperrte seinen Wagen auf und Kassandra schlüpfte auf den Rücksitz.

Als sie vor dem roten Backsteinbau der Gerichtsmedizin hielten, sah Stocker den Wagen von Göttler auf dessen Parkplatz stehen.

»Johann ist noch da.«

Sie stiegen in den Keller hinab und trafen auf Schenk, der gerade eine Karte am Zeh einer Leiche befestigte. »Haben wir gerade frisch reingekriegt«, meinte er mit einer Kopfbewegung. Dann fiel sein Blick auf Kassandra. »Wehe, du knabberst mir meine Leichen an. Göttler ist oben in seinem Büro, Commissario.«

Stocker machte kehrt, und sie stiegen in den ersten Stock hinauf.

In krassem Gegensatz zu dem alten Backsteinbau, war Göttlers Büro hypermodern eingerichtet. Ein riesiger Schreibtisch aus Chrom und Glas dominierte den Raum. In den schwarzen Regalen hinter ihm wechselten Fachbücher mit diversen Kunstobjekten, die er von seinen zahllosen Auslandsreisen mitgebracht hatte.

»Hallo, Johann«, sagte Stocker, als er den Raum betrat.

»Hey, Commissario, wie geht es dir? Ja, wer beehrt mich den da?«, kam es von Göttler, der mit erstauntem Gesicht zuerst auf Kassandra und dann wieder auf seinen Freund sah. »Seit wann bist du mit deiner Katze unterwegs?«

»Weiß nicht«, knurrte Stocker und zuckte die Schultern.

»Komm her, Kassandra, ich hab was für dich«, sagte

Göttler und stellte einen Teller mit einem halben Wiener Würstel auf den Boden.

»Siehst du, das gefällt mir an deinem Freund. Er hat Stil und weiß genau, wie man einer Katzendame begegnet«, gurrte sie und näherte sich dem Teller.

»Halt die Klappe, du verfressenes Stück«, murmelte Stocker. »Hast du mit dem Maltamann irgendetwas erreicht?«

»Ich bin fast fertig. Schau ihn dir an!«

Die Computersimulation zeigte ein rundes Gesicht mit dunklem Teint und einer Hakennase. Die schmalen Lippen endeten in leicht nach unten gezogenen Mundwinkeln. Die Haare waren nahezu schwarz, kurz geschnitten und mit Ansätzen zu Geheimratsecken.

»Vermutlich Araber oder Süditaliener. Ach, noch eins, er hat wahrscheinlich nicht immer so ausgesehen. Ich habe Narbengewebe gefunden. Entweder hat jemand versucht ihn gewaltsam zu liften, oder er hat sich freiwillig unters Messer gelegt.« Er drehte den Monitor seines Computers zur Seite.

»Oder beides«, sagte Stocker.

»Was beides?«

»Na beides«, erwiderte Stocker.

»Irgendwie bist du durch den Wind, Florian.«

»Was willst du damit andeuten?«, fragte Stocker und sah seinen Freund von der Seite an. »Ich weiß jetzt übrigens, wo der Typ seine Einlagen gekauft hat. Auf Malta!«

»Das wäre doch mal eine schöne Dienstreise«, lachte Göttler.

»Ich glaube kaum, dass mich Wörner wegen ein paar verkäster Einlagen nach Malta fliegen lässt«, grinste Stocker. »Bitte druck mir das Bild doch mal aus.«

Kassandra hatte inzwischen dem Rest des Wienerles

den Garaus gemacht und verschwand nach draußen, um sich etwas umzusehen.

»Johann, ich muss mit dir reden«, begann Stocker mit leiser Stimme. »Ich hab da ein kleines Problem. Aber bitte halt mich nicht für verrückt.«

»Lass mich raten. Seit dem Schlag hast du Potenzprobleme. Aber denk dir nichts, das ist normal. In sechzig Prozent der Fälle gibt sich das wieder«, grinste Göttler.

»Mensch, sei doch mal ernst. Mir ist wirklich nicht zum Lachen. Seit dem Schlag – ich höre Stimmen.«

Göttler sah seinen Freund entgeistert an und legte beide Hände vor sich auf den Schreibtisch. »Wie äußern sich diese Halluzinationen?«, fragte er fast tonlos.

»Ich höre meine Katze sprechen.«

Göttler sah seinen Freund mit besorgtem Blick an. »Weißt du, es gibt so eine Art Übersprungshandlung. Mit den spinnerten Weibern, die du immer hast, kannst du ja nicht reden. Also projizierst du dein Verlangen nach Zuneigung und Aussprache auf das Wesen, das dir am nächsten steht. Deine Katze. Andere fangen an, mit sich selbst zu reden, du sprichst mit deiner Katze. Aber normal ist das nicht.«

»Das weiß ich selber, dass das nicht normal ist, verdammt noch mal. Aber Einbildung und Realität widersprechen sich nicht. Was glaubst du wohl, warum sie heute mit dabei ist. Sie will mit dem Kater von letzter Nacht reden.«

»Äh, welchem Kater?«

»Als ich heute früh aus der Lagerhalle kam, saß auf einer der Mülltonnen ein Kater. Und der hat mich dämlich angequatscht. Aber ich hab das gar nicht registriert. Erst als dann Kassandra auch zu sprechen anfing, ist mir bewusst geworden, dass irgendetwas nicht stimmt.«

»Irgendetwas nicht stimmt ist gelinde ausgedrückt.

Florian, es ist keine Übersprungshandlung, du hast ein schweres Trauma. Vermutlich geht der Schaden an deinem Hirn weit über eine Gehirnerschütterung hinaus. Ich rufe jetzt in der Klinik an. Der Chefarzt ist ein Studienfreund, wie du weißt. Damit bleibt das Ganze auch erst mal unter uns. Wir machen ein Kernspintomogramm von deinem Hirn, damit wir wissen, wo der Schaden sitzt. Auf keinen Fall darfst du in diesem Zustand noch herumlaufen.«

»Was heißt hier, ich darf in diesem Zustand nicht herumlaufen! Sag doch gleich frei herumlaufen. Du hältst mich wohl für übergeschnappt? Weißt du was, du kannst mich mal. Schieb dir dein Tomogramm sonst wohin.« Stocker ging zum Drucker, schnappte sich den Ausdruck der Computersimulation des Maltamannes und verließ das Büro. »Kassandra, komm wir gehen.«

»Du hast es ihm gesagt, nicht wahr«, sagte Kassandra, die aus einem der Nachbarbüros herauskam.

»Ja«, antwortete Stocker etwas verlegen. »Mensch, er ist mein bester Freund.«

»Aber er hat dir nicht geglaubt, stimmt‘s?«

»Nein! Ach nein, ja.«

»Was jetzt, ja oder nein?«

»Ja«, knurrte Stocker.

»Das hätte ich dir gleich sagen können«, reagierte Kassandra spitz. »Wo willst du jetzt hin?«

»Ins Büro. Der Maltamann und der Biber sind meine einzigen Spuren.«

»Abgesehen von dem roten Kater«, kam es zurück.

»O. K., O. K., deinem roten Kater statten wir nachher einen Besuch ab.«

Die Katze verzog ihre Lefzen zu etwas, das verblüffend nach einem Grinsen aussah und sprang auf den Rücksitz.

Im Polizeipräsidium war bereits alles dunkel, bis auf die Pforte und eine Reihe von Fenstern im ersten Stock. Stocker ging an dem Wachhabenden vorbei.

»Guten Abend, Commissario. Entschuldigung, aber gehört die Katze zu Ihnen?«

»Ja, ja. Das geht schon in Ordnung«, lächelte Stocker etwas gequält. »Bald weiß es das ganze Kommissariat, dass ich plemplem bin.«

Dann setzte er an, um wie üblich, jeweils drei Stufen auf einmal zu nehmen. Doch er gab sofort auf.

»Mensch, Commissario, Sie gehören doch ins Bett«, sagte Ina und erhob sich halb hinter ihrem Schreibtisch.

»Sie können mich ja wieder hinbringen«, entgegnete Stocker scherzhaft.

»Sonst noch Wünsche?«, kam es zurück.

»So, wie sieht es denn aus?«, fragte er.

»Also. Der Tote hatte eine Hühnerbrust …«

»So sah er aber nicht aus«, unterbrach sie Stocker.

»Würden Sie mich bitte ausreden lassen. Er hatte eine Hühnerbrust mit Tomatennudeln und Pfirsich Melba als Nachtisch. Deckt sich genau mit dem Menüplan der Malta Air, Ankunft 18:26 Uhr in München. Die Passagierliste wird nachgeliefert.«

»Was kam bei der Spurensicherung heraus?«, unterbrach sie Stocker.

»Keine fremden Fingerabdrücke. Der Täter hat vermutlich Handschuhe getragen. Und von dem Toten gibt es keine Eintragungen. Auch nicht bei Interpol. Sprich, er ist bis jetzt strafrechtlich noch nicht aufgefallen. Die Überprüfung der Import-Export-Firma hat auch nichts gebracht. Die verschieben Maschinen und Maschinenteile in den Nahen Osten, nach Asien und Südamerika. Aber alles vollkommen legal.«

»Und die sonstigen Spuren?«

»Nichts Außergewöhnliches. Bis auf das weiße Pulver in den Hosenaufschlägen.«

»Was ist damit? Machen Sie es nicht so spannend!«

»Es ist Vogelkot! Vermutlich von Tauben. Außerdem wurden noch Reste von Flaumfedern gefunden. Aber die stammen von einem Kondor!«

»Wie bitte? Wie kommt ein Kondor nach Malta?«

»Das weiß ich auch nicht, Commissario. Vielleicht war der Typ kürzlich in einem Zoo.«

»Unwahrscheinlich! Dort kommt er mit dem Vogel nicht in Berührung. Nein, da steckt was anderes dahinter. Faxen Sie das Bild zusammen mit den Fingerabdrücken nach Malta. Die sollen versuchen rauszufinden, wer der Tote ist.« Dabei zog er den Computerausdruck von Göttler aus der Tasche. »Und Meier soll mit einer Kopie alle Taxis und Mietwagenfirmen am Flughafen abklappern. So, ich mach mir noch eine Kopie von unserem Toten und dann bin ich wieder dahin.«

»Wieder im Alleingang?«, fragte Ina.

»Nein, da kann ich Sie beruhigen. Wir sind zu zweit.« Dabei bückte sich Stocker und nahm Kassandra auf den Arm. Diese fixierte Ina mit ihren gelben Augen.

»Mein Gott, ist die schön«, entfuhr es Ina.

»Also, bis morgen«, verabschiedete sich Stocker. »Ach, und erwähnen Sie Wörner gegenüber noch nichts von dem Kondor«, fügte er, schon halb aus der Tür, hinzu.

»Eine niedliche Maus, deine Assistentin. Würde gut zu dir passen«, sagte die Katze nach dem Verlassen des Büros.

»Aus meinem Geschlechtsleben hältst du dich bitte raus. Verstanden?«, empörte sich Stocker.

Beleidigt sprang Kassandra von seinem Arm und lief die Treppe hinunter.

Die Lagerhalle lag genauso verlassen da, wie in der Nacht zuvor. Irgendwo bellte ein Hund, und ein Aschentonnendeckel fiel polternd zu Boden. »Deine Kumpels scheinen zu soupieren«, sagte Stocker.

»Das sind nicht meine Kumpels«, erwiderte Kassandra, noch immer verstimmt.

»Hier oben auf der Mülltonne saß dieses fette Teil von einem Kater und hat mich dämlich angequatscht.« Stocker ging einen Schritt auf die Mülltonnen zu. Doch nichts regte sich dort. »Schauen wir uns noch mal in der Halle um.« Er zog ein schmales Mäppchen hervor und entnahm ihm einen Dietrich.

»Legal, illegal, scheißegal«, kam der Kommentar von unten.

»Richtig!«, war die knappe Antwort.

Nach ganzen zehn Sekunden hatte Stocker das Schloss geöffnet. Er zog die Pistole aus der Tasche und stieß die Türe auf. Wieder der abgestandene Mief nach Staub und kaltem Rauch. Als er die zweite Türe öffnete, schlüpfte Kassandra durch den Spalt und lauschte. Doch selbst ihre empfindlichen Ohren nahmen kein Geräusch wahr.

»Die Luft scheint rein zu sein«, sagte sie und bewegte sich auf die Stelle zu, an der mit Kreide die Lage der Leiche markiert worden war. Lediglich das Blut und Stockers Abendessen hatte man entfernt.

»Wonach suchst du eigentlich?«, fragte die Katze.

»Das weiß ich selbst nicht. Ist einfach Intuition.« Er hielt die Pistole gesenkt und schlenderte durch die Halle. Der Schäkel, der ihn am Kopf getroffen hatte, war wieder hochgezogen und am Geländer einer Plattform befestigt worden, auf der sich ein Büro mit großen Fenstern befand. Von hier aus war die ganze Halle zu übersehen.

Er stieg die Eisentreppe hinauf und blickte in die Halle.

»Die Typen waren hier oben und haben mich erwartet. Aber woher wussten die, dass ich das Gebäude betreten hatte? Die Türe ist von hier nicht einsehbar, wegen der Kisten«, murmelte Stocker halblaut vor sich hin. Dann öffnete er die Türe mit seinem Dietrich und betrat das Büro. An der Außenwand standen Büroschränke und davor zwei gegeneinander geschobene Schreibtische. Unterhalb der Fensterfront befanden sich ebenfalls Regale. Und genau in der Mitte der Schreibtische standen zwei moderne Monitore. Stocker schaltete beide ein. Nach kurzem Flimmern entstand jeweils ein Bild. Eines zeigte den Vorplatz mit der Eingangstüre und das andere das Innere der Halle. »Die haben mich genau gesehen. Und ich Trottel bin ihnen blauäugig vor die Flinte gelaufen. Aber wo sind die Kameras? Verflucht noch mal!« Er starrte auf die Monitore und stutzte. Unterhalb des Bildschirmes befand sich jeweils ein Einschubfach. »Die zeichnen die Vorgänge in der Halle auf.« Er setzte eine der DVDs mehrere Sequenzen zurück, bis er sah, wie er selbst die Halle betrat. Kurz darauf erblickte er sich und den Maltamann auf dem Boden. Danach seine Bemühungen auf die Beine zu kommen und zuletzt die Spurensicherung bei der Arbeit. Dann war das Bild gestört. Er drückte jeweils auf EJECT und schob die DVDs in seine Sakkotasche.

Als er die Metalltreppe hinunterstieg, tauchte Kassandra zwischen den Kisten auf. »Hast du was gefunden, Großer?«

»Wird sich rausstellen«, erwiderte er achselzuckend. Als sie die Kisten passierten, fiel Stocker ein Brecheisen auf, das jetzt auf einer einzelnen Kiste vor dem Stapel lag. Intuitiv griff er danach und setzte es am Deckel der Kiste an. Mit einem protestierenden Quietschen gaben die Nägel nach, während sich der Deckel hob. In der Kiste standen dicht an dicht irgendwelche schwarz-goldenen Platten. Er fasste eine dieser Platten mit Zeige- und Mittelfinger an und zog sie vorsichtig heraus.

»Bilderrahmen! Scheinen Kompensationsgeschäfte zu machen, die Brüder.«

»Was ist das?«, fragte Kassandra und rieb sich an der Kiste.

»Wenn ich dir ein Dose Leckerlis hinstelle und du bringst mir dafür eine Maus.«

»Willst du eine?«, kam die Antwort.

»Trau dich. Meine Wohnung ist für Mäuse tabu.«

»Aber nur für Vierbeinige, gell?«

Er blieb ihr die Antwort schuldig und verschloss die Kiste wieder, indem er die Nägel mit dem Brecheisen zurück ins Holz klopfte. Auf dem Rückweg versuchte er, die Kameras zu entdecken. Aber diese waren offensichtlich so installiert, dass sie auch bei genauerem Hinsehen nicht zu entdecken waren.

Die Nacht war lau und ruhig. Doch zwischen den Aschentonnen bewegte sich etwas. Kassandra setzte sich und begann demonstrativ ihre Pfoten zu putzen.

Plötzlich sprang ein großer Schatten scheppernd auf einen Mülltonnendeckel und blickte aggressiv auf Stocker und seine Katze.

»Ist das der Kater von letzter Nacht?«, fragte Kassandra ungerührt.

Stocker nickte nur.

»Ach, du bist ja der Edelpenner. Aber heute riechst du

nicht so gut«, sagte der Kater mit einem enttäuschten Unterton.

»Dafür begleitet dich ein exzellenter Geruch!«, warf Kassandra ein.

Ein Grinsen machte sich auf dem großen, roten Katzenschädel breit. »Fisch, meine Süße. Schöner, leckerer Fisch. Und wenn die Sonne den ganzen Tag auf die Mülltonnen knallt, ist er sogar abends noch warm.«

»O. K., du Leckermäulchen. Wir brauchen deine Hilfe«, begann Kassandra das Verhör. »Du warst doch gestern Nacht hier in der Gegend? Ist dir irgendetwas Ungewöhnliches aufgefallen?«

Der Kater legte sich auf den Deckel und machte ein nachdenkliches Gesicht. »Gewöhnlich ist hier doch schon lange nichts mehr. Früher hatte man nachts seine Ruhe. Doch die letzten Tage ging es zu wie auf dem Hauptbahnhof. Gestern Nacht? Lass mich mal überlegen. Also, da kamen zuerst diese zwei Typen. Später dann so ein kleinerer Dicker und danach der da.«

»Hast du die Typen und den Dicken schon vorher mal gesehen?«

»Also, den Dicken garantiert nicht. Bei den anderen Typen bin ich mir nicht sicher. Aber da hätte ich viel zu tun, wenn ich mich um jeden Arsch kümmern müsste, der hier ein und aus geht. Sonst noch was, du kleiner Wuschel?«

»Fürs Erste reicht es«, sagte Kassandra und wandte sich zum Gehen.

»Also, das hab ich auch noch nicht erlebt, eine Katze, die sich einen Menschen hält«, murmelte der Kater hinter Stocker und Kassandra her.

»Recht gesprächig war der nicht gerade«, meinte Stocker und schloss seinen Wagen auf. In dem Moment klingelte sein Handy. »Hallo, Ina, was gibt es? Porca la miseria! Bin schon unterwegs.«

»Probleme?«, fragte Kassandra, während sie auf den Rücksitz sprang.

»Wir haben schon wieder einen Toten ohne Gesicht«, antwortete Stocker.

Schattenspiele

Die Villa lag in der vornehmsten Gegend von Augsburg. Stocker fuhr den Kiesweg hoch und hielt direkt vor dem Haus. Er nahm die hell erleuchteten Eingangsstufen mit großen Schritten, was er jedoch gleich wieder bereute. Ina stand mit einem Mann in der Halle und kam ihm entgegen.

»Grausig, Commissario«, sagte sie leise. »Übrigens, das ist Konsul Meyer. Kommissar Stocker.«

»Wir kennen uns«, winkte Stocker ab.

»Commissario!« Der Mittfünfziger mit grauen Schläfen und einem seidenen Morgenmantel deutete eine leichte Verbeugung an. »Ich dachte, Sie wären suspendiert? Oder waren Sie gerade zufällig in der Nähe? Dem Staatsanwalt wird das aber gar nicht gefallen.«

»Wie immer bestens informiert, unser Herr Konsul«, nickte Stocker mit einem sarkastischen Unterton. »Ina, wo ist die Leiche?«

»Im Gewächshaus, hinter der Villa. Woher kennen Sie den Typen eigentlich?«, fragte Ina, als sie auf dem Kiesweg das Haus umrundeten.

»Hochwohlgeboren stammt aus einer kleinen Beamtenfamilie. Er hat es dann bis zum Vorstand einer Spinnerei gebracht. In dieser Funktion wurde er zum Honorarkonsul irgendeines südamerikanischen Staates ernannt. Tja, und jetzt kommt es. Einer seiner Mitarbeiter machte eine bahnbrechende Erfindung für einen neuen Webstuhl. Der schräge Konsul aber vertickerte das Patent nach Südamerika und beschiss sowohl den Erfinder als auch seine Firma. Der Ingenieur hatte sich, wie sich im Laufe der Ermittlungen später herausstellte, selbst umgebracht.«

»Und dem Konsul war nichts nachzuweisen?«, hakte Ina nach.

»Kurz darauf musste die Spinnerei Insolvenz anmelden und es interessierte keinen Menschen mehr.«

Sie hatten das Gewächshaus erreicht. Der kleine Glaspalast stand hinter einer Reihe von Buchsbäumen mit der Schmalseite an die rückseitige Mauer des großen Grundstückes gelehnt. Gedämpftes Licht fiel durch die matten Glasscheiben und erleuchtete den Kiesweg spärlich.

Im Gewächshaus herrschte eine schwüle Atmosphäre, die einem im Nu die Kleidung am Körper kleben ließ. Der Tote saß zwischen blühendem Hibiskus mit dem Oberkörper an die Rückwand des Gewächshauses gelehnt, die Beine von sich gestreckt. Die Vollziegel, mit denen der Boden gepflastert war, wiesen Kratzspuren auf, was auf einen, wenn auch ungleichen, Kampf schließen ließ. Sein Gesicht oder besser dessen Rest war eine blutige, breiige Masse.

»Er ist offensichtlich von dem Rottweiler überrascht worden«, sagte Ina.

»Kassandra?«, rief Stocker mit einer gewissen Angst in der Stimme.

»Bin schon da«, kam die Antwort von unten. »Du hast doch nicht etwa Angst um mich gehabt?«

Stocker überging die Frage und wandte sich wieder an Ina. »Ist die Spurensicherung schon verständigt?«

»Ja. Und der Pathologe muss auch gleich kommen.«

Stocker lachte. »Schon wieder ein Abend versaut. Na, geschieht ihm recht.« Ina schaute etwas verwundert von ihm auf die Katze. Und sie hätte schwören können, dass auch dieses Wollknäuel grinste.

»Ich verabschiede mich jetzt auf Französisch. So wie ich den Konsul kenne, hat er sofort den Staatsanwalt angerufen. Und der wartet nur drauf, mir eins reinzuwürgen.«

Er drehte sich um und verließ das Glashaus. Der intensive Duft der Rosen verfolgte ihn bis nach draußen. Sein Körper warf einen langen Schatten in Richtung Haupthaus. Er wandte sich nach rechts zur Hausmeisterwohnung und den Garagen hin. Plötzlich schlug ihm ein dumpfes Grollen entgegen.

»Keine Angst, er ist an der Leine«, hörte er Kassandras Stimme.

Trotzdem griff Stocker reflexartig unter sein Jackett.

»Verzeihung, Commissario, wir wollten Sie nicht erschrecken«, sagte eine Stimme. Ein untersetzter, bullig wirkender Mann in einer Chauffeurslivree tauchte auf. Er hielt einen schwarzen Rottweiler am Halsband gepackt. Der Hund fletschte die Zähne und seine schwarzroten Lefzen erinnerten sehr an das Gesicht des Toten.

»Halt bloß den Fleischwolf von mir fern«, sagte Stocker und ging um die beiden herum.

»Commissario!« Stocker drehte sich um. »Ich hab den Hund nicht losgemacht«, beteuerte der Chauffeur mit um Aufrichtigkeit bemühtem Gesichtsausdruck.

»Fast bin ich geneigt, dir zu glauben. Aber wir sehen uns noch.«

Der Kies knirschte unter seinen Schritten, als er nach links abbog und weiter zu seinem Wagen ging. Als er die Auffahrt hinunterfuhr, kam ihm Göttler entgegen. Der hielt an und drehte die Scheibe herunter. »Wie geht es deinem Kopf?«

Stocker ignorierte die Frage. »Schon wieder ein Toter ohne Gesicht. Finde raus, wer er war. Der Maltamann und der Tote da oben hängen irgendwie zusammen. Ich komme morgen früh zu dir.« Damit gab er Gas und bog durch das schmiedeeiserne Tor in die Hauptstraße ein. Den schwarzen Mercedes von Detlef Horn, der ihm kurz darauf entgegenkam, bemerkte er nicht.

Es war weit nach Mitternacht, als er heimkehrte und zum Telefon griff. Er stellte auf Freisprechen und wählte eine Nummer. Es meldete sich der Anrufbeantworter. »Hallo, Hannes, ich bin's. Ich brauche …« In dem Moment wurde abgenommen.

»Wenn du um die Uhrzeit anrufst, brennt es wieder irgendwo. Ist deine Kiste abgestürzt oder hat dich Lara Croft persönlich heimgesucht?«

»Nichts dergleichen. Aber ich brauche deine Hilfe.«

»Um was geht es denn?«

»Das kann ich dir am Telefon nicht sagen. Bist du morgen … beziehungsweise heute früh zu Hause?«

»Komm gegen elf zu mir. Ich hab heute keinen Unterricht.« Dann hängte er ein.

Als Stocker ins Schlafzimmer kam, lag Kassandra bereits eingerollt schlafend auf seinem zweiten Kopfkissen.

Er erwachte gegen halb neun. Kassandra schlief noch und ihr regelmäßiges Atmen machte ihn für einen Moment glücklich.

Er setzte Wasser auf und ging ins Bad. Als er danach den Futternapf auffüllte und die Milchschüssel hinstellte, kam sie um die Ecke. »Guten Morgen, Großer.« Genüsslich streckte sie sich, gähnte und machte sich über die Milch her.

Stocker schaute sie zweifelnd an und schlug sich mit der flachen Hand gegen den Schädel.

»Bitte, hör auf, mit mir zu reden. Ich bin nicht verrückt.«

»Nein, bist du auch nicht«, kam es ungerührt zurück. »Also, was haben wir heute vor?«, fragte sie und sprang auf die Anrichte, um ihre Schnurrhaare zu pflegen.

»Ich muss zu Göttler. Ich will wissen, wer der Tote ist. Und danach versuchen wir, auf den DVDs aus der Halle noch was zu finden.«

»Du hast ja ›wir‹ gesagt«, gurrte es.

»Ich habe Hannes gemeint und nicht dich. So, und jetzt werde ich deine Stimme aus meinem Kopf verbannen. Dann werde ich auch wieder normal.«

»Dann viel Glück«, kam es prompt zurück.

Göttler saß an seinem Schreibtisch und machte Brotzeit.

»Guten Appetit«, murmelte Stocker knapp und rutschte auf einen Lederstuhl.

»Danke. Weißt du«, sinnierte Göttler, »der Tote von letzter Nacht hat mich daran erinnert, dass ich schon seit ewigen Zeiten kein Tatarbrot mehr gegessen habe«, und biss genüsslich in ein Gürkchen.

Stocker verzog das Gesicht. »Mich würde eher interessieren, wer der Tote ist.«

»Das kann ich dir noch nicht sagen. Aber ich habe eine Vermutung, aufgrund eines unübersehbaren Indizes.«

»Und die wäre?«

»Zeige ich dir gleich, wenn wir runtergehen. Dann kommst du wahrscheinlich von selbst drauf.«

Mit einem leisen »Miau« war Kassandra auf den

Schreibtisch gesprungen und sah Göttler auffordernd an.

»Hallo, sprechende Katze«, sagte Göttler, legte ihr etwas Tatar auf seine Untertasse und schaute Stocker mit einem zugekniffenen Auge an. »Kannst du immer noch mit ihr sprechen?«

»Lass mich in Ruhe!«, antwortete der Kommissar etwas lauter als beabsichtigt.

»Ist ja gut. Wenn du mit ihr sprechen kannst, kannst du mit ihr sprechen. Sonst geht es dir aber gut?«

»Bis auf zwei Leichen, den Mordverdacht, der mir am Hintern hängt, und die Tatsache, dass ich halluziniere, geht es mir hervorragend. Übrigens, wenn du schon so besorgt um mich bist, könntest du mir mal den Turban abnehmen?«

Göttler stellte seinen Teller beiseite. Dann öffnete er eine Schublade und entnahm ihr eine Schere, Verbandszeug und Desinfektionsmittel.

Vorsichtig löste er die Mullbinden und ließ sie auf den Teppich fallen. In dem Moment steckte Schenk den Kopf zur Türe herein. »Ah, Tutanchamun ist auch schon wach«, sagte er mit einem Blick auf die Binden, war aber schon wieder verschwunden, noch bevor Göttler reagieren konnte. Dieser desinfizierte jetzt sorgfältig die Wunde. »Sieht gut aus. Du kannst von Glück sagen, dass du so einen harten Schädel hast.« Letztendlich begann er, rings um die Wunde die Haare abzuschneiden und einen neuen, kleineren Verband zu verkleben.

Im Keller stank es nach Formalin wie eh und je. Der Tote lag zugedeckt auf dem Seziertisch. Göttler entfernte das Leintuch bis zum Bauch und leierte das Ergebnis der Untersuchung herunter.

»Männliche Leiche. Größe eins neunundsiebzig, Gewicht achtundachtzig Kilogramm. Slawischer Typ. Todeszeitpunkt zwischen zweiundzwanzig Uhr und Mitternacht. Todesursache Verbluten. Er ist ganz offensichtlich von einem Hund zerfleischt worden, wobei ihm die Halsschlagader zerrissen wurde. Die DNA des Rottweilers vom schrägen Konsul wird übrigens derzeit mit den Speichelresten im Gesicht des Toten verglichen. Den Spuren am Boden und an den Händen zufolge, hat er versucht, sich zu wehren. Aber er hatte keine Chance.«

»Irgendwelche sonstigen Besonderheiten?«

»Das kann man wohl sagen«, grinste Göttler und entfernte das Tuch zur Gänze.

»Meine Fresse«, entfuhr es Stocker. Ungläubig sah er auf den Unterleib des Toten.

»Da könnte man neidisch werden, was? Und dieses Riesending nährt in mir den Verdacht, dass es sich bei dem Toten um deinen ›Biber‹ handelt. Frag mich nicht, warum, aber irgendwie hab ich das Gefühl, dass die beiden Morde zusammenhängen. Und du hängst mitten drin. Sei vorsichtig, Florian!«

Stocker stützte sich mit beiden Händen auf den Seziertisch und schaute auf den Toten. »Faktisch ist es ein Unfall. Mirko Bronzki, alias der Biber, dringt in ein fremdes Grundstück ein und wird vom Hund des Konsuls gestellt. Pech für ihn. Aber der Hund war eingesperrt. Irgendjemand hat ihn ganz bewusst rausgelassen.«

»Vermutung oder Tatsache?«, fragte Göttler.

»Tatsache. Hugo, der Chauffeur vom Konsul, würde mich in dieser Hinsicht nicht anlügen. Einbruch, Erpressung und situationsbedingte Körperverletzung, ja, aber Mord, nein.«

»Und wie geht es jetzt weiter?«

»In der Lagerhalle befinden sich sehr gut versteckte Überwachungskameras mit automatischer Aufzeichnung. Irgendjemand hat die Sequenz gelöscht, die den Mord am Maltamann zeigt. Vielleicht kann man sie wiederherstellen. Einen Versuch ist es wert.«

»Hannes Nadler?«, kam es von Göttler.

»Wer sonst! Ich bin um elf mit ihm verabredet.«

»Also, wenn Hannes damals im Gymnasium gewusst hätte, was er dafür alles unentgeltlich für dich tun muss, hätte er nie bei dir abgeschrieben«, flachste Göttler.

»Blödmann. Darf ich schnell bei dir telefonieren? Hab mein Handy im Auto vergessen.«

Göttler machte eine einladende Bewegung in Richtung Telefon.

»Hallo, Ina, hier Stocker. Bei dem Toten handelt es sich vermutlich um einen gewissen Mirko Bronzki, in Fachkreisen auch als der Biber bekannt. Finden Sie alles heraus, was er in den letzten achtundvierzig Stunden gemacht hat. Und versuchen Sie, seinen Zahnarzt aufzutreiben. Wir brauchen die Zähne wahrscheinlich als Identifikationsmerkmal.« Dann legte er auf.

»Danke.« Er wandte sich zum Gehen.

»Florian!« Stocker drehte sich um. »Ich bin immer noch dein Freund.«

»Ich weiß«, murmelte Stocker und verließ den Raum.

Hannes Nadler wohnte in den Räumen einer ehemaligen Druckerei. Er war Berufsschullehrer für Elektronik, autodidaktischer Computerspezialist und Eigentümer eines Hauses in der Toskana.

Stocker fuhr in den Innenhof und parkte vor den Garagen, die sich im Erdgeschoss befanden, neben Nadlers Range Rover. Wilder Wein und Rosen rankten üppig an den roten Ziegeln und der Eisentreppe empor, die zu einer Reihe von Lofts im Obergeschoss führte. Stocker klingelte.

Als der Summer ertönte, drückte er gegen die Türe und stand mitten in einem einzigen, großen Raum, der nur von mobilen Trennwänden in einzelne Bereiche unterteilt wurde. Nadler saß in einem Drehstuhl vor einem riesigen Schreibtisch, auf dem drei Flachbildschirme flimmerten. Er war sonnengebräunt. In seinen hellbraunen Haaren und seinem Bart schien noch ein Rest südlicher Sonne zu schimmern. Die dunklen Augen ergänzten sein eher scheues Lächeln.

»Nimm dir ein Glas Wein. Hab ihn erst letzte Woche abgefüllt. Hallo, Kassandra, sieh dich ruhig um. Seit wann nimmst du sie mit?«

»Was macht dein Haus?«, antwortete Stocker mit einer Gegenfrage.

»Ich hab jetzt mit der Terrasse angefangen. Manchmal weiß ich nicht, ob ich einfach nur zu faul bin oder abergläubisch. Du weißt ja, wenn der letzte Nagel in der Wand ist, zieht man wieder um.«

»Hier!« Stocker streckte ihm die beiden DVDs entgegen. »Die stammen aus einer Überwachungsanlage. Die entscheidenden Sequenzen, die einen Mord dokumentieren, sind gelöscht oder überspielt worden.«

»Warum gibst du es nicht den Fuzzis von der RBA*?«

»Weil ich irgendetwas in der Hinterhand haben muss, ohne dass es das ganze Präsidium weiß.«

Hannes Nadler stellte sein Weinglas ab und war jetzt nur noch Computerprofi. »Was war das für eine Anlage? Stand eine Marke auf den Monitoren?«

---

* Regionale Beweisauswertung

»Ich glaube Samsui.«

»Uralte Schinken. Damit kannst du nur aufnehmen, aber nicht löschen, geschweige denn, Bilder bearbeiten. Wenn, dann haben die das irgendwo extern gemacht. Na, lass uns einfach mal reinschauen.« Nadler schob eine der DVDs in ein Laufwerk und zog ein Keyboard zu sich heran.

Der Monitor zeigte das Innere der Lagerhalle. Ein kleiner, untersetzter Mann betrat die Halle und ging zielstrebig auf die Treppe zu. »Der Maltamann«, flüsterte Stocker. Kurz darauf wurde der Bildschirm schwarz und ein neues Bild erschien.

»Die haben irgendwo einen Bewegungsmelder. Die Aufzeichnung schaltet sich nur ein, wenn sich irgendetwas bewegt«, kommentierte Nadler. »Das scheint dein Auftritt zu sein. Oh, jetzt haben Sie dich abgesetzt.« Tatsächlich war nur noch ein Grauflimmern auf dem Bildschirm zu sehen. Angestrengt blickte Stocker auf das Schneegestöber. Dann kam ein weiterer Schnitt und wieder Flimmern. Nach dem nächsten Schnitt sah man den Toten in seinem Blut liegen, und unmittelbar daneben versuchte Stocker auf die Beine zu kommen.

Nadler hielt das Bild an. »Sieht gar nicht schlecht aus. Die haben nur die entsprechenden Sequenzen gelöscht, aber nicht wieder überspielt. Das könnte die Sache erleichtern.«

»Schön wäre es. Es hat zwei Mitschnitte gegeben, die zerstört sind. Einmal der Mord und dann, als der Mörder das Gebäude wieder verlassen hat. Spiel noch mal die Szene, als ich in die Halle kam.«

Nadler spulte zurück und ließ dann das Bild laufen. Kassandra war inzwischen auf den Schreibtisch gesprungen und betrachtete die Bilder mit größter Aufmerksamkeit. »Hier sind Schatten zwischen dem Flimmern«, sagte sie. Obwohl Stocker angestrengt auf das Schneien starrte, konnte er nichts anderes wahrnehmen.

Trotzdem fragte er: »Sind da nicht Schatten zwischen dem Flimmern?«

»Vermutlich, wenn die nicht sauber gearbeitet haben. Aber die dürftest du eigentlich gar nicht wahrnehmen können.« Nadler drehte sich um und sah seinen Freund kopfschüttelnd an.

»Viel Zeit dürften die nicht gehabt haben, um die DVDs zu bearbeiten. Die Spurensicherung war am frühen Nachmittag fertig. Und ich war gegen halb elf nachts dort und habe die Aufzeichnungen entdeckt«, murmelte Stocker.

»Frage ist nur, warum haben sie sich die Mühe gemacht, die Sequenzen zu löschen und nicht gleich beide DVDs verschwinden lassen?«

»Wenn ich das wüsste, Hannes, wäre ich schon einen Schritt weiter.«

»O. K., ich versuche, deine Schatten rauszufiltern. Aber ein paar Stunden wird das schon dauern. Ich ruf dich an, sobald ich etwas habe.«

»Danke dir. Ich lad dich demnächst zum Essen ein.« Stocker zog die Türe hinter Kassandra zu und stieg die Treppe hinunter. Er verspürte einen leichten Hunger. »Was hältst du von ein paar Würsteln?«, fragte er an die Katze gerichtet.

»Prima Idee«, erwiderte sie und strich ihm um die Beine, ehe sie ins Auto sprang.

»Hallo, Ina, haben Sie Hunger? Ich gebe eine Runde Würstel aus.« Stocker steckte den Kopf durch die Bürotüre.

»Oh, Commissario. Ja, gerne. Muss Ihnen sowieso ein paar Dinge erzählen.«

In der Kantine des Präsidiums saßen nur noch wenige Mittagsgäste. Stocker holte zwei Paar Debreziner und ein Wienerle, süßen Senf und zwei Brezen.

Gerade hatte er das Wienerle in kleine Scheiben geschnitten und auf einer Untertasse unter den Tisch gestellt, als Staatsanwalt Detlef Horn mit Wörner im Schlepptau die Kantine betrat.

Kaum hatte der Staatsanwalt Stocker entdeckt, als er auch schon auf seinen Tisch zusteuerte.

»Kommissar. Ich weiß, dass Sie heute Nacht in der Villa von Konsul Meyer waren. Wer hat Sie informiert?«

»Der Konsul hat mich selbst angerufen. Er wirkte etwas verstört«, antwortete Stocker und sah ihm direkt ins Gesicht. »Na kein Wunder. Ich wäre auch betroffen, wenn meine Katze jemanden zerfleischt hätte.«

Detlef Horn lief rot an, wirkte aber sichtlich verunsichert und wechselte die Thematik. »Stocker, Sie sind suspendiert. Halten Sie sich aus allen Angelegenheiten heraus, sonst kriegen Sie jede Menge Ärger.«

»Den habe ich ohnehin schon. Viel schlimmer kann es doch gar nicht werden, oder?«

»Ach was.« Der Staatsanwalt drehte sich mit einer abwehrenden Handbewegung um und steuerte auf einen freien Tisch zu. Wörner folgte ihm, wobei er Stocker mit einer Geste andeutete, dass er verschwinden solle.

»Den Kaffee sollten wir besser oben nehmen«, schlug Ina mit einem Seitenblick auf die beiden Männer vor.

Wortlos standen sie auf, brachten ihre Teller zurück und suchten Inas Büro auf.

»Wir haben die Bleibe von Mirko Bronzki gefunden. Ein schmieriges Hotelzimmer in der Nähe des Bahnhofs. Meier ist gerade dort. Wenn Sie Lust haben, können wir anschließend dorthin fahren. Den Zahnarzt haben wir natürlich noch nicht aufgetrieben. Aber die Rundfrage ist raus.« Ina unterbrach ihren Bericht, denn Cora stellte zwei Tassen Kaffee auf den Tisch. »Aus Malta kam vorhin eine E-Mail. Die übermittelten Fingerabdrücke haben zu keinem Ergebnis geführt, aber sie bemühen sich.«

»Also, vorbestraft scheint der Typ demnach nicht zu sein«, kommentierte Stocker die Information seiner Sekretärin. »Ach, Cora, bitte stellen Sie mal alles zusammen, was wir über Konsul Meyer im Archiv haben.«

»Woher haben Sie eigentlich gewusst, dass der Tote im Gewächshaus der Biber ist?«, fragte Ina.

»Auf die Idee kam eigentlich Göttler. Mirko Bronzki verfügt, oder besser verfügte, über ein sehr ausgeprägtes männliches Detail. Und dies war bei dem Toten beim besten Willen nicht zu übersehen.«

Ina verdrehte die Augen. »Fahren wir jetzt zu Bronzki oder nicht?« Sie stand auf, um ihre Verlegenheit zu überspielen.

Stocker steuerte sein Cabrio durch den nachmittäglichen Verkehr. Er hatte das Verdeck geöffnet und der Fahrtwind spielte mit Inas kurzem Haar. Kassandra lag, wie immer, geschützt auf dem Rücksitz.

»Was wissen Sie eigentlich über den Toten?«, fragte Ina in den sie umgebenden Verkehrslärm hinein.

»Wie gesagt, er heißt Mirko Bronzki und kommt aus einem kleinen Kaff im Kosovo. Er gehörte zur albanischen Minderheit und kam mit Beginn des Krieges nach Deutschland. Im Bahnhofsviertel hatte er sich schnell etabliert und verdiente sich, aufgrund seiner körperlichen Vorzüge, sein Geld mit Pornofilmerei.«

»Und warum hat er für Sie als Informant gearbeitet?«

»Tja, das ist eine andere Geschichte. Er war Polizeioffizier im ehemaligen Jugoslawien und in einige zweifelhafte Sonderaktionen verwickelt. Sein Pech, dass ich das über einen amerikanischen Mittelsmann erfahren habe, der gegen eine Gruppe von Kosovo-Albanern wegen Drogenschmuggels ermittelte.«

»Also war er auch im Drogenschmuggel tätig?«, warf Ina ein.

»Möglich. Beweisen konnten sie es ihm nie. Er war mit allen Wassern gewaschen und spielte vielleicht sogar eine bedeutendere Rolle, als wir annehmen. Könnte auch sein, dass er für die Amerikaner gearbeitet hat. Aber seine Tipps waren immer erstklassig. Und ich bin nicht der Typ, der Erbsen streut.«

Ina sah ihn fragend an.

»Hat man Ihnen nie das Märchen von den Heinzelmännchen vorgelesen?« Er lachte.

Stocker fuhr durch die Straßen hinter dem Hauptbahnhof und parkte in der Nähe des Prinzregentenplatzes auf dem Gehsteig. Sie traten durch eine verglaste Türe in einen Hausflur. Es roch nach altem Essen, Moder und Urin. Die Rezeption des Hotels lag im ersten Stock. Ein schmächtiger Kerl mit pockennarbigem Gesicht begrüßte sie. »Macht fünfundvierzig Euro die Stunde, im Voraus. Die Handtücher sind im Preis inbegriffen.« Er legte zwei verwaschene und ausgefranste Handtücher und einen Schlüssel auf die Theke. »Tiere sind keine erlaubt«, schloss er und zeigte auf Kassandra.

»Die schon, denn das ist eine Polizeikatze«, erwiderte Ina und hielt ihm ihre Polizeimarke unter die Nase.

»Oh Mann, schon wieder Bullen. Ist ja die reinste Völkerwanderung heute. Wollt ihr auch zum Biber?«

»Richtig.«

»Wohnt dort hinten in Nummer 16. Ein Kollege von euch ist schon dort. Aber seid bitte leise. Ihr versaut mir sonst das ganze Geschäft.«

»Wir werden uns bemühen«, sagte Ina und blickte angewidert auf die Handtücher.

Als sie das Zimmer betraten, wühlte sich Meier gerade durch die Schublade einer alten Kommode, auf der eine angeschlagene Madonnenfigur aus Porzellan stand.

»Wir teilen uns auf. Ina, Sie helfen hier Meier und ich knöpf mir das Bad vor.«

Eine halbe Stunde später war das gesamte Zimmer auf den Kopf gestellt. Doch außer einem Stapel Pornos im Schrank und einer Glock 17* mit einem 31-Schuss-Magazin im Spülkasten der Toilette hatten sie nichts Außergewöhnliches gefunden.

Stocker stand mitten im Zimmer und fixierte ein Stück Tapete. »Irgendetwas stimmt hier nicht und ich komm nicht drauf«, murmelte er.

Sie versiegelten das Zimmer und traten kurz danach auf die Straße hinaus. »Wir melden uns, sobald wir Neues erfahren«, sagte Ina und ging mit Meier zu dessen Dienstwagen.

»Die Madonnenfigur hat mir gefallen«, sagte Kassandra plötzlich. »Und sie hat gut gerochen. Deine Porzellansachen riechen gar nicht.«

Stocker blieb wie angewurzelt stehen. »Das ist es! Ina, Jens!«, brüllte er über die Straße und rannte zurück ins Hotel.

Er nahm zwei Stufen auf einmal, riss dem vollkommen verdutzten Portier den Zimmerschlüssel aus der Hand

---

* Von Gaston Glock entwickelte Pistole, die um 40 % leichter ist als vergleichbare Waffen.

und stürmte in das Zimmer des Bibers. Als er nach der Madonnenfigur griff, erschienen seine beiden Mitarbeiter gerade keuchend in der Türe. Langsam drehte er die Figur um und entnahm ihr ein Knäuel Papier, das offensichtlich als Verschluss gedient hatte. Vorsichtig schüttelte er die Madonna und drei kleine Plastiksäckchen fielen auf den Boden.

Schnee im August

Sack und Asche«, entfuhr es Meier. »Darum geht es also.«

»Offensichtlich«, nickte Stocker. »Bringt das Zeug so schnell wie möglich ins Labor. Ich fahr noch mal in die Gerichtsmedizin. Ich will wissen, ob der Maltamann und Mirko das Zeug selbst genommen haben. Ach ja, und informiert Wörner und die Kollegen von der Drogenfahndung. Paulus soll mich aber unbedingt persönlich zurückrufen.«

Auf dem Weg in die Gerichtsmedizin saß Kassandra stolz auf dem Rücksitz und ließ Stockers Lob über sich ergehen.

»Kannst du mir sagen, ob der Maltamann und der Biber gefixt oder gekokst haben?«, fragte Stocker, als er Göttlers Büro betrat.

»Erst mal setzt du dich hin. So, und jetzt zu deiner Frage. Gefixt hat keiner von beiden. Es waren keinerlei Einstiche festzustellen. Ob sie gekokst haben, kann ich so nicht sagen. Da der Riechkolben in beiden Fällen faktisch nicht mehr vorhanden war, konnten auch keine Verätzungen oder Spuren festgestellt werden. Aber wenn, müssten irgendwo in den Atemwegen noch Spuren nachweisbar sein. Schenk wird sich drum kümmern.«

»Schnee im August«, sagte Stocker leise.

»Wie bitte? Wie kommst du überhaupt zu dem Verdacht? Magst du auch einen Kaffee?«, fragte Göttler und wandte sich schon der Kaffeemaschine zu.

»Ja bitte. Wir haben drei Päckchen in Mirkos Hotelzimmer gefunden. Vermutlich Heroin. Sie werden gerade analysiert.«

Göttler drehte sich langsam um.

»Sag mir wegen des Ergebnisses Bescheid. Vielleicht besteht eine Verbindung zu einer Überdosis vor zwei Monaten.«

»Wer?«

»Ein junges Ding. Siebzehn Jahre alt. War etwas dubios. Paulus kann dir vielleicht mehr erzählen.«

Göttlers Telefon klingelte. »Hier. Für dich«, sagte er und hielt seinem Freund den Hörer hin.

»Stocker.«

»Sag mal, wozu hast du eigentlich ein Handy? Entweder es ist ausgeschaltet, oder du hast es nicht dabei«, tönte Nadlers Stimme aus dem Hörer. »Ich hab was Interessantes für dich.«

»O. K., bin schon unterwegs.« Stocker wandte sich zum Gehen. »Danke für den Kaffee. Ich melde mich wieder.«

Als er schon fast auf der Treppe war, rief ihm Göttler noch hinterher: »Übrigens, die Speichelproben haben den Hund vom schrägen Konsul zwar eindeutig überführt, aber es war noch eine andere DNA mit im Spiel.«

Nadler hockte wie üblich vor seinen Bildschirmen. »Komm rein, es ist offen. Willst du einen Kaffee?«

»Nee du, danke. Hatte gerade einen bei Johann. Mir geht das Scheißzeug seit neuestem auf den Magen.«

»Wenn du nichts isst, glaube ich das gleich. Also pass auf. Ich spiele dir jetzt die zweite gelöschte Sequenz vor.«

Kassandra war auf den Schreibtisch gesprungen und starrte gespannt auf den Bildschirm. Das Bild flimmerte anfänglich etwas, stabilisierte sich dann jedoch. Es zeigte das Innere der Lagerhalle. Eine Person bewegte sich entlang der gestapelten Kisten und ging plötzlich wie von einer unsichtbaren Faust getroffen zu Boden. Sekunden später näherte sich ein Schatten und bückte sich über den am Boden Liegenden, wobei er jedoch die Sicht auf diesen verdeckte. Ein zweiter Schatten näherte sich, drehte sich aber abrupt um, als der erste Schatten sich erhob und mit ausgestreckter Hand auf den Fliehenden zu zeigen schien. Dann brach der zweite Schatten zusammen und fiel vornüber. Die erste und die dritte Sequenz zeigten jeweils zwei Personen, die die Halle betraten und verließen.

»Auf der zweiten DVD ist der Eingang drauf. Von den Personen ist aber auch nicht mehr zu erkennen.«

»Kannst du die Bilder schärfer machen?«, fragte Stocker. »Gesichter erkennbar machen?«

»Tut mir leid, aber das ist das Äußerste, was ich rausholen konnte. Zumindest dürfte das aber deine Unschuld beweisen.«

»Darum geht es gar nicht mehr, Hannes.«

»Hast du heute wieder deinen Nihilistischen?« Nadler sah seinen Freund von unten an.

»Nein, keine Angst. Ich bin weder suizidgefährdet noch geistig weggetreten, hoffe ich zumindest.« Stocker lächelte gequält. »Kannst du mir von den wiederhergestellten Sequenzen eine Kopie machen?«

Stocker stieg langsam die Metalltreppe hinunter. Die üppigen Rosen verströmten einen intensiven Duft, und der wilde Wein bewegte sich sachte im Wind. Kassandra trippelte neben ihm zum Wagen. »Hast du die Bewegungen der Personen gesehen?«, miaute sie leise.

Stocker reagierte nicht. Rein mechanisch schloss er die Wagentüre auf. Doch Kassandra ließ nicht locker.

»Großer, aufwachen!«

»Ich bin ja da. Was gibt's denn?«

»Hast du auf die Bewegungen der zwei Personen geachtet?« Die Katze machte eine Pause. »Nein, hast du nicht. Du hast nur auf die Gesichter gesehen. Stimmt's? Hättest du auf die Bewegungen geachtet, wäre dir aufgefallen, dass eine von beiden vermutlich eine Frau war. Frauen bewegen sich ganz anders als Männer.«

Stocker schluckte unweigerlich und starrte seine Katze an. »Welche? Die, die geschossen hat, oder die andere?«

»Die Mörderin, Großer.« Kassandra genoss die Wirkung ihrer Worte und begann ihre Pfoten zu schlecken.

Stocker schüttelte sich, als wollte er seine Gedanken abstreifen. »Komm, wir fahren ins Präsidium. Vielleicht gibt es schon etwas Neues.«

»Wo ist Ina?« Stocker steckte den Kopf durch die Bürotüre und sah Meier fragend an.

»Heute ist doch Training, Commissario!«

»Ach ja, das hab ich total vergessen. Aber mit meiner Birne kann ich sowieso nicht. Was gibt es Neues? Hat sich Malta schon gerührt?«

Meier sah ihn kopfschüttelnd an. »Was erwarten Sie, Commissario? Aber die Analyse von dem Stoff ist da. Es ist Heroin. Das Labor sagt, so ein Zeug ist ihnen noch nicht untergekommen. Allein die drei Proben sind ein kleines Vermögen wert.«

»Hat das K4 respektive Paulus irgendetwas dazu gesagt?«

»Die Drogenfahndung hat Indizien, dass seit einigen Wochen eine gewisse Unruhe innerhalb der Dealerszene herrscht. Offensichtlich wird der Markt hier neu aufgeteilt. Aber Paulus wollte mit Ihnen persönlich sprechen. Ach ja, und der Biber ist wohl tatsächlich vom Hund des Konsuls massakriert worden.«

»Weiß ich schon. Bleiben Sie an Malta dran. Und morgen machen wir dem Konsul ein bisschen Druck.«

»Ina wollte noch etwas von Ihnen. Sie hat, glaube ich, herausgefunden, was der Biber in den letzten Stunden seines Lebens so gemacht hat.«

Stocker sah auf seine Armbanduhr. »Ich fahr schnell vorbei. Muss ohnehin in die Richtung.« Er verließ das Präsidium und reihte sich in den abendlichen Verkehr ein.

Das Kloster lag etwas abseits. Eine 2,50 Meter hohe Mauer umgab das Areal. Stocker fuhr durch ein großes Tor auf den Innenhof und parkte unmittelbar vor einem Portal mit der Aufschrift ›Klosterschule‹. Er öffnete die schwere Eichentüre, ließ Kassandra den Vortritt und durchschritt die Eingangshalle.

Die Turnhalle lag im rückwärtigen Teil des Gebäudes. Er öffnete die Verbindungstüre und verbeugte sich. Es roch nach Schweiß und Staub. Ungefähr zwanzig Personen standen in einem großen Halbkreis um zwei Kämpfende. Ina wurde gerade von einem kräftigen Mann attackiert. Sie blockte geschickt und konterte mit einem schnellen Fersendrehschlag. »Sie wird immer besser. Bald muss ich selber aufpassen«, sagte Stocker zu Kassandra.

Er selbst hatte seine Assistentin vor einem Jahr in diese Gruppe gebracht. Seit fünf Jahren trainierte er hier unter der Anleitung von Bruder Konrad. Ein Lächeln umspielte seine Züge, als er an ihre erste Begegnung dachte. Konrad war damals nachts von mehreren Skinheads angepöbelt worden. Stocker wollte ihm zu Hilfe eilen. Doch der Benediktiner hatte die Sache schon selbst erledigt. Die rasierten Schädel hatten eine längere Phase der Rekonvaleszenz benötigt.

Conny beendete das Training und kam auf Stocker zu. »Man hat versucht, dir den Scheitel nachzuziehen, habe ich gehört.« Er lächelte und ging halb um sein Gegenüber herum, um den Verband zu begutachten. »Ich hoffe, du kommst bald wieder.« Damit verbeugte er sich und machte Ina Platz, die inzwischen herangekommen war.

»Hallo«, sagte sie und strich sich eine blonde Strähne aus der nassen Stirn.

»Jens sagte, Sie haben neue Erkenntnisse über die letzte Nacht des Bibers!«

»Kann man so sagen, ja«, erwiderte sie und lächelte ihn an, während Kassandra um ihre Beine strich.

»Gehen wir was trinken? Außerdem muss ich ohnehin noch bei Göttler vorbei.« Ina schaute ihren Chef mit zusammengekniffenen Lippen an.

»Ich muss aber vorher noch duschen. So kann ich kaum unter die Leute«, antwortete sie.

»Ach, Göttler macht das sowieso nichts, der ist anderes gewohnt«, kam es von Stocker.

Ina warf ihm einen bösen Blick zu und verschwand.

»Du hast einen Charme wie ein räudiger Kater«, sagte Kassandra. »Kein Wunder, dass du alleine lebst.«

»Erstens lebe ich nicht alleine, sondern bin mit dir gestraft, und zweitens halte dich aus meinem Beziehungsleben raus.« Kassandra fauchte ihn giftig an und drehte sich demonstrativ um.

»O. K., O. K., ich entschuldige mich bei ihr. Einverstanden?«

»Das ist ja wohl das Mindeste«, kam es zurück.

Zehn Minuten später war Ina fertig. Sie trug eine weiße Hose und einen engen Rippenpullover. Der Anblick machte Stocker etwas verlegen, was Kassandra mit Genugtuung aufnahm.

»Wegen der Bemerkung vorhin, es tut mir leid.«

»Ist schon gut. Was Göttler betrifft, hat es ja gestimmt.« Sie lächelte und stieg ein, als Stocker ihr die Wagentüre öffnete.

»Du lernst es schon noch«, gurrte Kassandra.

Göttler wohnte im Erdgeschoss einer Jugendstilvilla. Die fast drei Meter hohen Räume und die weißen Türen gaben der Wohnung etwas Herrschaftliches. Göttler trug ein weißes Hemd über einer grauen Hose. Seine Füße steckten barfuß in schwarzen Wildlederslippern.

»Hereinspaziert. Hab mir schon gedacht, dass ihr heute noch auftaucht. Ich hoffe, er hat nicht trainiert«, sagte er an Ina gewandt. Sie lächelte nur und schüttelte den Kopf.

»Was kann ich euch anbieten? Ein Glas Prosecco und etwas Pastete? Selbstgebacken natürlich. Und ein Schälchen Milch für unsere Süße?«

Kassandra quittierte diese Bemerkung mit einem Reiben an seinem Hosenbein. Göttler holte die Milch und eine Flasche aus dem Kühlschrank. Er drückte Stocker den Prosecco in die Hand und goss etwas Milch in eine Untertasse, die er in die Mikrowelle stellte. Als es kurz darauf klingelte, schob er Kassandra das Schälchen hin und sofort begann sie mit ihrer kleinen, himbeerfarbenen Zunge die lauwarme Milch zu schlabbern.

»Du hast gestern etwas von einer Drogentoten erwähnt«, lenkte Stocker das Gespräch auf den eigentlichen Grund seines Besuches.

»Ein dubioser Fall, ja. Ich hab sie selbst obduziert, um ja alle Zweifel auszuschließen. Du weißt, mir ist der Umgang mit Leichen zum Alltag geworden. Aber das ging auch mir an die Nerven. Siebzehn Jahre, bildhübsch und clean. Die Kleine hatte vorher noch nie irgendetwas mit Drogen zu tun. Dafür verwette ich den Buckel meiner Großmutter. Und dann eine Überdosis Heroin. Das Quantum, das die intus hatte, hätte für einen Bullen gereicht.«

»Verkehrte sie denn in Drogenkreisen?«, unterbrach ihn Ina.

»Wenn Sie die Szene meinen, nach Aussage von Paulus, nein.«

»Wir haben übrigens die Analyse von dem Stoff, den wir beim Biber gefunden haben. Hochkonzentriertes Zeug. Das wolltest du doch wissen«, warf Stocker ein.

»Könnte auch auf das arme Ding passen. Du solltest dich wirklich mit Paulus unterhalten. Übrigens, wenn du den Prosecco nicht bald aufmachst, heb ich ihn gleich für Silvester auf.«

»Entschuldigung.« Stocker lächelte verlegen und öffnete ganz in Gedanken die Flasche.

»Weißt du noch, wie die Kleine hieß?«, fragte er dann.

»Ariane Weinsberg!«

Stocker schaute ihn an. »Du meinst Weinsberg?«

»Genau den Weinsberg.«

»Kann mich vielleicht jemand aufklären?«, fragte Ina.

»Weinsberg ist, oder besser, er war Bankier. Sein Vater

hatte die Investmentbank gegründet und groß gemacht. Sein Sohn hat sie dann vor zehn Jahren an die Bank of Credit and Commerce International verkauft, hinter der aber wiederum die CIA stand. Warum er verkauft hat und was er als Gegenleistung erhielt, liegt bis heute im Dunkeln. Er besitzt mehrere große Aktienpakete an internationalen Firmen. Sein wirtschaftlicher und politischer Einfluss wird als durchaus groß eingestuft. Er hat Kontakte überallhin. Kurz nach dem Verkauf der Bank übersiedelte er ins Allgäu und lebt vollkommen abgeschottet auf seinem Anwesen. Niemand weiß, was er eigentlich treibt.«

»Aber warum stand nichts davon in den Medien? Der Drogentod seiner Tochter muss doch ein gefundenes Fressen für die Presse gewesen sein?«

»Ina, der Mann hat so viel Macht, dass er die Presse mit einem Telefonat zum Schweigen bringen kann.«

»Den würde ich gerne mal kennenlernen!«

»Das können Sie haben. Wir werden ihn aufsuchen. Aber vorher muss ich noch mit Paulus reden«, antwortete Stocker.

»Meinst du nicht, dass du schon genug am Hals hast?«, fuhr Göttler dazwischen. »An deiner Stelle würde ich die Finger von Weinsberg lassen. Ich hab nämlich keine Lust, dich bei mir auf Eis zu legen.«

»Was meinst du damit?« Stocker schluckte sein Stück Pastete hinunter und setzte sein Glas ab, mit dem er gerade nachspülen wollte.

»Weinsberg ist gefährlich. Aber frag Paulus. Der weiß mehr.« Damit war für Göttler die Sache erledigt und Stocker wusste, dass momentan nicht mehr aus ihm herauszuholen war.

Kurz darauf verabschiedeten sie sich von Göttler. Schweigend fuhren sie durch die abendlichen Straßen. Als sie vor Inas Wohnung stehen blieben, lehnte Stocker sich zurück. »Ich bin mir sicher, dass die Fälle zusammenhängen. Irgendjemand bringt hier reinsten Stoff ins Land und scheut nicht davor zurück, dafür auch zu morden. Versuchen Sie bitte gleich morgen einen Termin mit Paulus zu machen. Aber möglichst nicht im Präsidium.«

Ina sah ihn stirnrunzelnd an, sagte aber nichts.

»Was war übrigens mit dem Biber?«

Ina holte Luft. »Der Nachtportier des Hotels sagte, der Biber sei gestern erst in den Morgenstunden heimgekommen. Sein Wagen sei voller Staub gewesen. Gefrühstückt hatte er dann so gegen vierzehn Uhr in dem kleinen Kaffee neben dem Hotel. Danach war er auf der Bank und in einem Notariat gewesen.«

»Was wollte er dort?«, unterbrach sie Stocker.

»Der Notar war heute Nachmittag nicht da und die Sekretärin hatte keine Ahnung. Den Nachmittag über war Bronzki dann in einem Fotostudio in der Altstadt. Die haben nach Aussage des Fotografen gegen dreiundzwanzig Uhr Schluss gemacht, weil Mirko erschöpft war.«

Stocker lachte und bewegte seinen Zeigefinger langsam nach unten.

Ina überging Stockers Andeutung. »Danach verliert sich die Spur bis zu seinem Auffinden beim Konsul.«

»Da dürfte nicht mehr viel dazwischen passiert sein. Wahrscheinlich ist er gleich vom Studio aus zum Konsul gefahren.«

»Aber was wollte er um diese Uhrzeit dort und noch dazu im Gewächshaus?«

»Fragen, auf die wir Antworten brauchen. Ach, lassen

Sie den Wagen vom Biber sicherstellen und von der Spurensicherung genau untersuchen. Auch außen. Ich brauche Proben von dem Staub. Vielleicht finden wir raus, wo er die Nacht vor seinem Tod war.«

»Mach ich«, sagte Ina, holte ihre Tasche vom Rücksitz und stieg aus. »Gute Nacht, Kassandra, gute Nacht, Commissario.« Dann drückte sie die Türe ins Schloss.

Federleicht

Es war kurz nach acht, als das Telefon klingelte. Stocker schreckte hoch und schlurfte ins Wohnzimmer. Schlaftrunken griff er nach dem Hörer. Ina meldete sich und teilte ihm mit, dass Paulus, der Chef der Drogenfahndung, gegen halb zehn Uhr in der Krypta der Stadtpfarrkirche auf ihn warten würde. »Seit wann ist der so fromm?«, fragte Stocker.

»Das dürfen Sie mich nicht fragen, Commissario.«

Er legte auf. Kassandra kam gerade von der Terrasse herein und strich ihm um die Beine.

»Morgen, Großer«, sagte sie.

»Deine Stimme, ich versteh es nicht«, murmelte er. Dann fragte er etwas lauter: »Hunger?«

»Ein Schälchen lauwarme Milch wäre schön, mein Großer.«

Er goss die Milch ein und stellte sie in die Mikrowelle. Dann füllte er den Wasserkocher. Als die Mikrowelle klingelte, nahm er das Schälchen und stellte es auf die Anrichte. Kassandra sprang hoch und begann genüsslich ihre Milch zu schlabbern, während er vorsichtig an seinem heißen Kaffee nippte.

»Was steht heute auf dem Plan?«, fragte sie und wischte sich mit der Pfote über ihre Barthaare.

»Erst mal Paulus. Dann der Notar. Anschließend der Konsul und nachher Weinsberg.«

»Verspricht ein interessanter Tag zu werden. Aber bitte nimm eine Dose Futter für mich mit. Es ist ja gut gemeint, aber ich kann schon keine Würstchen mehr sehen.«

Er zuckte mit den Schultern und ging ins Bad.

Eine halbe Stunde später waren sie auf dem Weg zur Kirche. Kassandra hielt sich dicht an Stocker, während einige der morgendlichen Passanten erstaunt dem ungleichen Gespann hinterher sahen.

Die Kirche war leer und Stockers Schritte hallten wider, als er die Stufen zur Krypta hinunter schritt. Zahllose Kerzen brannten und verbreiteten einen goldenen Schimmer in dem niedrigen Gewölbe. Die Säulen des Mittelganges warfen lange Schatten und unterstrichen die Besonderheit dieses Ortes.

»Wie Himmel und Hölle in göttlichem Licht«, sagte eine Stimme hinter ihm. Paulus war aus dem Schatten eines Pilasters getreten.

»Warum um alles in der Welt müssen wir uns gerade hier treffen?«, fragte Stocker, ohne sich umzudrehen.

»Es gibt ein chinesisches Sprichwort. Wenn Drachen schlafen, sollte man sie nicht wecken.«

Stocker drehte sich um und blickte Sven Paulus ins Gesicht. Der ergraute, aber sportliche Endvierziger wirkte trotz des diffusen Lichtes sonnengebräunt. Seine blauen Augen unter buschigen Brauen waren hellwach. Er strich sich eine Haarsträhne aus dem Gesicht, lächelte und streckte Stocker einen DIN-A5-Umschlag entgegen. Die Bilder zeigten eine Tote aus verschiedenen Blickwinkeln. Das blasse Gesicht wurde von einem Kranz goldener Locken umrahmt.

»Ariane Weinsberg?«, fragte Stocker.

Paulus nickte und setzte sich auf einen Steinsockel. »Sie war noch ein Kind. Gestorben an einer Überdosis Heroin, durch Selbstinjektion. Das war die offizielle Todesursache.«

»Und die inoffizielle?«, unterbrach ihn Stocker.

»Eiskalter Mord!« Paulus' Stimme durchschnitt die Stille. »Es wurden keine weiteren Einstiche gefunden. Damit ist bewiesen, dass sie nicht an der Nadel hing. Auch die Nachforschungen in ihrem Internat ergaben keinerlei Anhaltspunkte für eine Drogensucht.«

»Sie war in einem Internat?«

»Sie war Klaus Weinsbergs Stieftochter. Wusstest du das nicht? Ihre Mutter ist seine zweite Frau. Aber das Verhältnis zum Stiefvater schien eher getrübt gewesen zu sein. Auch wenn er versucht hat, uns das Gegenteil glauben zu machen. Die Untersuchungen wurden damals bald eingestellt. Auf Druck von ganz oben.«

»Staatsanwaltschaft?«, fragte Stocker und blätterte die Bilder erneut durch.

»Ich sagte ganz oben.« Paulus richtete seinen Blick zur Decke. »Das Zeug, das ihr gespritzt wurde, war lupenrein. So etwas ist mir noch nicht untergekommen.«

»Mir schon. Deshalb wollte ich ja mit dir reden. Wir haben bei einem Informanten von mir drei Päckchen Heroin gefunden. Der offizielle Bericht ist auf dem Weg zu dir.«

»Hat der Typ das Zeug selber konsumiert oder damit gedealt?«

»Keines von beiden. Meiner Meinung nach waren das nur Proben. Doch die haben ihn auf eine ganz andere Art das Leben gekostet.«

»Wir wissen, dass der Drogenmarkt derzeit in Bewegung ist. Aber wir wissen nicht, warum. Wenn es tatsächlich einen neuen Stoff gibt, müsste er ja bald auf dem Markt auftauchen.«

»In Verbindung mit wie vielen Toten? Drei haben wir schon.«

»Du glaubst also, dass die Fälle zusammenhängen?«

»Ich bin mir ziemlich sicher«, sagte Stocker und gab Paulus den Umschlag zurück.

»Übrigens, Fundort und Tatort waren nicht identisch. Aber das hat man damals unter den Tisch gekehrt. Ina hat meinen Bericht. Weinsberg hat offensichtlich alle Hebel in Bewegung gesetzt, um einen Skandal zu vermeiden. Wenn du willst, fahr ruhig hin. Aber sei vorsichtig mit dem, was du sagst. Der Mann ist aalglatt und hochgradig gefährlich. Dieses Treffen zwischen uns hat übrigens nie stattgefunden.«

»Das klingt alles ein bisschen dubios, meinst du nicht?«

Paulus lächelte gequält. »Wir haben einen Maulwurf im Präsidium, aber ich habe weder Anhaltspunkte noch Beweise, nur Vermutungen. Und die reichen mir schon.« Damit wandte er sich um und verließ die Krypta.

Als Stocker aus dem Portal der Kirche trat, saß Ina auf den Stufen.

»Weinsberg scheint ja ein wahres Monster zu sein. Jeder will mich vor ihm warnen. Paulus hab ich auch noch nie so komisch erlebt.«

»Er wird alles tun, um nicht mit Ihnen gesehen zu werden. Und zu mir sagte er noch, ›Der sicherste Ort vor dem Teufel ist die Kirche‹.« Ina streichelte Kassandras Köpfchen, die sich zärtlich an ihren Beinen rieb. »Schön, so von Ina gestreichelt zu werden«, miaute die Katze.

Stocker hatte sofort verstanden. »Halt die Klappe!«, entfuhr es ihm.

»Wie bitte?« Ina sah zu Stocker auf.

»Ich habe nicht Sie gemeint«, entschuldigte er sich mit einem schwachen Lächeln, »sondern Madam.« Mit einer Kopfbewegung deutete er auf Kassandra.

Ina sah von Stocker auf die Katze und wieder hatte sie das Gefühl, als würde dieser kleine Wollhaufen grinsen.

»Notar!« Stocker riss Ina aus ihren Gedanken. »Ich will jetzt wissen, was Mirko bei einem Notar wollte. Gehen wir?«

Ina erhob sich grazil und stieg neben Stocker die restlichen Stufen hinunter.

Das Notariat lag in einer kleinen Seitenstraße im Domviertel. Ina drückte auf die Klingel. »Ja bitte?«, krächzte es aus dem Lautsprecher der Gegensprechanlage.

»Mordkommission«, antwortete Ina. Der Türöffner summte und sie betraten das alte Treppenhaus. Es roch nach Bohnerwachs. Die Holzstiegen knarrten, als sie in den ersten Stock hinaufstiegen.

Vorsichtig steckte Stocker seinen Kopf durch eine angelehnte Türe.

»Reikomme koscht no nix«, sagte ein Kopf mit einem Doppelkinn, der hinter einem Stapel unordentlicher Papiere auftauchte. Die Lippen der Frau waren grell geschminkt. Kleine Schweinsäuglein starrten Stocker und Ina aus einem fettig glänzenden Gesicht an.

»Wir hätten gerne eine Auskunft«, sagte Ina und hielt der Dicken ihren Dienstausweis unter die Nase. »Gestern hatte ein gewisser Mirko Bronzki einen Termin bei Ihnen. Wir wüssten gerne, in welcher Angelegenheit.«

»Tut mir leid, mir dürfe Ihne do drüber koi Auskunft gebe«, kam es zurück.

»Bitte sagen Sie dem Herrn Notar Bescheid und zwar unverzüglich, wir haben wenig Zeit«, fuhr Stocker dazwischen.

»Aber wenn i Ihne doch sag …«

»Gut. Ina würden Sie die Dame bitte aufs Präsidium mitnehmen.«

»Moment, Moment.« Sie drückte hastig eine Taste ihres Telefonapparates. »Herr Notar, hier isch ein Herr von der Kriminalpolizei. Es goht um a Auskunft.«

»Ist schon gut, lassen Sie ihn herein«, ließ sich eine Stimme vernehmen.

Stocker und Ina betraten einen Raum, der eher an eine mittelalterliche Bibliothek erinnerte denn an ein Notariat. Hinter dem Schreibtisch saß ein schwergewichtiger Mann. Seine Augen hatten große Tränensäcke, die in Hängebacken und ansatzlos in ein Doppelkinn übergingen. Sein fetter Hals wurde von einer geschmacklosen Krawatte stranguliert. Ein süßsaurer Geruch hing in der Luft.

»Was kann ich für Sie tun?« Sein Blick streifte Stocker und blieb dann an Inas Busen hängen.

»Sie hatten gestern Besuch von einem gewissen Mirko Bronzki. Was wollte er von Ihnen?«

»Sehen Sie, Herr Kommissar«, seine unsteten Augen wechselten jetzt zu Stocker hinüber, »wir dürfen Ihnen darüber keine Auskunft geben. So leid es uns auch tut.« Dabei grinste er süßlich und sah auf seine sorgfältig manikürten Fingernägel.

Von Stocker erfolgte jedoch keinerlei Reaktion, so dass er letztendlich wieder aufblickte.

»Ihr Mandant hatte einen kleinen Unfall, Herr Notar. Im Moment liegt er in einem Kühlfach in der Gerichtsmedizin. Vielleicht zerstreut das Ihre Bedenken, mir Auskunft geben zu dürfen. Andernfalls muss ich davon ausgehen, dass Sie uns bewusst Informationen in einem Mordfall vorenthalten.«

Die Worte zeigten Wirkung. Der Notar erhob sich ächzend von seinem Stuhl und schwabbelte auf die Regalwand zu. Er schob ein Regal beiseite und zog eine dahinter befindliche Tresortüre auf. Stocker versuchte einen Blick in das Innere des Tresors zu werfen, scheiterte jedoch an den ausladenden Hüften des Notars. Als dieser sich umdrehte, hielt er einen versiegelten Umschlag in der Hand, den er dem Kommissar kommentarlos entgegenhielt.

»Was ist da drin?«, fragte Stocker.

»Das weiß ich leider auch nicht, Herr Kommissar. Aber das lässt sich durch Öffnen ganz leicht feststellen.« Er fuhr seinen fetten Hals wie eine Schildkröte aus, um besser sehen zu können. Doch Stocker dachte nicht im Traum daran, den Umschlag zu öffnen.

»War das alles? Kein Vermächtnis? Keine Anweisungen?«

Der Dicke verneinte kopfschüttelnd. »Bitte quittieren Sie mir den Empfang. Bei meiner Sekretärin.« Dabei machte er eine Verbeugung in Richtung Türe, was einem Rauswurf gleichkam.

Die Dicke grinste zuckersüß und Stocker unterschrieb auf einem Formular, das sie ihm entgegenhielt. Dann verließen sie die Kanzlei.

»Frische Luft«, stöhnte Ina.

»Wenn man einen Eimer Parfüm in einen alten Bockstall schüttet, riecht es genauso«, sagte Stocker.

Ina, der der Ekel noch ins Gesicht geschrieben stand, musste lachen. »Sie wollten doch noch dem schrägen Konsul einen Besuch abstatten.«

»Hab ich nicht vergessen. Aber jetzt brauch ich erst mal einen starken Kaffee. Sie auch?« Er sah sie von der

Seite an. Sie hielt seinem Blick stand und nickte. »Wäre nicht schlecht. Außerdem müsste ich mal verschwinden.«

Sie betraten eine kleine Espressobar. Während Stocker auf ein Tischchen am Fenster zusteuerte, lief Ina die Wendeltreppe nach oben.

»Ich hab übrigens einen Blick in den Tresor geworfen«, sagte Kassandra plötzlich.

»Was hast du?«, Stocker blieb mitten im Raum stehen. Dann bemerkte er die erstaunten Blicke der anderen Gäste und setzte sich. »Wegen dir sperren sie mich noch ein. Also, was hast du gesehen?«, hakte er leise nach.

Kassandra sprang auf den Stuhl am Fenster. »Es waren Unterlagen drin. Aber auch jede Menge Bargeld, viele dicke Bündel.«

Stocker blickte gedankenverloren durch die Scheibe der Espressobar.

»Was darf es denn sein?«, riss ihn die Stimme der Bedienung aus seinen Gedanken.

»Zwei große Cappuccino.«

»Schoko oder Zimt?«

»Wie bitte?«

Die Bedienung lächelte ihn an. »Ob Sie Schokopulver oder Zimt auf die Milch haben wollen.«

Er lächelte zurück. »Ich weiß nicht? Schoko, glaube ich. Oder Zimt? Bringen Sie einfach einmal Schoko und einmal Zimt.«

»Gerne«, sagte die Bedienung und ihr Blick streifte die Katze.

Zwei Minuten später kam sie mit einem Tablett zurück. »Wer hat Zimt und wer Schoko?«, fragte sie.

»Ich weiß es nicht«, lachte Stocker. »Aber stellen Sie es einfach hin.«

»Mag sie so was?« Die Bedienung nahm ein kleines

Schälchen mit geschlagener Sahne vom Tablett und blickte von Stocker auf seine Katze.

Er nickte lächelnd und stellte das Schälchen unter den Tisch. »Wenn's dir den Pfropfen raushaut, bin ich aber nicht schuld.«

Grinsend tauchte sein Gesicht wieder über der Tischplatte auf. Doch dann gefror sein Lächeln.

Kassandra, die vom Stuhl gesprungen war, sah ein Paar lange wohlgeformte Beine in roten Pumps auf sich zukommen.

»Hallo«, sagten die Beine über dem Tisch. »Du scheinst dich zurzeit ja in Enthaltsamkeit zu üben.«

Stockers Grinsen verschwand. »Hallo, Vanessa. Ich war beschäftigt.« Er zuckte wie zur Entschuldigung mit den Schultern.

Die junge Frau in dem teuren, dunkelgrauen Kostüm wollte sich gerade setzen, da sprang Kassandra zurück auf den Stuhl und funkelte sie feindselig an.

In dem Moment kam Ina die Treppe herunter. Sie stutzte, sah die elegante Frau lächelnd an, hob Kassandra hoch und setzte sich. Instinktiv begann ihre Hand Kassandra zu streicheln, während sie zwischen der Frau und Stocker hin und her sah. Doch dieser machte gar keine Anstalten, beide einander vorzustellen.

Vanessa beendete die peinliche Situation und wandte sich zum Gehen. »Wenn du eine gute Anwältin suchst, Florian, weißt du ja, wo du mich finden kannst. Mach's gut.« Dann verließ sie das Café.

»Ich wusste nicht …«, entfuhr es Ina.

»Na, jetzt wissen Sie es«, sagte er pampig. Und etwas leiser fügte er hinzu, mit einem Seitenblick auf Ina und seine Katze: »Euch beide möchte ich auch nicht zum Feind haben.«

»Oh, Sie haben ja schon bestellt. Krieg ich Schoko?«

»Ja klar«, erwiderte er, während er den Umschlag nahm, das Siegel erbrach und den Inhalt herauszog. Es war eine alte, vergilbte Fotografie, die eine Gruppe von Leuten zeigte. Im Vordergrund waren mehrere Greifvögel zu erkennen, die auf niedrigen Pfählen saßen.

Ina starrte ungläubig darauf und Kassandra reckte ebenfalls ihr Köpfchen.

»Können Sie sich einen Reim darauf machen?« Ina löffelte die schaumige Milch und sah Stocker fragend an.

»Der Maltamann hatte Vogelkot und Federfusseln in seinen Hosenaufschlägen. Laut Aussage vom Labor handelte es sich dabei um Kondorfedern. Jetzt brauchen wir nur noch den Kondor zu finden. Aber offensichtlich spielen Vögel auf irgendeine Art und Weise eine Rolle. Fragt sich nur, welche?«

»Aber was bezweckte Bronzki damit, als er eine einzelne Fotografie bei einem Notar ohne sonstige Anweisungen hinterlegte?«

»Vielleicht gab es da ja noch mehr.«

»Sie meinen, der Notar hat uns etwas vorenthalten?«

»Möglich wäre es.« Er schob einen Geldschein unter seine Kaffeetasse und erhob sich. »So, statten wir dem schrägen Konsul einen Besuch ab. Wahrscheinlich sitzt er gerade beim Mittagessen. Er reagiert nämlich äußerst gereizt, wenn man ihn beim Essen stört. Und das ist jetzt genau meine Absicht.«

Das große schmiedeeiserne Tor war geöffnet, und Stocker fuhr direkt vor das Portal. »Kommen Sie, Ina. Kassandra, du bleibst im Wagen. Ich hab nämlich keine Lust, dich irgendwo als Hackfleischbällchen vom Weg zu kratzen.«

»Versteht sie das?«, fragte Ina und sah Stocker zweifelnd an.

»Ich glaub schon«, antwortete er, während sie die Stufen zwischen den beiden steinernen Figuren nach oben stiegen. Er zog am Griff der Klingel. Es dauerte eine Weile, bevor die schwere Holztüre geöffnet wurde. Das blasierte Gesicht eines Butlers erschien.

»Tut mit leid, aber Herrn Konsul ist zu Tisch und empfängt niemanden.«

»Mich schon.« Stocker schob den Diener einfach zur Seite und wandte sich in Richtung Esszimmer.

Der schräge Konsul saß an einem perfekt gedeckten Tisch und löffelte seine Suppe mit leicht abgespreiztem kleinen Finger.

»Ihre Taktlosigkeit wird Sie noch mal in die allergrößten Schwierigkeiten bringen, Kommissar.«

»Für mein Taktgefühl werde ich nicht bezahlt, Herr Konsul.«

»Sondern? Für die Beseitigung unliebsamer Personen?« Der Konsul sah ihn spöttisch an.

Stocker überging die Anspielung. »Was wollte Mirko Bronzki von Ihnen? Was hatte er nachts in Ihrem Park zu suchen? Und wer hat ihn durch die Gartentüre hereingelassen? Ihre Antworten diesbezüglich waren nicht gerade sehr aufschlussreich.«

»Ganz einfach, weil ich es nicht weiß.« Mit einer Handbewegung gab er seinem Butler zu verstehen, den Teller abzuräumen.

»Welche Information wollte Bronzki Ihnen verkaufen?«

»Finden Sie es heraus, Kommissar.«

»Es wird mir ein spezielles Anliegen sein.« Er neigte den Kopf und wandte sich zum Gehen. »Ach, Herr Konsul, Sie sollten Ihre Rosenrabatten abdecken. Es ist Schnee angekündigt.« Stocker blickte dem Konsul direkt in die Augen.

Als er mit Ina die Villa verließ, wandte er sich nach rechts. Das Nebengebäude lag im Schatten der großen Buchen. Ein Gartenschlauch führte zu einem dunkelblauen Jaguar, der von einer dünnen Staubschicht überzogen vor den Garagen parkte.

Stocker trat leise von hinten an den Chauffeur heran. »Der hat es aber nötig«, sagte er und beobachtete, wie sich Hugos Schultern strafften.

»Jetzt haben Sie mich aber erschreckt, Commissario.« Mit einem sanften Lächeln auf den Lippen drehte sich der Mann um.

»Wo ist er denn gewesen, unser lieber Konsul?«

»Ich weiß es nicht, Commissario. Herr Konsul ist heute morgen selbst gefahren.«

»Ach, Hugo, falls Sie mal wieder Lust auf ein Bier haben? Heute so gegen eins, bei Poccini.« Dabei fuhr Stocker gedankenverloren über den Lack des Jaguars und eine dicke Staubschicht blieb auf seinem Finger zurück. »Ach ja, und kommen Sie in Begleitung.«

»Hab schon verstanden, Commissario.«

Stocker drehte sich um und folgte Ina. »Sie haben einen schmutzigen Finger«, sagte sie mit einem Seitenblick.

»Ich weiß.« Mit der anderen Hand zog er ein Tempo aus seiner Hosentasche und wischte damit seinen Finger sorgfältig ab. Dann rollte er es zusammen und steckte es ein.

Plötzlich schlug der Rottweiler an. Sein dunkles Grollen wurde zu einem Stakkato und schien sich zu überschlagen. »Kassandra!«, schrie Stocker und sprintete zurück in Richtung Garagen. Der Gartenschlauch wand sich auf dem Boden und Wasser versickerte im Kies. Stocker sprang darüber und zog im Laufen seine Waffe. Als er den Hundezwinger erreichte, erwartete ihn ein sonderbares Schauspiel. Kassandra spazierte oben auf dem Gitter hin und her, während der Hund sich unten wie rasend aufführte. Hugo stand vor dem Zwinger und drehte sich nach Stocker um, der langsam die Waffe sinken ließ.

»Können Sie sie dazu bewegen, von dort herunterzukommen, Commissario?«

»Kassandra, würdest du bitte von dort oben herunterkommen, aber sofort!« Die Katze warf einen letzten amüsierten Blick auf den Hund und sprang mit einem Satz auf den Kiesweg.

»Tut mir leid, Hugo.« Stocker wirkte zerknirscht, während er die Waffe zurück in das Holster schob.

»Gehen wir«, sagte er und fasste Ina, die etwas außer Atem hinter ihm stand, am Arm.

»Sie scheint Sie doch nicht zu verstehen«, kam Inas Kommentar. Stockers Antwort war nur ein Knurren.

Sie gingen zurück zum Wagen. Stocker nahm seine Katze hoch und ließ sie auf die Rückbank plumpsen. Doch kaum hatte er Platz genommen, streckte sie sich hoch und miaute ihm ins Ohr. »Nicht böse sein, Großer. Aber Hunde sind so herrlich dämlich.«

Sie fuhren den Kiesweg hinunter.

Den schrägen Konsul bemerkten sie nicht. Regungslos stand dieser hinter dem großen Fenster seines Arbeitszimmers und blickte dem Wagen hinterher.

Im Präsidium schickte er Ina ins Labor, um den Staub in seinem Taschentuch mit dem auf Bronzkis Auto zu vergleichen. Er selbst schaute kurz bei Meier rein. Malta hatte noch immer nicht geantwortet.

Als sie sich wieder auf dem Parkplatz trafen, hielt ihm Ina die Akte von Paulus entgegen.

»Danke. Ach, würde es Ihnen etwas ausmachen, zu fahren? Dann kann ich die Unterlagen noch durchlesen.«

»Und wohin?«, fragte Ina.

»Hopfensee. Fahren Sie einfach Richtung Füssen.«

»Weinsberg!«, stellte sie fest. »Die genaue Adresse steht in den Akten.«

Weinsberg

Sie waren auf der B17 Richtung Allgäu unterwegs. Langsam wechselte die Landschaft. Der Charakter der Lechebene ging über in die hügelige Voralpenlandschaft. Sie fuhren offen. Ina hatte sich ein Kopftuch umgebunden und erinnerte ihn an längst vergangene Zeiten. Kassandra lag auf der Rückbank und der Fahrtwind spielte mit ihrem langen Fell. Ab und an riskierte sie einen Blick auf Ina und Stocker, doch Letzterer war mit der Weinsberg-Akte beschäftigt.

Vor zwei Monaten war Ariane Weinsberg von einer Hausangestellten tot im Bootshaus des Anwesens gefunden worden. Alle Spuren deuteten auf eine Überdosis Heroin hin, die sie sich laut offiziellem Bericht offensichtlich selbst gespritzt hatte. Einzelne Hämatome an Armen und Beinen schlossen eine Gewalteinwirkung zwar nicht aus, konnten aber auch von Arianes sportlichen Aktivitäten herrühren und waren für die Staatsanwaltschaft kein Indiz für einen gewaltsamen Tod. Woher Ariane das Rauschgift hatte, blieb im Dunkeln. Sowohl ihre Mitschüler als auch ihre Lehrer mochten eine mögliche Drogenabhängigkeit des Mädchens nicht bestätigen. Sie galt zwar allgemein als etwas zurückgezogen, aber auch nicht als Einzelgängerin. Ihre Verschlossenheit begründete sich nach Auskunft ihrer Tutorin in den familiären Verhältnissen.

Claudia Weinsberg war in erster Ehe mit einem russischen Pianisten verheiratet gewesen. Seinetwegen hatte sie ihren Beruf als Rechtsanwältin aufgegeben. Auf einer seiner zahlreichen Tourneen war ihr zwanzig Jahre älterer Mann dann einem Herz- und Kreislaufversagen erlegen. Ihre gemeinsame Tochter hatte seinen plötzlichen Tod nie akzeptiert, und als ihre Mutter dann Klaus Weinsberg kennenlernte, erfolgte der Bruch. Als einziger Ausweg blieb nur das Internat. »Armes Mädchen«, sagte Stocker und Ina warf ihm einen kurzen Blick zu, schwieg jedoch. Sie konzentrierte sich wieder auf die Straße, um die Abzweigung Richtung Hopfensee nicht zu übersehen.

Stocker sah gedankenverloren aus dem Fenster. »Da vorne müssen wir links abbiegen.« Dann blickte er wieder in die Akte auf seinem Schoß.

Diverse Fotos zeigten den Tatort. Ariane lag auf der Bank im Bootshaus, in sich zusammengesunken. Spritze, Löffel und Feuerzeug lagen neben ihr. »Wie hindrapiert«, murmelte Stocker. »Aber irgendetwas fehlt.«

Sorgfältig blätterte er die Fotos durch. Danach folgte Göttlers Obduktionsbericht und der übliche Schriftverkehr. Ganz zum Schluss wies eine Aktennotiz von Paulus auf die diversen Ungereimtheiten hin.

Inzwischen hatten sie ihr Ziel fast erreicht. Ina bremste und bog in eine schmale, geteerte Straße, die auf der Westseite des Hopfensees zu dem weinsbergschen Anwesen führte, genauso wie Paulus es ihr beschrieben hatte. Stocker klappte die Mappe zu und blickte durch die Windschutzscheibe auf das Panorama der Allgäuer Alpen.

Nach zirka zwei Kilometern sah man ein großes Haus und die Dächer mehrerer Nebengebäude durch das üppige Grün schimmern. Das Grundstück selbst wurde durch eine massive Hecke gegen jeden Einblick abgeschirmt. Ina hielt vor dem schmiedeeisernen Tor, das den Blick auf die Rückseite des Haupthauses freigab. Eine Kamera schwenkte auf sie ein, und noch bevor Stocker die Sprechanlage erreicht hatte, tauchte auf dem Kiesweg ein Mann auf. »Sie befinden sich auf einer Privatstraße. Würden Sie bitte das Gelände verlassen«, sagte er.

»Ich würde gerne mit Herrn oder Frau Weinsberg sprechen«, erwiderte Stocker.

»Haben Sie einen Termin?«, kam es zurück.

»Nein, Termin habe ich leider keinen. Aber ich bin mir sicher, dass ein kurzes Gespräch möglich sein wird.«

»Verschwinden Sie, oder ich rufe die Polizei«, zischte sein Gegenüber.

»Die Telefonkosten können Sie sich sparen.« Ina war vorgetreten und hielt ihm ihre Dienstmarke unter die Nase.

Der Mann fixierte sie einen Moment mit zusammengekniffenen Augen und sprach dann in sein Headset. Anschließend verschwand er hinter dem breiten Torpfosten. Das schwere Tor setzte sich lautlos in Bewegung und gab die Zufahrt frei.

Stocker ließ sich in den Beifahrersitz fallen und Ina fuhr langsam auf das Haus zu.

Ein Hausmädchen öffnete ihnen die Türe. Die kleine Halle war durch eine Glasfront vom angrenzenden Wohnzimmer abgetrennt und gab einen phantastischen Blick auf den See und die dahinter liegenden Berge frei.

Das Mädchen schloss die Haustüre und trat mit einem »Wenn Sie mir bitte folgen wollen« in das Wohnzimmer.

Sie wies wortlos auf eine Couchgarnitur und ging hinaus auf die Terrasse.

Während Ina auf den See hinausschaute, wanderte Stockers Blick im Wohnzimmer umher. Auf einem kleinen Tischchen lag ein starkes Fernglas.

Sie hörten Schritte auf der Terrasse und sahen sich Sekunden später einer schlanken, von hellem Sonnenlicht umrahmten Frauengestalt gegenüber, deren Gesicht im Schatten lag.

›Wie ein Racheengel‹, ging es Stocker einen Moment durch den Kopf.

»Was kann ich für Sie tun?« Claudia Weinsberg trat ins Wohnzimmer.

Sie war sehr attraktiv, wenn auch die Jahre und vermutlich die Ereignisse der letzten Wochen deutliche Spuren hinterlassen hatten. Sie trug ein graues Kostüm, ein schwarzes Top, eine schwarze Strumpfhose und schwarze, flache Schuhe. Blond gewelltes Haar umrahmte ihren Kopf und bildete einen krassen Gegensatz zu ihrer dunklen Sonnenbrille.

»Kommissar Stocker, Mordkommission.« Er verbeugte sich leicht. »Verzeihen Sie die Störung, Frau Weinsberg. Aber ich würde Ihnen gerne noch ein paar Fragen zum Tod Ihrer Tochter stellen.«

»Fragen Sie.« Mit einer Handbewegung deutete sie auf die Sitzgarnitur.

»Ihre Tochter ist an einer Überdosis Heroin gestorben. Entsprechend dem Obduktionsbericht scheint es ihr erster Kontakt mit dieser Art von Drogen gewesen zu sein und sie war im Bootshaus angeblich allein. Ich frage mich allerdings, woher ihr der Umgang mit diesem Zeug vertraut war?«

»Ich weiß es nicht.«

»Frau Weinsberg, mit wem pflegte Ihre Tochter Umgang?«

»Ich nehme an, mit ihren Klassenkameraden im Internat.«

»Nein, Sie missverstehen mich. Ich meine, wen sie hier empfing, wenn sie zu Hause war. Freunde, Bekannte?«

»Sie hatte hier keine Freunde. Vermutlich hat sie das Zeug aus dem Internat mitgebracht. Ich wüsste nicht, wie sie sonst drangekommen sein sollte.«

Stocker schüttelte den Kopf. »Das ist überprüft worden. Mit wem verkehrte sie außerhalb des Internates und außerhalb von hier?«

»Mit niemandem. Zumindest kenne ich niemand.«

»Warum war Ihre Tochter eigentlich zu Hause? Soweit ich informiert bin, war das Schuljahr noch nicht zu Ende.«

»Vermutlich wollte sie etwas holen. Kleidung, Bücher, was weiß ich.«

»Sie wissen sehr wenig über Ihre Tochter, Frau Weinsberg.«

»Ich wüsste nicht, was Sie das angeht.«

»Frau Weinsberg, Ihre Tochter ist an einer Überdosis Rauschgift gestorben. Genau dasselbe Zeug haben wir jetzt bei einem weiteren Toten gefunden. Wir versuchen nur herauszufinden, mit wem Ariane Kontakt gehabt haben könnte. Oder wollen Sie, dass noch mehr unschuldige Kinder sterben?«

»Ich kann Ihnen da leider nicht weiterhelfen.«

»Frau Weinsberg, wer war zum fraglichen Zeitpunkt noch hier im Haus, außer Ihnen und den Hausangestellten?«

»Mit Sicherheit keine Rauschgiftdealer.« Die Stimme klang leicht amüsiert. Der Mann stand plötzlich in der

Glastüre und musterte die beiden Fremden. Ein Lächeln umspielte seine Lippen, das sich jedoch weder in den sonnengebräunten Gesichtszügen noch in den dunklen Augen widerspiegelte. Stocker schätzte ihn um die fünfzig. Er hatte kurzes, dunkles Haar, das an den Schläfen silbern schimmerte. Seine offensichtlich sportliche Erscheinung steckte in einer weißen Hose, einem schwarzen T-Shirt und schwarzen Wildlederslippern. Hinter ihm stand ein zweiter Mann, dessen Statur ihn unschwer als Mann fürs Gröbere auswies.

Stocker schaute den Sprecher fragend an.

»Weinsberg. Ich bin der Hausherr.« Das Lächeln erstarb. »Wie Sie sehen, wissen wir leider nicht, wie Ariane in den Besitz des Rauschgiftes gekommen ist, und den Ausführungen meiner Frau ist nichts hinzuzufügen.« Er gab die Türe frei, um den verbalen Rausschmiss zu unterstreichen.

Etwas graues Wuscheliges bewegte sich in Stockers Gesichtsfeld durch die Balkontüre.

»Was macht die Katze hier drinnen?«, fragte Weinsberg, der der Augenbewegung von Stocker gefolgt war.

Kassandra verschwand unter der großen Couch und tauchte Sekunden später wieder auf. Im Mäulchen hielt sie eine Art Band, dessen längeres Ende sie hinter sich herschleifte. Scheinbar amüsiert verharrte sie einen Moment und lief dann zur Terrassentüre.

Jetzt kam Bewegung in die Szene.

»Haltet die Katze auf!«, fuhr Weinsberg seinen Leibwächter an. Der Mann lief auf die Terrasse, wobei er kurze Anweisungen in sein Mikro bellte.

Zusammen mit Weinsberg beobachtete er das Gelände, als Stocker den beiden folgte. »Ich muss mich für das ungebührliche Verhalten meiner Katze entschuldigen«, sagte er lächelnd, wobei er das Wort »meiner« speziell betonte.

Weinsberg fuhr herum und starrte Stocker mit mühsamer Selbstbeherrschung an. Doch der hielt dem Blick immer noch lächelnd stand. Erst nach einigen Sekunden wandte er sich ab, trat einige Schritte in den Garten hinaus und sagte leise, aber vernehmlich: »Kassandra, bitte komm zu mir.«

Ein grauer Schatten löste sich aus dem Umfeld einiger Steine und wurde auf dem Rasen zur deutlichen Silhouette einer Katze. Stocker hob sie hoch und legte sie gegen seine Schulter. Den kurzen Spanngurt hatte er ihr aus dem Mäulchen genommen. Während er seine Katze mit der linken Hand festhielt, schaute er auf das Teil in seiner rechten.

»Du weißt, was das ist?«, gurrte ihm Kassandra ins Ohr. Als Bestätigung drückte er ihren kleinen Körper noch fester an sich.

Jetzt kam Klaus Weinsberg auf sie zu. »Katzen spielen gerne. Warum sollte die Ihre eine Ausnahme bilden. Geben Sie mir das Band, ich werde es wegwerfen.« Er streckte die Hand danach aus.

Doch Stocker sah ihn lächelnd an und schob den Gurt in seine rechte Sakkotasche. »Machen Sie sich keine Umstände.« Er sah, wie Weinsberg unmerklich die Farbe wechselte. »Ich glaube, wir haben Ihre Gastfreundschaft ohnehin schon zu lange strapaziert.«

Weinsberg bemerkte seine Hand, die immer noch auf den Gurt zu warten schien. Er machte eine hinausbegleitende Bewegung und wies seinen Angestellten mit einer Kopfbewegung an, die ungebetenen Besucher zum Tor zu bringen. Nach wenigen Schritten blieb Stocker jedoch stehen. Er drückte Ina die Katze mit den Worten in die

Hand: »Gehen Sie schon zum Wagen. Ich komme in fünf Minuten nach.« Dann drehte er sich zu Weinsberg um. »Ach ja, ich würde mir noch gerne das Bootshaus ansehen. Sie haben doch sicherlich nichts dagegen.« Ohne eine Antwort abzuwarten, verließ er die Terrasse und ging über den gepflegten Rasen hinunter zum See. Kurz darauf hörte er die Schritte des Leibwächters hinter sich. Ein zweiter Mann tauchte auf, wie um ihm den Weg abzuschneiden. Stocker verschränkte seine Hände hinter dem Rücken, wobei er wie unabsichtlich das Jackett nach hinten zog, so dass seine Waffe sichtbar wurde.

»Ein Glück für Sie, dass Sie Kommissar sind, ansonsten wären Sie jetzt bereits tot«, hörte er die gepresste Stimme des Leibwächters.

»Glauben Sie?«, sagte Stocker und fixierte die kräftige Erscheinung des etwa dreißigjährigen Mannes mit den kurzen schwarzen Haaren, der jetzt von hinten aufgeschlossen hatte.

»Sie sollten sich das Leben nicht unnötig schwermachen, Kommissar.«

»Ist das eine Drohung?«, fragte Stocker mit einem amüsierten Unterton.

»Nein, nur ein gutgemeinter Rat«, kam die klare Antwort.

»Wo waren Sie eigentlich, als Ariane Weinsberg starb?«

»Nicht auf dem Grundstück. Aber das wissen Sie doch aus den Akten.«

Sie waren inzwischen am Bootshaus angekommen. Stockers Begleiter öffnete die Türe und trat zur Seite, um den Kommissar eintreten zu lassen.

»Nach Ihnen«, lachte Stocker. Da huschte so etwas wie ein Lächeln über das Gesicht seines Gegenübers, der den Kopf einzog und das Bootshaus betrat. Es roch nach brackigem Wasser und behandeltem Holz. Die leichten Wellen des Sees klatschten gegen das geschlossene Tor, durch dessen Latten ein Lichtteppich nach innen fiel. Die Schoten, mit denen ein altes Kajütboot vertäut vor ihnen lag, verursachten ein quietschendes Geräusch, wenn das Boot mit leichten Driftbewegungen die Taue abwechselnd straffte.

Stockers Blick schweifte durch den Raum. Das Bootshaus war alt, vermutlich älter als das gesamte Anwesen. Eine Anglerausrüstung und hüfthohe Stiefel hingen an Haken. Daneben stand die Bank, die, auf der Ariane sich angeblich die tödliche Dosis gespritzt hatte. Stocker öffnete einen Schrank. Er enthielt jedoch nur Werkzeug und Bootslack. Sein Begleiter stand mit verschränkten Armen an der Wand und beobachtete ihn aufmerksam. Der Kommissar ging jetzt langsam die rechte Längsseite des Bootshauses entlang auf eine Türe zu, die sich neben dem Einfahrtstor befand und offensichtlich auf den Steg neben dem Bootshaus führte. Sie war jedoch abgeschlossen. Mit einem Achselzucken wandte Stocker sich um. Sein Blick schweifte über das Boot und dann durch den Raum. Für einen Moment blieben seine Augen auf einem kreisrunden, hellen Fleck im Holz haften, der sich von ihm aus in der rechten oberen Ecke des Raumes befand. Seinem Begleiter war das kurze Zögern aber offensichtlich entgangen.

Mit einer entschuldigenden Geste schritt Stocker über die alten Planken und trat in die grelle Nachmittagssonne hinaus. Er zog seine dunkle Sonnenbrille aus der Brusttasche und setzte sie auf. Das Grundstück schien verlassen, doch er spürte instinktiv die Blicke, die auf ihn gerichtet waren. Der Leibwächter blieb dicht hinter ihm, als sie über den Rasen auf das Haus zugingen. Sie umrundeten die Nordseite und traten auf den Vorplatz. Der Kies knirschte unter Stockers Schuhen. Ina stand neben seinem Wagen. Als sie ihn auf sich zukommen sah, öffnete sie die Fahrertüre und setzte sich hinters Steuer.

Stocker drehte sich zu seinem Begleiter um. »Danke«, sagte er. Einen Moment blieb sein Blick an der Hauswand über dem Mann hängen, dann ließ er sich in den Beifahrersitz fallen. Als Ina den Motor anließ, begann sich das Einfahrtstor, wie von Geisterhand bewegt, zu öffnen.

Ina lenkte den Wagen hinaus auf die schmale Straße.

Stocker öffnete das Handschuhfach und entnahm ihm einen verschließbaren Plastikbeutel. Dann griff er in seine rechte Sakkotasche und zog, vorsichtig mit zwei Fingern, den Gurt heraus und ließ ihn in den Beutel gleiten. Das Ganze verstaute er in der Innentasche seines Sakkos. »Fragen?«, wandte er sich lächelnd an Ina, die ihn skeptisch von der Seite ansah.

»Sie hat es noch nicht kapiert«, kam es vom Rücksitz. Kassandra lag dort eingerollt auf ihrer Decke, den Kopf auf die Vorderpfoten gelegt und genoss offensichtlich die Situation.

Stocker drehte sich zu ihr um. »Mit dir habe ich noch ein Hühnchen zu rupfen, du kleiner Wollarsch. Wenn es blöd gelaufen wäre, hätten die dich abgeknallt.«

»Großer, die haben mich doch noch nicht einmal gesehen«, kam es zurück.

»Ich will ja nicht stören, aber kann mich vielleicht auch mal jemand aufklären. Einfach nur so«, fuhr Ina dazwischen.

»Entschuldigung! Also das Ding, das das kleine Luder da hinten unter dem Sofa rausgezogen hat, kommt Ihnen das nicht bekannt vor?«

»Also ganz bescheuert bin ich ja auch nicht. Man bindet damit den Arm ab, wenn man Blut entnimmt. – O. K., O. K., aber halb bescheuert.«

»Jetzt ist der Groschen gefallen«, kam es wieder vom Rücksitz.

»Ariane Weinsberg ist also nicht im Bootshaus gestorben«, stellte Ina sachlich fest.

»Nein. Die Überdosis wurde ihr im Wohnzimmer verabreicht. Von wem auch immer«, antwortete Stocker.

»Sie vermuten also, dass das Mädchen ermordet wurde.«

»Ich bin mir ziemlich sicher. Der Stauschlauch ist der Beweis. Das war nämlich das Teil, das im Bootshaus gefehlt hat. Offensichtlich ist es unter die Couch gerutscht und übersehen worden.«

»Und was passiert jetzt weiter?«

»Jetzt spielen wir ein kleines Spielchen. Weinsberg weiß, dass ich es weiß, sonst hätte er nicht so reagiert. Wenn er Dreck am Stecken hat, dann muss er handeln. Ich wette, dass uns in Kürze jemand am Hintern klebt.«

Ina sah ihren Chef halb belustigt und halb besorgt an.

»Fahren Sie vorne rechts auf die Hauptstraße und am Ortsende von Hopfen dann hoch zur Klinik Enzensberg.«

Ina setzte den Blinker und bog auf die Straße nach Hopfen ein. Sie fuhren vorbei an Hotels, Cafés und Bootsliegeplätzen. Am Ende des Ortes wies ein Schild auf die Abzweigung zur Klinik hin.«

»Geben Sie Gas, wir brauchen einen kleinen Vorsprung. Wenden Sie hinter der Durchfahrt und bleiben Sie dann so stehen, dass Sie jeden sehen, der sich Ihnen nähert.«

Ina hielt vor dem Haupteingang. Während Stocker auf das Gebäude zueilte, wendete sie das Cabrio.

Stocker betrat die Eingangshalle und wandte sich der

Wegweisung folgend in Richtung Ambulanz. Dort klingelte er und hielt der jungen Schwester, die ihm öffnete, seinen Dienstausweis unter die Nase. »Mordkommission. Hören Sie zu. Ich habe keine Zeit für überflüssige Fragen. Ich benötige einen Stauschlauch, genauso einen wie diesen.« Dabei zog er die Plastiktüte halb aus seiner Innentasche. Die Schwester schaute ihn an, als käme er von einem anderen Planeten.

»Was gibt es denn?« Ein Arzt in einem blauen Kittel lugte um die Ecke und sah Stocker und die Schwester fragend an.

»Kriminalpolizei«, sagte die Schwester. »Er will einen Stauschlauch haben.«

»Dann geben Sie ihm einen. Ich nehme an, er hat seine Gründe«, grinste der Arzt.

Die Schwester verschwand und erschien kurz darauf wieder mit einem identischen Gurt.

»Was bin ich schuldig?«, fragte Stocker und nahm dem Mädchen das Teil aus der Hand.

»Das geht aufs Haus«, ließ sich die Stimme des Arztes nochmals vernehmen.

»Der Staat dankt«, sagte Stocker, schob den Stauschlauch in die rechte Tasche seines Sakkos und ließ die verblüffte Schwester stehen.

Ina startete den Motor und rollte Stocker langsam entgegen, als dieser die Klinik verließ.

»Irgendetwas Außergewöhnliches?«, fragte der Commissario.

»Außer, dass Ihre Süße da hinten schnarcht – nein.«

Stocker drehte sich lachend um und blickte in ein halb geöffnetes Auge, das missbilligend auf Ina gerichtet war.

»Und wohin jetzt?«, fragte Ina.

»Jetzt fahren wir mit unseren Freunden ein bisschen spazieren. Haben Sie Hunger?«

Ina zuckte die Achseln und nickte.

»Gut. Biegen Sie auf der Hauptstraße links ab in Richtung Füssen und dann fahren Sie weiter nach Pfronten.«

Als sie die Straßengabelung unterhalb der Klinik passierten, bemerkte Stocker im Rückspiegel einen dunklen Geländewagen, der sich Sekunden später in Bewegung setzte und ihnen in gebührendem Abstand folgte.

Bald darauf fuhren sie am Weißensee entlang, dessen Wasser im Gegenlicht wie flüssiges Silber glänzte. Stocker war mit sich zufrieden und genoss die laue Luft.

In Pfronten dirigierte er seine Assistentin durch ein Gewirr von Straßen, bis sie rechter Hand einen riesigen Hotelkomplex vor sich sahen.

»Hier?«, fragte Ina und nahm den Fuß vom Gas.

»Nein, da!« Stocker zeigte auf ein altes Bauernhaus. Das Erdgeschoss war teilweise gemauert, während der vordere Teil und das obere Stockwerk aus dicken Balken bestanden. Über der Tür hing ein Schild mit der Aufschrift ›Schankwirtschaft‹ und daneben stand ein Stuhl mit einer großen Tafel, die die Tagesspezialitäten offenbarte.

»Sehen Sie unsere Freunde?«, wandte sich Stocker an Ina. Sie schüttelte unmerklich den Kopf.

Daraufhin entnahm er der Innentasche seines Jacketts den Plastikbeutel mit dem Original des Stauschlauches und reichte ihn Ina. »Können Sie das in Ihre Handtasche stecken?« Dann stieg er aus dem Wagen, zog sein Jackett aus und legte es offen auf den Rücksitz.

»Wir wollen es den Jungs doch nicht zu schwer machen. Außerdem hab ich keine Lust, dass die mir meinen Wagen demolieren.«

»Vielleicht sollte ich das auch besser in der Handtasche verschwinden lassen!«, dabei zeigte sie auf seine Beretta.

»Gute Idee.« Er gab ihr seine Waffe und wandte sich dem Haus zu. »Kommen Sie, ich hab einen Riesenhunger. Das Haus ist übrigens ganz neu und wurde nach alten Plänen gebaut. Genau so, wie früher die Bauernhäuser hier in der Gegend waren.«

Kassandra war aus dem Wagen gesprungen und trippelte hinter den beiden auf den Eingang zu.

Ein großgewachsener Mann in Lederhosen und mit einem Pferdeschwanz begrüßte sie, als sie an der Küche vorbei in die fast leere Gaststube traten. Stocker wählte einen Tisch im Nebenraum, von dem aus man nach draußen sehen konnte, ohne jedoch von dort bemerkt zu werden. Er rückte Ina den Stuhl zurecht und nahm selbst Platz. Dann zog er ein kleines Kissen zu sich heran und klopfte darauf. Sofort sprang Kassandra auf die Bank und rollte sich mit einem Gähnen ein. Ina lächelte und blickte Stocker direkt an. »Ein schönes Lokal. Wie sind Sie darauf gestoßen? Es liegt ja etwas abseits.«

»Ich bin mal nach einem Gewitter ein paar Tage hier hängen geblieben. Das Ergebnis beschäftigt mich noch heute.« Bei diesen Worten schielte er auf Kassandra, die sich jedoch schlafend stellte.

Sie bestellten und bereits kurz darauf wurde ihnen das Essen in zwei originellen Eisenpfannen serviert. Kaum hatte die Bedienung einen guten Appetit gewünscht, sprang Kassandra auf und schlüpfte aus der Gaststube.

»Was ist denn mit der los?«, grinste Stocker. »Das ist das erste Mal, dass sie geht, wenn es was zu Essen gibt. Wirklich außergewöhnlich.«

»Vielleicht spürt sie, dass unsere Freunde kommen?«,

sagte Ina und drehte ihren Kopf wie zufällig zum Fenster.

»Das werden wir bald wissen.« Stocker erhob sein Glas und prostete Ina zu.

Etwa zehn Minuten später trippelte Madam wieder herein und setzte sich auffordernd neben den Tisch.

»Hab ich es doch gewusst. Einem schönen Filet kannst du einfach nicht widerstehen.« Dabei begann er, kleine Fleischstreifen zu schneiden und sie auf dem Brotteller anzurichten.

»Genauso wenig wie du, Großer«, maunzte sie. »Unsere Freunde waren schon da. Das Vorgehen war profihaft. Der Geländewagen war übrigens derselbe, der bei Weinsberg in der Garage stand, wenn es dich interessiert.« Nach diesen Worten machte sie sich über das Fleisch her, das ihr Stocker unter die Sitzbank gestellt hatte.

»Wissen Sie, Florian, manchmal hat man den Eindruck Sie könnten wirklich mit Ihrer Katze reden.«

Stocker, der gerade einen Schluck Bier genommen hatte, verschluckte sich und begann zu husten. Dann sah er Ina an. »Der Schein trügt.«

Es wurde noch ein wunderschöner Abend. Sie genehmigten sich noch eine Nachspeise, von der auch Kassandra ein Stückchen einforderte.

Wie geplant war der Stauschlauch aus der Sakkotasche verschwunden. »Bin gespannt, wann Weinsberg merkt, dass wir ihn gelinkt haben.«

»Schon bald«, sagte Stocker. »Nämlich dann, wenn ihm seine Gorillas erzählen, dass wir zur Klinik hochgefahren sind. Ich garantiere Ihnen, dass Detlef morgen früh bei Wörner auf der Matte steht und einen Riesenkrach veranstaltet. Der Nachteil daran ist nur, dass ich damit rehabilitiert bin. Mit dem Ausschlafen ist es dann vorbei. Aber vielleicht geht der Kelch an mir vorüber und Sie dürfen den Fall übernehmen. Ich bin ja befangen.« Dabei schielte er zu Ina hinüber.

»Ach, deshalb die Einladung zum Essen eben. Das war meine Henkersmahlzeit. Sie sind ein Scheusal.«

»Du hast einen Charme wie eine Tretmine. Ich frag mich langsam, wie ich es bei dir aushalten soll«, kam es giftig vom Rücksitz.

Stocker machte ein zerknirschtes Gesicht. »So schlimm wird es schon nicht werden.«

Diesbezüglich sollte er sich jedoch gewaltig irren.

»Wo fahren wir eigentlich hin?«, fragte Ina, die jetzt auf dem Beifahrersitz saß und vor sich das dunkle Wasser des Weißensees sah.

»Im Allgäu würde man sagen: Weinsberg luaga.« Stocker lachte, als er in Inas Gesicht sah. »Sie schauen, als ob ich nicht ganz dicht wäre.«

»Weit bist du auch nicht davon entfernt«, kam ein erneuter Kommentar von hinten.

»Ich will mir das Anwesen noch einmal aus einer anderen Perspektive ansehen und ein bisschen Staub wischen.« Ina kniff die Lippen zusammen, enthielt sich jedoch eines Kommentars.

Stocker fuhr jetzt Richtung Hopferau. Nach etwa zwei Kilometern bog er erneut ab und hielt auf einem Parkplatz. Dem Handschuhfach entnahm er einen kleinen gepolsterten Köcher.

Ina und Kassandra folgten ihm entlang einer ungeteerten, als Privatweg ausgewiesenen Fahrstraße. Kurz darauf wurde das weinsbergsche Anwesen sichtbar. Er öffnete den Köcher und entnahm ihm ein Hochleistungs-Zielfernrohr, das er Ina reichte. Es waren etwa eintausend Meter, aber sie hatte das Gefühl sich mitten auf der Terrasse der Villa zu befinden.

»Woher stammt denn dieses Teil?«, fragte sie, ohne das Glas abzusetzen. »Zur normalen Ausrüstung gehört das ja nicht gerade.«

»Beziehungen«, kam die einsilbige Erklärung zurück.

Sie reichte ihm das Fernrohr und er begann, systematisch das Gelände damit abzusuchen.

»Was suchen Sie eigentlich, Commissario?«

»Einen Zugang zum Grundstück!«

»Wie bitte? Ich glaub es nicht. Die knallen Sie ab, ohne mit der Wimper zu zucken.«

»Ihn schon, aber mich nicht, gell«, kam es aus dem hohen Gras, in dem nur eine Schwanzspitze auszumachen war.

»Versprechen Sie mir, dass Sie da nicht reingehen. Sie setzen ja alles aufs Spiel: Ihr Leben, Ihre Karriere und Ihre Pension.« Ina wirkte richtig böse.

»Um die Karriere und das bisschen Pension wäre es nicht schade, aber um das Leben schon.« Dabei sah er sie von der Seite an und bemerkte ein leichtes Erröten. »Als ich im Bootshaus war, habe ich bemerkt, dass im ganzen Innenraum keine einzige Überwachungskamera installiert ist. Aber dort, wo bis vor kurzem wohl eine war, ist ein heller Fleck auf dem Holz. Alle Bewegungen auf diesem Grundstück werden aufgezeichnet. Aller Wahrscheinlichkeit nach wurden auch in der besagten Nacht Aufzeichnungen gemacht.«

»Und damit die Polizei nicht auf irgendwelche dummen Gedanken kommt, hat man vorsorglich die Kamera abmontiert«, führte Ina den Gedanken fort.

»Und ich bin mir sicher, dass die Aufzeichnungen

noch existieren«, beendete Stocker seine Ausführung. »Lassen Sie uns gehen. Kassandra, komm!«

»Spielverderber«, kam es zurück. »Schade um die schöne, fette Maus.«

Als sie am Auto angekommen waren, wischte Stocker seine Schuhe mit einem Taschentuch blank, das er in einen weiteren Plastikbeutel aus dem Handschuhfach warf.

»Sie vermuten einen Zusammenhang zwischen Weinsberg und dem Tod des Bibers?«

»Und unserem lieben Konsul. Es ist aber vorerst nur eine Vermutung. Morgen wissen wir mehr. Fahren wir zurück.«

»Ja, sonst verpassen Sie noch Ihre Verabredung mit Hugo«, erwiderte Ina mit einem bissigen Unterton.

Stocker schaute sie mit zusammengezogenen Brauen an.

»Nein, sagen Sie nichts«, fuhr sie fort. »Sie müssen nicht plötzlich mitteilsam werden. Ich will gar nicht wissen, was Sie vorhaben. Es ist Ihr Hals, nicht meiner.«

Die Rückfahrt nach Augsburg verlief weitgehend schweigsam.

»Sie brauchen mich nicht nach Hause zu fahren. Ein bisschen laufen tut mir ganz gut.«

Stocker zuckte die Achseln und fuhr die Maximilianstraße hinauf. Er parkte direkt vor seinem Haus. Ina stieg aus und nahm ihre Handtasche. »Ciao, Kassandra, ciao, Commissario.« Dann wandte sie sich um und ging davon. Stocker sah gerade noch, wie sie ihr Kopftuch herunterzog und sich durchs Haar strich.

Er betrat etwas missmutig den Innenhof, als er das Klappern von Schuhen auf dem Kopfsteinpflaster hinter sich vernahm. Er drehte sich um und sah Ina direkt vor sich.

»Die werden Sie vermutlich brauchen heute Nacht«, sagte sie und drückte ihm die Beretta in die Hand. Sie hatte den Innenhof bereits wieder verlassen, da stand er noch immer wie festgenagelt.

»Hey, Großer, bevor du ihr noch hinterherläufst und es dann bereust, solltest du lieber kommen.«

»Ach, halt die Klappe«, sagte er und drückte auf den Aufzugknopf.

Der Bruch

Punkt Mitternacht klingelte der Wecker. Stocker langte neben sich, doch die kleine Mulde im Kopfkissen war kalt. Mit einem Ruck setzte er sich auf und tappte barfuß in die Küche. Der Schlag auf den Kopf war jetzt drei Tage her, doch noch immer hatte er ab und an ein leichtes Schwindelgefühl.

Das Summen der Kaffeemaschine setzte ein und er ging hinüber ins Bad. Das Rasieren ging bereits ohne Schmerzen vonstatten.

Im Schlafzimmer kramte Stocker in seinen Sachen. Schwarze Strümpfe, ein schwarzer Rollkragenpullover, eine schwarze Hose und eine ebenfalls schwarze Kampfweste flogen aufs Bett. Dann folgten schwarze Sneakers und eine dünne Gesichtsmaske. Er zog die Strümpfe an und befestigte ein flexibles Holster und die Beretta an seinem rechten Bein.

»Du siehst traumhaft aus. Nackter Commissario in Socken und bewaffnet. Wenn dich Ina jetzt so sehen könnte!«, gurrte es vom Wohnzimmer her.

»Wenn du nicht still bist, lasse ich dich hier.«

»Das wäre unklug, Großer, du wirst mich brauchen«, kam es zurück.

Er zog sich an und ging zurück in die Küche. Während

er seinen Kaffee trank und Kassandra ihre Milch schlabberte, überprüfte er seine Ausrüstung. Nacheinander entleerte er die Taschen seiner Weste und steckte die Gerätschaften wieder zurück.

Es war zwanzig vor eins, als sie sich auf den Weg machten. Sie nahmen die Treppe, um niemandem zu begegnen, und traten hinaus in die Afrawaldgasse. Die Moosgummisohlen seiner schwarzen Sneakers verursachten kein Geräusch, und seine Silhouette löste sich im Schatten der Häuser nahezu auf. »Bist du noch da?«, fragte er in das Dunkel.

»Aber ja doch, ich werde dich doch jetzt nicht alleine lassen«, kam die leise Antwort.

Sie liefen das Butzenbergle hinunter und weiter durch das Gewirr von Klein-Venedig. Genau um ein Uhr erreichten sie das Poccini. Die Glocke von St. Ursula klang herüber, und Stocker klopfte an die Scheibe der Eingangstüre, die von innen mit einem Rollo zugezogen war. Die beiden kegelförmigen Wacholder in großen gusseisernen Pflanzkübeln verströmten einen intensiven Duft, der Stocker jedes Mal an Friedhof erinnerte.

Kurz darauf wurde das Rollo ein Stückchen hochgezogen und ein rundliches, südländisches Gesicht ohne Hals zeigte sich hinter der Scheibe.

»Buona sera, Commissario. Come stai?«

»Bene, grazie, e tu?«, erwiderte Stocker leise und schlüpfte hinter Kassandra in das Lokal.

Marco Cavalconi schloss geistesabwesend die Türe ab und schaute der kleinen Katze hinterher. Stocker, der den verwunderten Blick bemerkt hatte, sagte: »Darf ich vorstellen, das ist Kassandra.«

»Felice di fare la sua conoscenza«, grinste Marco, während er eine Verbeugung andeutete. »Eine wunderschöne Katze, Commissario«, hauchte er bewundernd und fuhr

sich mit den Fingern durch sein halblanges, pomadisiertes Haar, um es aus dem Gesicht zu schieben. Kassandra streifte ihn nur mit einem kurzen Blick, bot doch die Kulisse im hinteren Teil des Restaurants einen viel interessanteren Anblick. Man fühlte sich wie in einer italienischen Osteria auf dem Land. Diverse Schinken und Würste hingen von der Decke, die ein geradezu hypnotisierendes Aroma verströmten. Ein Duft, der jedoch von vielerlei anderen Noten von Kräutern, Knoblauch, Brot und Wein überlagert wurde. Der Geruch war so stark, dass es einen Moment dauerte, bis eine weitere Feinheit von ihrer Nase wahrgenommen wurde. Katze! Hier roch es eindeutig nach Katze. ›Irgendwann wird dir deine Fresssucht noch mal zum Verhängnis‹, schoss es ihr durch den Kopf.

»Suchst du mich, Schwester?«

Kassandra fuhr herum. »Der Geruch kam mir doch gleich so bekannt vor. Katzenarsch mit einem Hauch von Knoblauch. Sag bloß, du wohnst hier.«

»Klar doch.« Ein schwarzweißer Kater lag auf einer Art Anrichte, den Charakterkopf auf den Vorderpfoten drapiert.

»Du hättest mir ruhig sagen können, was mich hier erwartet«, fauchte Kassandra in Richtung Stocker, der inzwischen neben dem Kater stand und ihn hinter den Ohren kraulte. »Das ist Poccini, ein echter Kater. Noch alles dran.«

»Danke«, sagte Kassandra. »Das hat er mir schon letztes Jahr gezeigt.«

»Wie bitte?« Stocker schaute leicht irritiert.

»*Eh*, Commissario, eine kleine Aperitif?«, wandte sich Marco an Stocker.

»Du, ich bin doch nicht zum Essen gekommen. Ich warte nur auf Hugo.«

»Oh je, da ist wohl wieder eine von euren, wie sagste du immer, inoffizielle Operatione am Laufen. Aber du kannst da nicht hungrig hingehen. Stell dir vor, die schnappen dich. Wie lange kannst du dann nicht mehr bei Cavalconi essen, *eh*?«

In dem Moment klopfte es an der Türe. Der untersetzte aber kräftige Körper von Hugo schob sich in das Lokal. »Ciao, Marco, ciao, Commissario.« Mit diesen Worten stellte er einen kleinen Rucksack ab und ließ sich ächzend in einen Stuhl fallen. »'tschuldigung, aber ich konnte nicht früher weg. Der Konsul hatte wieder einen seiner Hausmusikabende. Bis um halb eins haben die gefiedelt«, dabei verdrehte er die Augen.

»Alse kleine Trost, erst mal eine Prosecco, *eh*.« Dabei stellte Marco zwei Gläser auf den Tisch vor seine beiden späten Gäste. »Und dann, Commissario, *salsicce con fagioli*«, dabei grinste er von einem Ohr bis zum anderen und hielt die Hände vor seiner weißen Schürze verschränkt, die einen krassen Gegensatz zu dem grauen Seidenhemd und der schwarzen Hose bildete.

»Jetzt hat er Sie, Commissario.« Hugo verzog die Mundwinkel.

»Also gut.« Stocker gab sich geschlagen.

»Los jetzt.« Stocker stand auf und trank den letzten Schluck Grappa im Stehen. Hugo legte seine Pranken auf den Tisch und drückte seinen Körper hoch. Marco ging zur Türe, öffnete sie einen Spalt und spähte nach draußen. »Augsburg schläft, *eh*. Keine Schwanz mehr auf die Straße.« – »Doch, meiner.« Kassandra drückte sich an ihm vorbei und ihr Körper verschmolz augenblicklich mit dem grauen Kopfsteinpflaster.

Sie gingen am Stadtbach entlang und bogen in das

Domviertel ein. »Schön, wieder mal mit Ihnen zu arbeiten, Commissario«, kam es von Hugo.

»Und noch dazu auf der richtigen Seite«, erwiderte Stocker.

»Ich glaube, das würde der Staatsanwalt etwas anders sehen«, flüsterte Hugo.

Kurz darauf hatten sie das Pfaffengässchen erreicht. Die schmalen Häuser standen dicht an dicht und schienen eine abwehrende Front zu bilden. Noch während sie die Straße entlanggingen, zogen sie sich dünne Latexhandschuhe über. Dann standen sie vor dem Haus des Notars. ›Notariat Claudius Schach‹ stand auf dem Messingschild neben dem Eingang. Hugo zog einen Dietrich aus der Tasche und nach zehn Sekunden gab das Türschloss seinen Widerstand auf. Kassandra lief in den Hausflur und sprang dann mit wenigen Sätzen die Treppe nach oben, gefolgt von Hugo und Stocker. Die Treppe knarrte erbärmlich, doch ansonsten herrschte eine bedrückende Stille. Weitere zehn Sekunden später betraten sie die umfunktionierte Wohnung. Im Empfangsbereich herrschte der gleiche Saustall wie vormittags. Hugo sah sich gezielt im Raum um, während Stocker bereits den Flur betreten hatte, der in den hinteren Teil der Wohnung führte.

»An deiner Stelle würde ich jetzt nicht weitergehen«, zischte Kassandra und lief den Flur zurück. »Da hinten ist ein rotes Licht. Einmal über dem Boden und dann in Schulterhöhe.«

Ungläubig starrte Stocker in den Flur. Es war nichts zu sehen. Er hielt Hugo mit einer Handbewegung auf Distanz. »Lichtschranke«, flüsterte er. Dann drehte er sich um und formte das Wort Zigarre. Hugo begriff sofort und reichte ihm eine schmale Davidoff. Stocker entzündete sie und blies den Rauch in den Gang. Bereits nach wenigen Zügen zeichneten sich zwei rosa Lichtbündel in den weißgrauen Rauchschlieren ab.

Kassandra lief jetzt auf die Lichtschranke zu und sprang elegant über die untere Barriere. Hugo ging zurück ins Vorzimmer und öffnete einen kleinen Schaltkasten, den er nach kurzer Suche hinter einem Kunstdruck entdeckt hatte. Mit einem Spezialschlüssel aus seiner Sammlung legte er das System lahm.

Die Türe zum Büro des Notars stand offen. »Pfff. Mann, stinkt das hier«, flüsterte Hugo und zog angewidert die Nase hoch.

»Ziege à la Dior«, grinste Stocker. Dann deutete er mit dem Kopf in Richtung des vorsintflutlichen grün lackierten Tresors, während er die Rollos an den beiden Fenstern herunterzog.

»Also wirklich, Commissario, wegen dem Ding schlag ich mir die Nacht um die Ohren. Das ist ja schon fast eine Beleidigung für meinen Berufsstand.« Hugo zog ein kleines, magnetisches Kästchen aus der Tasche, das er direkt neben den Drehknopf für die Kombination auf das Metall setzte. Dann begann er, den Knopf abwechselnd nach rechts und links zu drehen. Minuten später stand auf dem Display des Kästchens eine sechsstellige Zahlenkombination. Schließlich nahm er das Kästchen ab, verstaute es wieder im Rucksack und holte sein Etui mit den Spezialschlüsseln hervor.

Weitere zwei Minuten später schwang die Türe des Tresors zurück. Er machte eine einladende Bewegung und überließ Stocker das Terrain.

Wie es Kassandra gesehen hatte, war ein Fach mit Bündeln von Einhundert-Dollar-Noten und verschiedenen Euro-Noten vollgestopft. »Das sind zirka zweihundertfünfzigtausend«, sagte Stocker und wandte sich zu Hugo um. »Scheint ein schlimmer Finger zu sein«, antwortete Hugo, der begonnen hatte, die Bücher auf den Regalen systematisch durchzublättern. »Vielleicht sollten Sie der Steuerfahndung mal einen kleinen Tipp geben.«

Die Unterlagen im Tresor bestanden aus einfachen grünen oder roten Mappen, die mit Weckgummis zusammengehalten wurden.

Stocker nahm die erste heraus und legte sie auf den Schreibtisch. Auf dem Pappdeckel stand ein mit Bleistift geschriebener Name. Er entfernte das Gummi und begann die Dokumente im Stehen durchzublättern. Nicht um alles in der Welt hätte er sich in den Stuhl des Notars gesetzt. Allein der Geruch, der im Zimmer hing, reichte vollkommen. Die Mappe enthielt Kopien eines städtischen Genehmigungsverfahrens für eine Umgehungsstraße. In der zweiten Mappe ging es offensichtlich um den Ausbau von Skipisten im Bereich Unterjoch und Wertacher Hörnle. Danach folgten ein Bauvorhaben eines Politikers im Außenbereich von Seeg, die Pläne eines Priors zum Bau eines Golfplatzes, Subventionen für ein Milchwerk, die Vergabe von Bootsliegeplätzen, eine Lizenz für ein Motorboot, die Renaturierung eines Privatgrundstückes auf Staatskosten und zahlreiche Kreditvergaben örtlicher Banken.

»Da bräuchte man nur ein Streichholz dranzuhalten und das Ganze geht – rumms – in die Luft«, murmelte Stocker. Er blätterte weiter in den Akten, als er auf den Namen Edward Debatista stieß. Es begann, in seinem Hinterkopf zu klingeln. Doch die Schublade der Erinnerung klemmte. In derselben Mappe fand er die Kopie einer Rechnung über die Lieferung von Küken. Kopien von Überweisungen an eine arabische Bank. Eine Auflistung von Kontonummern in der Schweiz, Lichtenstein und auf den Cayman Islands. Eine Karte mit Schiffsrouten von Nordafrika nach Malta. Das etwas unscharfe Foto eines hochseetauglichen Speedbootes. Den Auszug einer Wanderkarte von dem Gebiet zwischen Nesselwang und Pfronten. Das Foto einer kleinen Wandergruppe hatte er schon auf den durchgesehenen Stapel gelegt, als es ihn siedend heiß überkam. Er drehte die Aufnahme wieder um. Es bestand kein Zweifel, die Person in der Mitte war Weinsberg. Links von ihm stand ein etwa fünfzigjähriger dunkelhaariger Mann mit einer Hakennase und einem Bauchansatz. Auch dieses Gesicht rief eine unscharfe Assoziation in ihm wach. Der Dritte im Bunde, etwa dreißig, braunes wirres Haar, schien ein Einheimischer zu sein, zumindest der Kleidung nach.

Dann folgten einige wenige Kopien, die lediglich aus Zahlenreihen bestanden sowie ein leerer Umschlag, auf dem mit kantiger Schrift das Wort ›Notar‹ stand. Schnell blätterte Stocker sämtliche Schriftstücke der Mappe nochmals durch. Lediglich die Teilkopie der Wanderkarte wies einen kreuzweisen Knick auf, wodurch sich die Blattgröße in gefaltetem Zustand mit den Maßen des leeren Umschlages deckte.

»Wir sollten uns beeilen, Commissario, in einer halben Stunde fängt es zu dämmern an«, machte sich Hugo bemerkbar und trat von einem Bein aufs andere.

»Du hast recht. Komm, halt mal die Taschenlampe. Ich brauche von den Papieren, die offensichtlich mit Bronzki und dem Maltamann zusammenhängen, Fotos.« Dabei holte er eine kleine Digitalkamera aus einer Tasche seiner Weste.

Nachdem er die wenigen Seiten, den Umschlag und die zwei Aufnahmen fotografiert hatte, zog er das Gummi wieder über die Mappe und stapelte sämtliche

Unterlagen in der gleichen Reihenfolge wieder in den Tresor. Während Hugo den Safe verschloss, löschte Stocker die Taschenlampe. Er hörte die Rollos nach oben schnappen und Sekunden später spürte er Hugo hinter sich. Genauso wie sie in die Kanzlei eingedrungen waren, zogen sie sich wieder zurück. Als Erste trippelte Kassandra die Holztreppe hinunter auf die Straße. »Niemand zu sehen, ihr könnt rauskommen«, maunzte sie leise. Zwei Schatten verließen das Haus, vereinigten sich mit einem dritten und bewegten sich zielsicher die Gasse hinunter und dann Richtung Dom. Sie begegneten niemandem um diese Uhrzeit.

»Wo hast du deinen Wagen stehen?«, fragte Stocker.

»Hinter dem erzbischöflichen Ordinariat«, kam die Antwort. »Eines würde mich noch interessieren, Commissario. Woher wussten Sie das mit der Alarmanlage?«

»Die Katze hat es mir verraten.«

»Aha, verstehe.« Hugo kratzte sich am Kopf und versuchte krampfhaft, ein ernstes Gesicht zu machen. »Ich werd dann mal. Ciao, Commissario. Ciao, Katze. War ein schöner Abend.« Dann war Hugo verschwunden.

»Was hältst du von einem Cappuccino und einer Dusche?«, wandte sich Stocker scherzhaft an seine Katze.

»Perversling«, kam es trocken zurück. Aus Sicherheitsgründen mied Stocker die Maximilianstraße und wählte stattdessen den Umweg über die Altstadt. Sie erreichten den Hintereingang des Hauses, ohne jemandem zu begegnen. Während er die Kaffeemaschine anschmiss und die gerade gemachten Aufnahmen ausdruckte, hatte sich Kassandra schon auf dem Bett eingerollt. Ein leises Schnarchen war zu vernehmen, als auch Stocker unter die Decke kroch.

Zwei Stunden später riss sie das Telefon unbarmherzig aus dem Schlaf. »Stocker!«, bellte Wörner ins Telefon.

»Guten Morgen, Herr Polizeirat«, erwiderte Stocker überbetont höflich.

»Ach, lassen Sie die Formalitäten. Der Staatsanwalt hat mich gestern angerufen. Ich glaub, der war kurz vor dem Herzinfarkt.«

»Und, hat es geklappt?«, unterbrach ihn Stocker.

»Was?«, fragte Wörner.

»Na, das mit dem Herzinfarkt«, lachte Stocker.

»Nein! Das Milchgesicht lebt noch, wenn Sie es genau wissen wollen. Um Punkt acht sollen wir bei ihm auf der Matte stehen. Ihr Ausflug zu Weinsberg steht auf der Tagesordnung. Ina ist auch gefordert. Wir werden gezwungen sein, Ihre Unschuld darzulegen.«

»Schade, dann ist es vorbei mit ausschlafen.«

»Mann, Stocker, Ihre Nerven möchte ich haben. Wissen Sie, was Ihr Problem ist? Sie sind finanziell unabhängig und haben keine Familie. Für Sie ist das alles nur ein großer Spaß. Aber ich hab eine Familie mit zwei pubertierenden Rotzgören, die mir die Haare vom Kopf fressen und eine Frau, die, gelinde gesagt, etwas gehobene Ansprüche hat. Das heißt, ich muss noch ein paar Jahre und die lass ich mir auch von Ihnen nicht versauen. So und jetzt bewegen Sie Ihren Hintern gefälligst in Richtung Strafjustizzentrum. Und bringen Sie die Schatz mit.« Damit legte er den Hörer auf.

»Du brauchst dich jetzt gar nicht schlafend zu stellen, Süße. Aufstehen.« Stocker schälte sich aus der Decke und stand auf.

»Du sprichst ja mit mir«, kam es irgendwo aus dem kleinen Fellknäuel.

»Nur rein hypothetisch«, nuschelte Stocker.

Wie jeden Morgen tappte er in die Küche und stellte die Kaffeemaschine an. Dann schob er zwei Croissants in den Ofen.

Nachdem er sich rasiert hatte, ging er zurück in die Küche und rief Ina an, um ihr mitzuteilen, dass er in zwanzig Minuten bei ihr sein würde.

Kassandra schlabberte ihre Milch, und Stocker ließ sich auf seinen Barhocker sinken. Er nahm den Plastikbeutel mit dem Stauschlauch und spielte gedankenverloren damit.

»Woran denkst du, Großer? An das hübsche Mädchen, stimmt's?«

Stocker nickte und schob den Rest des Croissants in den Mund.

»Ist was Besonderes, weil du heute frühstückst?«

»Wir haben eine Audienz bei Detlef. Und den pack ich nicht mit leerem Magen. Komm, gehen wir.«

Er schob den Plastikbeutel in die Sakkotasche und klemmte sich die Mappe mit den Ausdrucken unter den Arm.

Ina stand schon vor dem Haus. Sie trug ein schlichtes, graues Kostüm und ein weißes T-Shirt. »Feuer auf dem Dach!«, sagte Stocker nur, als sie einstieg und ihn fragend ansah.

»Weinsberg hat seine Beziehungen spielen lassen?«

»Richtig. Und Wörner hat Schiss um seine Pension. Ich hatte übrigens gestern Nacht noch einen interessanten Traum.«

»Ach, da kam nicht zufällig Hugo drin vor?«

»Woher wissen Sie das?«, grinste Stocker und gab Gas. »Schauen Sie sich mal die Ausdrucke an. Da auf der Rückbank, wo der kleine Wollarsch draufsitzt.«

»Hallo, Kassandra, darf ich?«, fragte Ina.

Sie fuhren die Gögginger Straße hinaus, und Ina blätterte interessiert die Dokumente durch.

Ganz beiläufig fragte sie dann, ohne aufzusehen: »Warum ist Ihnen dieser Hugo eigentlich verpflichtet?«

»Sie geben auch nie auf, was?«

»Nein.«

»Er war früher mal Klempner. Was er nachts geklemmt hat, hat er morgens verlötet. Es gab keinen Tresor, der seinen Künsten widerstanden hat. Eines Nachts aber lag eine Leiche neben einem Geldschrank und die Polizei war schneller da, als er verschwinden konnte.«

»Man hat ihn reingelegt?«

»Richtig. Ich hab ihn dann gegen alle Widerstände von oben aus der Mordsache rausgehauen. Tja, und dafür hilft er mir manchmal. Ich parke gleich vor der Gerichtsmedizin, weil ich danach noch auf einen Sprung zum Leichenschnipsler will.« Er bog hinter der Staatsanwaltschaft ab und stellte den Wagen direkt vor das rote Backsteingebäude.

»Auf in den Kampf. Am besten, Sie sagen gar nichts, überlassen Sie das Wörner.«

Dann betraten sie die verglaste Eingangshalle des Strafjustizzentrums. Sie stiegen die Treppe hinauf und betraten das Vorzimmer des Staatsanwaltes. Eine kleine, pummelige Sekretärin schaute vom Schreibtisch auf und errötete, als sie Stocker sah. »Ihr Chef ist schon drin. Viel Glück«, flötete sie.

»Fragt sich nur für wen!«, konterte er.

Noch bevor eine Reaktion auf sein Klopfen erfolgen konnte, hatte er schon die Türe geöffnet und schob Ina vor sich in das Zimmer. Detlef Horn saß hinter seinem Schreibtisch, der bis auf eine einzige Akte leer war. ›Viel scheint der ja nicht zu tun zu haben‹, schoss es Stocker durch den Kopf.

Wörner hatte seinen Körper in einen der Stühle vor dem Schreibtisch gequetscht. Er machte nicht einmal den Versuch, sich zu erheben.

»Da sind Sie ja endlich!«, ging der Staatsanwalt sofort zum Angriff über. Stocker sah ihn gelassen an, während er Ina einen Stuhl zurechtschob. Dann beugte er sich zu ihr herunter: »Kaffee?«

Ina war so perplex, dass sie nur nickte.

Mit den Worten: »Sie gestatten doch, Herr Staatsanwalt«, ging er auf einen kleinen Beistelltisch zu und schenkte zwei Tassen Kaffee ein. In seinem Rücken spürte er die bohrenden Blicke von Horn und Wörner. Er gab Ina eine Tasse und setzte sich mit der anderen in den freien Stuhl. Dann blickte er auf und sah erwartungsvoll von Horn zu Wörner und zurück.

»Mein lieber Herr Stocker«, begann der Staatsanwalt, »was bilden Sie sich eigentlich ein?«

»Hab ich mir doch gleich gedacht, dass Ihr freundlicher Ton nicht lange anhält«, unterbrach ihn Stocker. Wörner verdrehte die Augen.

Horn lief puterrot an und erhob seine Stimme. »Mein Ton wird noch ganz anders. Ich hänge Ihnen ein Disziplinarverfahren an den Hals. Was glauben Sie eigentlich, wer Sie sind? Sie sind suspendiert, weil ein Mordverdacht wie ein Damoklesschwert über Ihnen hängt und Sie haben nichts anderes zu tun, als ausgerechnet zu Weinsberg zu gehen und ihm gehörig auf die Zehen zu steigen. Wegen Ihnen hat mich gestern der Staatssekretär aus dem Innenministerium angerufen und mit Nachdruck gefordert, Ihnen sämtliche Kompetenzen in dem Fall zu entziehen. Außerdem werden Sie sich schriftlich bei Herrn

Weinsberg für Ihr ungebührliches Verhalten entschuldigen.« Dann ging ihm die Luft aus und er ließ sich nach hinten sinken. Er schien nach Atem zu ringen.

»Moment mal, Herr Staatsanwalt, ich glaube, jetzt muss ich ein paar klärende Worte hinzufügen«, mischte sich Wörner ein. »Also, Herr Hauptkommissar Stocker ist nicht mehr suspendiert. Die Fingerabdrücke auf dem Magazin seiner Dienstwaffe stammen zwar von ihm, sind aber verkehrt herum. Daraus lässt sich ableiten, dass ihm das Magazin in bewusstlosem Zustand lediglich in die Hand gedrückt wurde. Außerdem befanden sich keinerlei Schmauchspuren an seinen Händen.«

»Und warum erfahre ich das erst jetzt?«, schniefte Horn, dem plötzlich das Wasser in die Augen geschossen war. Umständlich zog er ein großes, kariertes Taschentuch aus der Hosentasche und wischte sich die Augen.

»Der wird doch nicht vor Rührung noch Tränen vergießen«, flüsterte Stocker Ina zu, die daraufhin nur mühsam ein Lachen unterdrücken konnte.

Wörner, der diese Worte auch verstanden hatte, warf seinem Mitarbeiter einen bösen Blick zu. Sofort danach wandte er sich wieder grinsend dem Staatsanwalt zu, der jetzt offensichtlich auch noch unter erhöhtem Nasenfluss zu leiden hatte. »Um sicherzugehen, mussten wir erst die Laborergebnisse abwarten.«

»Aber Ihr Besuch bei Weinsberg war vollkommen überflüssig«, blies Horn jetzt in sein Schnupftuch und rang verzweifelt nach Atem.

»Ist Ihnen nicht gut?«, fragte Ina und erhob sich halb. »Ein Glas Wasser vielleicht?«

Doch der Staatsanwalt wiegelte ab. »Dieser Fall hat nicht das Geringste mit Weinsberg zu tun. Lassen Sie den Mann in Ruhe, der kann uns alle erledigen.«

»Da bin ich ganz anderer Meinung. Weinsberg hat Dreck am Stecken und der Tod seiner Tochter kam nicht von ungefähr. Das da kam unter seiner Wohnzimmercouch heraus.« Dabei zog er den Plastikbeutel mit dem Stauschlauch aus der Tasche. Horn und Wörner starrten ihn fassungslos an. Der Staatsanwalt war mittlerweile in einem bedauernswerten Zustand. Seine Nase glich eher einem Wasserfall denn einem menschlichen Riechorgan. Die Augen waren verquollen und im Gesicht bildeten sich rote Flecken.

»Sagen Sie bloß, Sie fahren zu Weinsberg und dann kriechen Sie unter seinem Sofa rum?« Wörner tippte sich an die Stirn.

»Ich nicht, sondern meine Katze.«

»Ihre was?« Horn hatte sich halb erhoben und von seiner Nase tropfte es auf die Schreibtischplatte.

»Meine Katze.« Stocker deutete auf Kassandra, die zwischen ihm und Ina auf dem Boden kauerte.

»Um Gottes willen, Stocker, wollen Sie mich umbringen!« Horn versuchte die Augen aufzureißen, was wegen der inzwischen verschwollenen Lider aber gründlich misslang. »Ich bin gegen Katzenhaare allergisch. Und dann bringt der mir so einen Wollhaufen ins Büro. Raus!«

»Ich bräuchte einen Hausdurchsuchungsbefehl für Weinsbergs Villa«, sagte Stocker ungerührt.

»Stocker, Sie kriegen alles von mir, wenn Sie stichhaltige Beweise haben und wenn Sie mit Ihrem Katzenvieh endlich verschwinden.«

Die kleine Pummelige schaute verständnislos, als Stocker ihr im Hinausgehen zuflüsterte: »Seien Sie recht lieb zu Ihrem Chef, ich glaube, es geht ihm nicht so gut im Moment.«

Wörner schaukelte seine einhundertzehn Kilo die Treppe hinunter. »Das wäre Körperverletzung, Stocker, wenn Sie gewusst haben, dass Detlef allergisch ist!«

»Chef, ich schwöre, dass ich es nicht gewusst habe. Aber wenn ich es gewusst hätte …«

»Dann hätten Sie die Katze trotzdem mitgebracht«, unterbrach ihn Wörner ergänzend. »Sie brauchen mich nicht mitzunehmen, ich gehe zu Fuß.« Dabei klopfte er auf seinen Bauch und wandte sich kopfschüttelnd nach rechts.

»Jetzt brauch ich einen Grappa«, lachte Stocker. »Schauen wir mal beim Leicheninspektor rein.«

Sie umrundeten das Justizgebäude und betraten die Gerichtsmedizin.

»Du lebst ja immer noch«, begrüßte sie Göttler in seinem Büro. »Hallo, Ina, hallo, Wollmäuschen. Kaffee?«

»Ja bitte, und einen Grappa. Ach, und schau dir mal meine Schwarte an. Weißt du, beinahe hätten wir nämlich den Staatsanwalt auf dem Gewissen. Erzählen Sie es ihm, Ina, ich muss mal schnell verschwinden.«

Als Stocker zurückkam, lachte Göttler noch immer. »So was kann auch nur dir passieren. Ich wechsle erst mal deinen Verband und du erzählst mir, was es sonst Neues gibt.«

Stocker nippte an seinem Grappa und berichtete von dem Besuch bei Weinsberg und der nächtlichen Aktion beim Notar, während sein Freund an ihm herumschnipselte. »Übrigens, unser Maltamann könnte dieser Edward Debatista sein. Schau dir mal das Foto an. Klingelt es da nicht? Von der Statur her und deiner Rekonstruktion seiner Visage könnte er es durchaus sein.« Dabei zog er das Foto aus der Mappe und schob es seinem Freund über den Schreibtisch.

Göttler nahm eine Lupe und betrachtete das Foto intensiv. »Vom Typus her wäre es auf alle Fälle möglich. Hast du dir mal den Hintergrund genauer angesehen?« Neugierig sprang Kassandra auf den Schreibtisch.

»Wann denn, irgendwann muss ich ja auch mal schlafen. Aber du wirst mir deinen geistigen Erguss sicherlich gleich mitteilen.«

Göttler drehte das Foto um und deutete auf ein äußerst unscharfes Detail. »Der ganze Hintergrund besteht aus hellem Himmel und dunkler Landschaft. Nur hier sind so einzelne helle Streifen. Können natürlich auch Kratzer auf dem Negativ sein. Aber wenn nicht, könnte man damit zumindest eine Eingrenzung der Örtlichkeit vornehmen.«

»Das ist aber genauso, als wenn du dich auf eine Kreissäge setzt und dann fragst, welcher Zahn dich geritzt hat«, lachte Stocker, der jetzt vornübergebeugt vor dem Schreibtisch stand, um besser sehen zu können.

»Sagen Sie mal, Ina, wie kann man es mit so einem Überflieger bloß aushalten?«, kam Göttlers Kommentar.

»Das ist es! Überflieger!«, schrie Stocker, packte Göttlers Kopf und drückte ihm einen Kuss auf die Stirn. »Genial, dieser Leichenfledderer. Findet ein Indiz und liefert gleich die Lösung. Du solltest zu uns kommen, anstatt in irgendwelchen Innereien rumzuwühlen.«

»Erstens wühle ich nicht in Innereien und zweitens hör auf, mich zu küssen. So gut kennen wir uns auch wieder nicht.«

»Erinnert ihr euch noch an den toten Schäfer auf dem Militärflugplatz in Lagerlechfeld? Da hatten wir doch mit einem Oberstleutnant zu tun. Könnt ihr euch noch an den Namen erinnern?«

Ina überlegte einen Moment und sagte dann: »Rabenhorst!«

»Genau.« Stocker zog sein Handy aus der Tasche und wählte die Nummer seines Büros. »Hallo, Cora. Geben Sie mir doch mal die Nummer eines Oberstleutnants Rabenhorst, Lagerlechfeld. Ich warte.« Zehn Sekunden später diktierte er Göttler die Nummer. Der sah nur Ina an und zuckte mit den Schultern.

Stocker wählte die Nummer. »Guten Morgen, hier Hauptkommissar Stocker, Mordkommission Augsburg. Spreche ich mit Oberstleutnant Rabenhorst? Sie erinnern sich? Ja. Ich bräuchte Luftbildunterstützung. Wenn möglich gleich. In einer halben Stunde.« Er legte auf und sah in zwei perplexe Gesichter.

»Fahren wir? Danke für Trank und Hinweis. Ich halte dich auf dem Laufenden. Kassandra, komm, reiß dich los.«

Die Katze rieb sich noch einmal an Göttlers Hand und sprang dann vom Schreibtisch. »Irgendetwas ist ihm geblieben, seitdem er eins auf die Rübe gekriegt hat«, murmelte Göttler dem Trio hinterher.

Stocker hielt vor der Schranke. Ein junger Soldat verließ ein kleines, grauweiß gestreiftes Wachhäuschen und trat an den Wagen. »Kripo Augsburg. Wir haben einen Termin mit Oberstleutnant Rabenhorst.«

»Der Herr Oberstleutnant hat uns informiert. Bitte parken Sie dort drüben und lassen Sie sich Besucherausweise ausstellen. Sie werden gleich abgeholt.« Damit wies der junge Mann auf eine Reihe von Parkplätzen und auf das Gebäude der Hauptwache.

Fünf Minuten später hielt ein Jeep vor dem Gebäude, und ein drahtiger Endvierziger winkte Stocker und Ina.

»Kommissar Stocker! Willkommen beim Jabo 32. Steigen Sie ein.«

»Die müsste allerdings auch mit«, sagte Stocker und zeigte auf Kassandra, die erwartungsvoll nach oben schaute.

»Wenn Sie mir garantieren, dass Sie draußen auf der Flight nicht aus dem Jeep springt und aufs Rollfeld läuft, hab ich kein Problem damit«, schmunzelte Rabenhorst.

»Als ausgebildete Polizeikatze ist sie absolut diszipliniert und gehorcht aufs Wort«, kam es trocken zurück.

Während Ina auf die Rückbank kletterte, schwang sich Stocker auf den Beifahrersitz und hob seine Katze auf den Schoß.

Der Fahrtwind spielte mit ihrem Fell und ihren gelben Augen schien kein Detail zu entgehen. Sie passierten einen zweiten Kontrollbereich und fuhren die Rampe entlang, an der die Kampfjets wie riesige, schlafende Flugsaurier nebeneinander aufgereiht standen.

Die Bildauswertung lag in einem flachen Gebäude hinter mehreren großen Wartungshallen.

»Wir verfügen hier über zwei Maschinen, die ausschließlich für die Luftbildüberwachung eingesetzt werden. Die Kameras sind hochauflösend und ermöglichen gestochen scharfe Bilder. Schauen wir mal, was wir für Sie tun können.«

Sie betraten einen länglichen Raum, der mittig von einem überdimensionalen Tisch ausgefüllt war, dessen Schubfächer bis kurz über den Boden reichten. Die abdeckenden Milchglasscheiben waren von unten beleuchtet. Mehrere Serien von Einzelaufnahmen waren zu großflächigen Gebietsaufnahmen zusammengesetzt.

Ein älterer Soldat, den Rabenhorst als Hauptfeldwebel Roth vorstellte, blickte auf und schüttelte die entgegengehaltenen Hände.

»Hauptfeldwebel Roth ist unser absoluter Spezialist, was die Auswertung von Luftaufnahmen betrifft. Zeigen Sie ihm, was Sie haben.«

Ina zog die Kopie des Fotos aus der Mappe und legte sie auf die Glasplatte. »Können Sie uns sagen, was die hellen Streifen bedeuten, oder noch besser, wo die Aufnahme gemacht wurde?«

Roth sah sie über den Rand seiner Brille hinweg an, bevor er sich mit beiden Ellbogen auf dem Tisch abstützte und die Aufnahme eingehend betrachtete. »Das Foto ist Richtung Norden aufgenommen. Sehen Sie den Sonnenstand? Geschätzte Höhe über Grund: vier- bis fünfhundert Meter. Die hellen Streifen zeigen den Bau einer neuen Straße an. Ich würde aufs Allgäu tippen, die im Bau befindliche A7. Und da kommt somit nur der Bereich Pfronten in Frage, der Rest ist ja schon fertiggestellt.«

»Passt«, sagte Stocker. »Können Sie den Bereich noch näher eingrenzen?«

»Wenn ich Vergleichsaufnahmen von dem Gebiet habe, dann ja. Aber ich hab keine.« Er nahm seine Brille ab. »Wie wichtig ist die Angelegenheit?«

»Es geht um den Mord an einer Siebzehnjährigen«, ließ sich Ina vernehmen.

Roth kniff die Augen zusammen und klopfte leicht mit der Faust auf den Tisch. »Wir haben heute Nachmittag eine Aufklärungsübung. Die sollen den Streifen mal mitfotografieren. Vielleicht kann ich dann mehr sagen. Wo und wie lange sind Sie heute zu erreichen?«

Ina streckte ihm ihre Karte hin, da sie von Stocker wusste, dass er seine nie einstecken hatte.

»Bis um zwanzig Uhr bestimmt. Ach ja und vielen Dank«, sagte Stocker und wandte sich zum Gehen. »Bei so was helfen wir gerne«, erwiderte Rabenhorst und fügte ein »Danke« hinzu, während er seinem Untergebenen anerkennend auf den Arm klopfte.

Der Oberstleutnant fuhr sie zurück und ließ sie am Parkplatz aussteigen. Bevor er losfuhr, drehte er sich noch einmal um: »Wäre nett, wenn Sie uns kurz Bescheid geben, sobald Sie das Schwein erwischt haben.«

Der Engel

Bernadette Colbert war den ganzen Tag unterwegs gewesen. Jetzt war sie total erschöpft und nackte Angst stand ihr ins Gesicht geschrieben.

Am späten Vormittag war sie von Nesselwang aus zur Alpspitze aufgestiegen. Da sie ihre Kräfte doch etwas überschätzt hatte, nahm sie in Höhe der Fichtelhütte eine Abkürzung, die jedoch ins Nichts zu führen schien. Umkehren wollte sie nicht und so kämpfte sie sich weiter durch das Unterholz, in der Hoffnung, bald einen Forstweg zu erreichen. Doch dann versperrte ihr ein massiver Drahtzaun den weiteren direkten Weg. Sie war gezwungen, auszuweichen und den Zaun zu umgehen. Blut lief an ihren Waden herab, dort, wo sie sich an den zahllosen Brombeerranken die Beine aufgerissen hatte. Der Zaun endete auf einer kleinen Lichtung, in deren Mitte eine Hütte stand, an die ein großer Schuppen angrenzte. Ein Schild warnte vor unbefugtem Zutritt. Sie kämpfte mit sich, entschied sich jedoch, wenigstens nach dem Weg zu fragen, falls sich überhaupt jemand auf dem Gelände befand.

Sie passierte das Tor und schaute durch ein Fenster der Hütte, aber der Raum war leer. Sie ging weiter. Die Schuppentüre war nur angelehnt. Vorsichtig zog sie an dem hölzernen Riegel und die Türe bewegte sich quietschend in den verrosteten Angeln. Ein muffiger und ätzender Geruch stieg ihr in die Nase. Es dauerte einen Moment, bis sich ihre Augen an das Dämmerlicht gewöhnt hatten. Das Innere des Schuppens war in mehrere Verschläge unterteilt. Der Boden schien mit Vogelkot und kleinen Knochen bedeckt zu sein. Im Hintergrund nahm sie eine Bewegung wahr, die sie im Unterbewusstsein an ihre kindliche Vorstellung eines Engels erinnerte. Gerade wollte sie einen Schritt nach vorne machen, als sie einen Luftzug spürte. Der Knüppel verfehlte nur um Haaresbreite ihren Kopf und traf stattdessen mit voller Wucht ihr rechtes Schulterblatt. Sie taumelte und stürzte auf die Knie. Als sie sich wieder hochrappelte, sah sie eine kräftige, menschliche Gestalt im Rahmen der Schuppentüre. Einzelheiten konnte sie im Gegenlicht nicht erkennen. Instinktiv wich sie dem nächsten Schlag aus. Die Wucht der Bewegung, die ins Leere ging, riss ihr Gegenüber nach vorne und an ihr vorbei. Mit zwei schnellen Schritten war Bernadette durch die Türe, die sie mit aller ihr zur Verfügung stehenden Kraft zuschlug. Dann drückte sie sich mit ihrer intakten Schulter dagegen und legte mit der linken Hand den Riegel vor. Ohne länger zu überlegen, rannte sie den schmalen Weg entlang, der sich zwischen den Bäumen bergab verlor. Kurz darauf hatte sie den Fahrweg nach Kappel erreicht. Sie wandte sich nach links und keuchte die Serpentinen zur Kappeler Alm hinauf. Ihr rechter Arm hing schlaff herunter und ein stechender Schmerz durchfuhr ihre Schulter bei jedem Schritt.

Die Alm schien verlassen. Erschöpft ließ sie sich auf eine Bank an der Hauswand fallen. Obwohl ihr der Schweiß den Rücken hinunterlief, fröstelte sie unter dem Schock und den zunehmenden Schmerzen. Als sie aufblickte, sah sie in einer Entfernung von etwa zweihundert

Metern eine Gestalt aus dem Wald auf sich zukommen. In Panik sprang sie auf und stolperte den steilen Pfad in Richtung Wallfahrtskirche Maria Trost hinunter.

Stocker betrat sein Büro. Schwungvoll warf er die Mappe mit den nächtlichen Fotos auf den Schreibtisch. Dann zog er die beiden Plastikbeutel mit dem Stauschlauch und seinem Taschentuch aus den Sakkotaschen. In dem Moment betrat Cora das Büro und stellte ihm wortlos eine Tasse Kaffee neben das Telefon.

»Würden Sie das bitte runter zu Bein in die Spurensicherung bringen? Ich will wissen, wer hier seine Fingerabdrücke hinterlassen hat. Sicherheitshalber soll er auch eine DNA-Analyse veranlassen. Und den Staub im Taschentuch sollen die im Labor mit dem auf den Autos von Bronzki und dem schrägen Konsul vergleichen. Und dann schicken Sie mir Meier und Ina rein. Wörner halten Sie mir bitte noch vom Hals. Sagen Sie ihm, ich komme in einer halben Stunde bei ihm vorbei.«

Cora lächelte ihn an, nahm die beiden Beweisstücke und verließ den Raum.

Bernadette Colbert hatte die Kirche hinter sich gelassen und lief den Weg in Richtung Wasserfall weiter. Aus welchem Grund sie den bequemen Fahrweg verlassen hatte, wusste sie nicht.

Ängstlich blickte sie jetzt in die Schlucht. Um die zirka hundertfünfzig Meter lange Passage zu überwinden, hatte man jeweils zwei lange Baumstämme nebeneinandergelegt und darauf Bretter als Stufen genagelt. Die Funktion des Geländers erfüllten Stahlseile, die entlang der Trasse geführt wurden. Bernadette betrat die Stufen. Ihr blieb nur die linke Hand, um sich festzuhalten. Stufe um Stufe hastete sie bergab. Zehn Meter unter ihr rauschte das Wasser über die glatt polierten Steine.

Dann erreichte sie die Felsen, an denen der Weg einen 90-Grad-Knick machte und direkt über der Schlucht weiterverlief. Sie stolperte gerade in dem Moment, als ihre linke Hand nach dem nächsten Seilabschnitt zu greifen versuchte. Seitlich kippte sie über das Seil und ihr Körper fiel nahezu geräuschlos in die Tiefe.

Als sie zwei Stunden später von Wanderern gefunden wurde, lag sie voller Blut und bis zur Unkenntlichkeit entstellt auf dem Rücken im flachen Wasser.

Meier und Ina betraten Stockers Büro. Während Meier auf einen Stuhl rutschte, setzte Ina sich, wie gewöhnlich, auf das Fensterbrett.

Stocker sah von einem zum anderen. Dann blieb sein Blick bei Kommissar Meier hängen. »Also, Jens, was gibt es Neues. Wir haben ja jede Menge ungeklärte Details.«

Meier hüstelte, rutschte auf seinem Stuhl noch weiter nach vorne und sah seinen Vorgesetzten an. »Ich habe jede Menge ungeklärte Details, wollten Sie sagen!«, erwiderte er langsam, aber mit Nachdruck.

»Wenn Sie nicht Beamter wären, würde ich sagen, das ist der Auftakt für eine versuchte Gehaltserhöhung«, schmunzelte Stocker.

»Führen Sie mich nicht in Versuchung«, kam es zurück. »Also, gehen wir der Reihe nach vor. Von den Maltesern gibt es noch keine Neuigkeiten. Mit lediglich einem Phantombild, dreihundertsechzigtausend Einwohnern und der vagen Hoffnung, dass es sich um einen Ureinwohner handelt, ist das auch nicht weiter verwunderlich. Aber Sie können ja hinfliegen, um die Kollegen vor Ort zu unterstützen.«

»Schlagen Sie das mal Wörner vor«, unterbrach ihn Stocker.

»O. K., vergessen wir das Ganze. Weiter im Text. Hier ist die Passagierliste von Malta Air.« Damit schob er den Ausdruck über den Schreibtisch. Stocker zog das Blatt zu sich heran und begann, die Namen durchzugehen. »Da haben wir doch schon etwas. Edward Debatista. Derselbe Name wie in dem Dossier des Notars«, murmelte er leise. »Funken Sie das doch unseren Kollegen nachher rüber. Aber die sollen ja keinen Staub aufwirbeln. Schalten Sie auch Paulus ein. Haben wir irgendwelche Aussagen von Taxifahrern oder einer Mietwagenfirma?«

»Soll ich Ihnen sagen, was die mir geantwortet haben?«

»Kann ich mir in etwa denken, aber versuchen Sie es bei den Mietwagen noch mal mit dem Namen Debatista.«

»Von der ersten Leiche zur zweiten. Der Weg zum Zahnarzt war eine Sackgasse. Aber eine von Bronzkis, ja, wie soll ich sagen, Schauspielkolleginnen, hat ihn eindeutig identifiziert. Eine alte Stichwunde im Rücken und drei delikate Leberflecke.«

»Was meinen Sie mit delikat?«, fragte Stocker ungeniert.

Meier wurde verlegen. »Das wissen Sie doch genau, Commissario.«

»Ich kann es mir zwar denken, aber delikate Stellen gibt es mehrere«, bohrte Stocker weiter.

»Jetzt sagen Sie es schon. Sie merken doch, dass er sonst keine Ruhe gibt«, kam es von Ina.

»Auf seinem Prachtstück, verdammt noch mal«, presste Meier zwischen den Zähnen hervor.

»Du bist ein Sadist, Großer«, miaute Kassandra, nur für Stocker vernehmbar.

Er blickte etwas irritiert auf seine Katze und zuckte mit den Schultern.

»Was war mit dem Mercedes vom Biber?«, wandte sich Stocker wieder an Jens Meier. Der saß nach wie vor auf der Stuhlkante und hielt die Aktenmappe auf seinen Knien.

»Der Wagen war absolut clean. Nicht ein einziger Brösel Koks oder Heroin. Aber unter dem Sitz befand sich ein kleiner Koffer mit einer Abhöreinrichtung. Die zwei Wanzen haben eine ungefähre Reichweite von fünf Kilometern. Und unter dem Reserverad war ein Hohlraum, in dem eine Mauser mit High-Speed-Munition steckte. Ein echt scharfes Teil. Der Junge scheint gute Beziehungen gehabt zu haben. So was bekommt man nicht am Kiosk nebenan.«

»Versuchen Sie, ob wir denen vom K7 die Wanzen abluchsen können. Sagen Sie einfach, ich will sie mir mal ansehen.« Stocker versuchte, ernst zu bleiben.

Meier zuckte nervös mit den Augenlidern. »Verzeihung, aber blöde sind die Jungs vom Zentralen Dienst auch nicht. Irgendwann kriegt Sie der Staatsanwalt, Commissario. Und dann möchte ich nicht in Ihrer Haut stecken.«

»Müssen Sie auch nicht. Die wäre Ihnen sowieso zu eng«, lachte Stocker.

»Danke.« Meier sah an sich herunter. »Kommen wir zum Staub. Der von Bronzkis Wagen ist identisch mit der Probe vom schrägen Konsul. Damit wäre bewiesen, dass beide am selben Ort waren.«

»Weinsberg?«, warf Ina ein.

»Richtig, wenn der Staub von meinen Schuhen mit den beiden anderen Proben übereinstimmt, wissen wir, dass sie bei Weinsberg waren oder ihn zumindest beobachtet haben«, antwortete Stocker.

»Von meiner Seite war's das. Wenn Sie nichts dagegen

haben, falle ich jetzt den Kollegen in Malta noch mal auf die Nerven.«

Stocker nickte und Meier verließ das Zimmer. Auch Ina rutschte vom Fensterbrett.

»Nehmen Sie die kleine Nervensäge mit, solange ich bei Wörner bin.« Dabei hob er seine Katze hoch und legte sie Ina in den Arm. Die lächelte und drückte das kleine Wollbündel an sich.

Wörners einhundertzehn Kilo ließen den Stuhl unter ihm ächzen, als er sich nach vorne beugte und Stocker mit zusammengekniffenen Lippen ansah. »Also, Ihre Suspendierung ist aufgehoben. Dafür gibt es wegen Ihres Besuches bei Weinsberg mächtig Ärger. Er hat sich bei einem seiner Spezis im Innenministerium beschwert und der hat unseren Goldfasan* unter Druck gesetzt. Und jetzt können Sie sich vielleicht vorstellen, wie meine Laune im Moment ist. Das heißt für Sie: Finger weg von Weinsberg! Und den Hausdurchsuchungsbefehl können wir uns komplett abschminken. Außer, Sie wollen uns alle ohne Bezüge in Frührente schicken. Haben Sie das verstanden, Stocker?«

Dieser zuckte nur mit den Achseln. »Im Moment hab ich andere Sorgen als Weinsberg. Irgendjemand schafft hier hochreinen Stoff ins Land und bringt jeden um, der ihm in die Quere kommt. Und außer ein paar dünnen Indizien haben wir nichts in der Hand.«

»Wollen Sie damit sagen, dass Ihr Besuch bei Weinsberg auch nur ein Versuchsballon war?«

»Aber einer, der explodiert ist«, grinste Stocker.

»Ja, aber auf meinem Schreibtisch. So, Stocker, und

* Interner Jargon – Bezeichnung für den leitenden Polizeidirektor

jetzt bringen Sie mir irgendwelche Beweise, wie, ist mir vollkommen egal.«

»Darf ich das wörtlich nehmen, Herr Polizeirat?«

»Stocker! Eine illegale Aktion und ich sperr Sie persönlich ein. Ach und noch eines, beim Staatsanwalt haben Sie es sich jetzt endgültig verschissen, und zwar rückwirkend bis zur Steinzeit.«

Als Stocker auf dem Rückweg zu seinem Büro Cora im Gang begegnete, bat er sie, ihm einen Cappuccino zu bringen.

»Tut mir leid, Commissario, aber wir haben keine Milch mehr. Ina hat gerade den letzten Rest geholt.«

Er steckte den Kopf durch Inas Türe und sah Kassandra, die aus einer Tasse Milch schlürfte. »War was?«

»Nein, nur Kassandra ist etwas unruhig. Ich glaube, sie muss mal raus.«

»O. K., komm, Kleine. Wir gehen mal für kleine Mädchen. Ich muss auch mal an die frische Luft. Bei Wörner war sie nämlich ziemlich dick.«

»Macht er Ärger?«, fragte Ina.

»Im Gegenteil, er lässt mir vollkommen freie Hand«, antwortete Stocker trocken.

»Dann ist der Ärger ja schon vorprogrammiert«, murmelte Jens Meier, der hinter Stocker auf dem Gang die letzten Gesprächsfetzen mitbekommen hatte.

»Willst du rüber zu Göttler?«, fragte Kassandra, als sie aus dem Gebäude traten.

»Gute Idee, dem säuft wenigstens niemand die letzte Kaffeemilch weg.«

»Mein Gott, Großer, dass du immer so nachtragend sein musst. Ina hat es nur gut gemeint.«

Schweigend gingen sie die Gögginger Straße hinauf. Zehn Minuten später erreichten sie das Strafjustizzentrum. Stocker sah grinsend zu seiner Katze hinunter. »Wollen wir kurz bei Detlef reinschauen?«

»Au ja, ich bin dabei.«

»Könnte dir so passen, du kleines Mistvieh.«

Sie bogen gerade in die Einfahrt zur Gerichtsmedizin, als ein Leichenwagen an ihnen vorbeirollte und vor dem Eingang hielt.

»Frischfleisch?«, sagte Stocker zu Schenk, der die Bahre mit dem schwarzen Plastiksack in Empfang genommen hatte und zum Aufzug schob.

»Hallo, Commissario. Nur eine Touristin, die in den Bergen abgestürzt ist. Aber da sie keine Papiere bei sich hatte, müssen wir mal wieder ran.«

Göttler hörte gerade ein Band mit den Aufzeichnungen einer Obduktion ab und tippte die Ergebnisse in den Computer. »Früher hatte man wenigstens eine hübsche Sekretärin, die einem die Berichte schrieb. Aber mit diesem Computerscheiß muss man das auch noch selber machen. Hallo, Florian, hallo, Wollmäuschen. Wie geht es dem Kopfjäger-Duo?«

»Spendier mir lieber einen Kaffee mit Schuss. Hatte nämlich gerade ein Gespräch mit Wörner. Dieser Weinsberg scheint wirklich einen langen Arm zu haben. Aber irgendwann kau ich an seinem Hintern, das verspreche ich dir.«

»Hoffentlich meinst du das nicht wörtlich«, erwiderte Göttler auf dem Weg zur Kaffeemaschine und verzog säuerlich das Gesicht. »Was kam übrigens bei deiner Luftaufklärung raus?«

»Deine Intuition war richtig. Bei den Streifen auf der Fotografie handelt es sich vermutlich um den Teilstrecken-Neubau der Autobahn zwischen Seeg und Füssen. Das heißt, die drei Stinkefinger auf dem Foto waren irgendwo in diesem Bereich auf Bergtour.«

»Aber wie Naturfreunde sehen die nicht gerade aus«, warf Göttler ein, während er die Milch aufschäumte.

In dem Moment trat Schenk in Göttlers Büro und legte ihm die Überstellungspapiere der Touristenleiche auf den Schreibtisch.

»Was Ungewöhnliches?«, fragte ihn Göttler.

»Knochenbrüche, Abschürfungen, Blutergüsse und die Rübe vorn und hinten kaputt. Wenn das nicht ungewöhnlich ist.« Mit diesen Worten wandte er sich um und murmelte im Hinausgehen halblaut vor sich hin: »Bin gespannt, wann ich mal wieder eine Leiche mit einer intakten Visage rein bekomme. Irgendwie scheint das zurzeit eine Manie zu sein.«

Ein lauter Schmerzensschrei Göttlers ließ ihn jedoch in der Türe herumfahren. Auch Stocker sah seinen Freund etwas entgeistert an. Dieser hatte sich bei den letzten Worten Schenks umgedreht und war dabei mit dem Handrücken unter den Dampf gekommen. Noch immer hielt er das Milchkännchen in der Hand, ohne seinen Mitarbeiter aus den Augen zu lassen.

»Schnell, halt deine Hand unter kaltes Wasser.« Stocker war aufgesprungen und nahm ihm die heiße Milch ab.

»Was haben Sie gerade vor sich hin gemurmelt?«, fragte Göttler und schob seinen Freund auf die Seite.

»Ich hab nur gesagt, ich möchte mal wieder eine Leiche mit einem intakten Gesicht, zu der man auch eine Beziehung aufbauen kann. Die Gesichtslosen sind einfach unpersönlich. Irgendwie soll einem die Arbeit doch Spaß machen.«

Göttler verdrehte die Augen und unterbrach Schenks

selbstbemitleidenden Redefluss. »Wo ist die Leiche jetzt?«

»Ja im Kühlschrank natürlich, wo sonst.«

»Holen Sie sie wieder heraus, wir kommen gleich runter.«

Schenk sah seinen Vorgesetzten an, hob fragend die Schultern und verschwand.

»Schon wieder eine Leiche ohne Gesicht. Klingelt es da nicht bei dir?« Göttler sah Stocker an.

»Also, jetzt holst du aber etwas weit aus. Was soll eine Touristin mit unserem Fall zu tun haben? Wer weiß, wo die abgestürzt ist?«

»Das kann ich dir genau sagen.« Göttler war auf den Schreibtisch zugegangen und nahm die Überstellungspapiere in die Hand. »Der Fundort war laut Polizeiinspektion und Bergwacht Nesselwang in einer Klamm östlich des Edelsberges.«

»Nesselwang? Das liegt doch in dem Bereich, der uns wegen Weinsberg interessiert. Ich werd verrückt. Komm, lass uns das Mädchen mal anschauen.«

»Erst trinkst du jetzt deinen Cappuccino, wenn ich mir deinetwegen schon die Flossen verbrannt habe. Hier, schau dir mal die Fotos vom Fundort an. Etwas ungewöhnlich, wie sie daliegt.«

Auf den Fotos war eine Gestalt zu sehen, die in einer wassergefüllten Mulde auf dem Rücken lag. Beide Arme lagen fast in einem Neunzig-Grad-Winkel zum Körper. Das rechte Bein war ausgestreckt, während das linke Knie angewinkelt mit dem Knöchel auf dem rechten Schienbein lag. Vom Gesicht war nur noch eine blutige Fläche zu erkennen.

»Was meinst du mit ungewöhnlich daliegen?«, reagierte Stocker.

»Ich hab noch keine Bergleiche gesehen, die so dalag und deren Gesicht so gleichmäßig eingedetscht war. Als ob ihr nach dem Sturz noch etwas das Gesicht eingedrückt hätte«, antwortete ihm Göttler.

»Und wenn sie aufs Gesicht gefallen ist?«

»Und dann hat sie sich mit der Verletzung noch umgedreht? Vergiss es, Florian. Was auch immer ihr das Gesicht zerschmettert hat, hat ihr auch das Nasenbein nach oben ins Hirn geschoben. Und das überlebt niemand.«

»Also Mord.«

»Sieht ganz so aus. Komm, gehen wir runter.«

Schenk hatte die Leiche inzwischen auf einen der Seziertische gelegt und bis zur Hüfte mit einem weißen Tuch abgedeckt.

Als sie neben der Leiche standen, sah er seinen Chef erwartungsvoll an.

»Erste Eindrücke?«, reagierte Göttler auf seinen freudigen Hundeblick.

»Weibliche Leiche. Alter zwischen achtunddreißig und zweiundvierzig. Größe eins dreiundsechzig, Gewicht achtundvierzig Kilogramm. Hellhäutig. Europäerin. Todeszeitpunkt zwischen zwölf und sechzehn Uhr. Geraume Zeit vor Eintreten des Todes wurde ihr vermutlich durch einen Schlag das rechte Schlüsselbein gebrochen. Schädelbruch im hinteren Bereich, der jedoch nicht zum unmittelbaren Exitus geführt haben dürfte. Der Tod ist aller Wahrscheinlichkeit nach durch den Eintritt des Nasenbeines in das Großhirn verursacht worden.«

»Was hat ihr Gesicht zertrümmert? Können Sie dazu irgendwelche Angaben machen«, äußerte sich Stocker.

»Nein, noch nicht. Aber ich vermute, ein größerer Stein, der nach ihrem Sturz von oben ihren Kopf getroffen hat.«

»Aber auf den Fotos war nirgends etwas Derartiges zu sehen.«

»Untersuchen Sie alles, was Sie kriegen können. Haare, Fingernägel, eventuelle Spermaspuren, die ganze Palette halt.« Göttler wandte sich zum Gehen.

Stocker folgte ihm schweigend die Treppe hinauf, gefolgt von Kassandra. »Was denkst du, Großer?«

»Dass wir morgen eine Bergtour machen, daran denke ich.«

Göttler drehte sich halb um. »Sprichst du mit mir?«

»Nein!«

»Ach so, verstehe. Immer noch?« Dabei blickte er von Stocker auf die Katze und wieder zurück.

»Fang nicht schon wieder an, Johann. Wenn ich gewusst hätte, dass du mir nicht glaubst, hätte ich dir gar nichts erzählt.«

»Ich hab nicht gesagt, dass ich dir nicht glaube.«

»Nein, aber dein dämliches Grinsen spricht Bände. So, ich geh jetzt zurück ins Präsidium und morgen machen wir eine Bergtour.«

»Wer wir?«, fragte Göttler mit entsetztem Gesichtsausdruck.

»Kassandra und ich. Aber du bist herzlich eingeladen. Würde dir guttun.«

»Siehst du, jetzt grinst du dämlich«, gab Göttler zurück.

»Eins zu eins. Tschüs, Johann.«

»Ich ruf dich an, sobald ich was Neues hab. Tschüs, Kassandra, und pass gut auf diesen Louis-Trenker-Verschnitt auf.« Damit drehte er sich um und stieg die Treppe zu seinem Büro hinauf.

Fallstudien

Als Stocker mit Kassandra ins Präsidium zurückkehrte, trommelte er seine beiden Mitarbeiter zusammen und berichtete ihnen kurz von den letzten Ereignissen in der Gerichtsmedizin.

»Einer von euch darf morgen mit mir zum Bergsteigen. Jens, wie wäre es?«

Jens Meier, für den Sport ein Fremdwort war, sah seinen Chef mit blankem Entsetzen an. »Also, ich hab keine Zeit. Einer muss schließlich hier die Kleinarbeit machen.«

»Ja klar, da haben Sie vollkommen recht.« Stocker grinste und wandte sich Ina zu. »Dann müssen eben Sie dran glauben.«

»Kein Problem«, antwortete sie und sah Meier sichtlich aufatmen.

»Dann brauchen Sie mich ja nicht mehr«, murmelte der noch und drückte sich durch die Tür.

»Sie wollten ihn doch nicht etwa im Ernst mitnehmen?«, fragte Ina.

»Um Gottes willen. Dann wäre ich auch noch für die Folter an einem Mitarbeiter verantwortlich gewesen. Für Detlef wäre das ein gefundenes Fressen. Und mir langt es so schon.«

Ina lachte und streichelte Kassandra, die neben sie auf die Fensterbank gesprungen war.

»So, jetzt hab ich Lust auf Carpaccio limonese.« Stocker stand auf und sah Ina an. »Sie auch?«

»Hört sich gut an, ja.«

Kassandra machte einen Buckel, streckte sich und sprang von der Fensterbank.

»Wenn du hörst, dass es zu deinem Katzenschwarm geht, wirst du gleich munter.«

»Vergiss es, Großer. Ich steh nicht auf Kater mit Knoblauch.«

Das Poccini war um die Zeit bereits sehr gut besucht. Marco Cavalconi jonglierte gerade zwei große Teller mit duftender Pasta an einen Tisch, an dem sich zwei attraktive Frauen angeregt miteinander unterhielten. »Die bedient er natürlich wieder selbst«, flüsterte Stocker zu Ina gewandt, die sich an ihm vorbeischob und das Lokal betrat.

Als Cavalconi die beiden neuen Gäste sah, kam er sofort auf sie zu. *»Buona sera, Signora Ina, l'amica di Commissario.«* Dabei nahm er Ina freudestrahlend in den Arm und grinste Stocker über ihre Schulter hinweg an.

»*Sei matto*, noch ein Wort und ich kündige dir die Freundschaft«, presste dieser zwischen den Lippen hervor.

»Siehst du, Großer, er denkt auch, dass ihr was miteinander habt«, maunzte Kassandra und rieb sich an Cavalconis Hosenbein.

»*Eh, bella ragazza*«, reagierte Marco auf diese Liebkosung.

Als sie Platz genommen hatten, brachte ihnen Cavalconi zwei Gläser Vellini und nahm die Bestellung auf.

»Auf unsere Bergtour«, sagte Stocker und hob sein Glas. »Ziehen Sie bloß feste Schuhe an. Wir müssen uns wahrscheinlich ein Stück abseilen, um zu der Stelle zu gelangen, wo die Tote gefunden wurde. Klettergeschirr und Seil bring ich mit. Ich möchte versuchen, den Weg der Toten irgendwie nachzuzeichnen.«

Kurz darauf brachte Marco das Carpaccio und hobelte am Tisch frischen Parmesan über das mit Limone zart gebeizte Fleisch. Dazu servierte er einen Brunello. *»Buon appetito, Ina. Buon appetito, Commissario.«*

Eine Minute später war er wieder da und stellte ein kleines Schüsselchen mit Fleischstückchen für Kassandra unter den Tisch.

»Marco, wo hast du denn deinen Kater gelassen? Kassandra hatte sich schon so gefreut.«

»Beschäftigt, Commissario. Um diese Zeit ist er immer sehr beschäftigt.« Mit diesen Worten ließ er das Trio alleine.

»Diese Art von Beschäftigung kennen wir schon, nicht war, Kleine.« Dabei bückte sich Stocker und schaute unter das Tischtuch. Doch Kassandra hatte sich auf Inas Füßen eingerollt und öffnete nur verächtlich eines ihrer gelben Augen.

Nach Espresso und einem Limoncello verabschiedeten sie sich von Marco. »Schreib es auf«, sagte Stocker und fügte leise hinzu: »Und besorg mir das.« Dabei schob er Cavalcone einen Zettel in die Hand.

Mit einem »Ciao« entließ der sie in die laue Luft des Abends. Es roch nach Wasser und der kleine Bach, der durch die Altstadt floss, murmelte anheimelnd vor sich hin.

Inas Handy klingelte. »Ja, einen Moment. Er steht direkt neben mir.«

Während Stocker das Handy nahm, hob er die Schultern und fragte lautlos: »Wer?«

»Roth«, flüsterte Ina zurück.

»Herr Roth, guten Abend. Nein, Sie stören nicht im Geringsten.« Dann hörte er schweigend zu.

Ina war indessen einige Meter weitergegangen und lehnte sich über das Geländer des Baches.

»Ja, verstehe. Morgen früh? Ja, gut. Danke für Ihre Hilfe.« Stocker schob das Handy zusammen und ging zu Ina hinüber. Sie lächelte ihn an und für den Bruchteil einer Sekunde war er versucht, sie zu berühren. »Roth hat die Luftaufnahmen von heute Nachmittag ausgewertet. Er meint, dass er die Stelle, von der aus das Foto gemacht wurde, ziemlich genau eingrenzen kann. Wir fahren morgen früh vorbei. Er holt uns um acht Uhr dreißig an der Hauptwache ab. Wir bringen Sie noch nach Hause, wenn Sie nichts dagegen haben.«

»Nein, hab ich nicht.«

Sie gingen schweigend nebeneinander durch das Gewirr der Altstadtgassen bis zu Inas Wohnung.

Auf dem Rückweg trafen Kassandra und Stocker noch auf Poccini, der durch die Gassen strich. »Hallo«, sagte Stocker. »Du hast was versäumt, Kassandra war vorhin bei dir. Jetzt muss sie aber leider nach Hause.«

»Danke«, fauchte der Kater, »aber für heute bin ich schon bedient.« Dann hatte ihn die Dunkelheit verschluckt.

»Manchmal bist du richtig peinlich, Großer«, kommentierte Kassandra die Unterhaltung.

Um halb sieben wurde Stocker unsanft aus dem Schlaf gerissen. Er tappte zur Wohnungstüre und spähte durch den Spion. »Ich glaub es nicht«, murmelte er und öffnete die Türe. Es war ein Anblick für Götter. Göttler stand in einer uralten Lederhose, einem rotkarierten Hemd und einem alten Filzhut vor der Türe. Er streckte Stocker eine Tüte mit frischem Gebäck entgegen.

»Frische Brezen, Florian. Ist das nicht ein Service? Hab gedacht, ich schau mir den Tatort lieber selber an, bevor ihr irgendwelche Spuren verwischt. So, jetzt restaurier dich mal. Ich mach derweil Kaffee.«

Stocker schaute immer noch entgeistert auf seinen Freund. »Du willst doch nicht allen Ernstes so aus dem Haus gehen?«

»Bin ich doch schon, oder?«

»Und es hat dich in dem Aufzug keiner verhaftet? Das wundert mich wirklich.«

»Einen schönen Mann kann nichts entstellen, Florian!«

Als sie auf den kleinen Parkplatz vor der Hauptwache fuhren, wartete Hauptfeldwebel Roth bereits auf sie. Er legte eine Reihe von Aufnahmen auf die Motorhaube des Jeeps und informierte seine Gäste kurz über die Ergebnisse seiner Untersuchung. »Also, wir haben gestern noch einen Bildstreifen vom Ende der A 7 bei Nesselwang bis Füssen ausgewertet. Es war etwas kompliziert, weil die Fotografie in Richtung Norden gemacht wurde. Wir können aus der Luft aber nur in Richtung Süden fotografieren, um keinen internationalen Zwischenfall mit Österreich zu provozieren«, lachte er. »Wenn wir aber die Bewaldung und die Erdbewegungen der Autobahntrasse miteinander vergleichen, lässt sich der Blickwinkel ziemlich eingrenzen. Hier, der Baggersee vor Pfronten liegt in genauer Verlängerung der Aufnahmerichtung. Ihre Aufnahme wurde irgendwo unterhalb des Edelsberges gemacht. Wo genau, kann man aus diesem Blickwinkel aber nicht sagen. Ich hab aber eine Vergrößerung dieses Bereiches machen lassen, vielleicht hilft das.« Mit diesen Worten zog er einen DIN-A4-Ausschnitt des gesamten Bereiches um den Edelsberg zu sich heran.

»Ich hoffe, es nützt Ihnen was«, sagte er noch, bevor er sich verabschiedete.

»Da bin ich mir sicher«, entgegnete ihm Stocker und bedankte sich. Roth warf noch einen kurzen Blick auf Göttler und fuhr winkend davon.

Stocker parkte den silberfarbenen Audi am großen Parkplatz unterhalb der Sesselbahn zum Edelsberg. Vor ihnen erhob sich die breite, grüne Trasse der Skipiste, die östlich und westlich wieder in einen Fichtenwald überging. Stocker holte die Bergschuhe aus dem Kofferraum. Während er sie anzog, hatte Göttler bereits seinen Rucksack geöffnet und bot Ina eine Wurstsemmel mit Schinken, Ei, Gurke und Käse an. »Heb dir die Stärkung lieber für später auf, so wie du aussiehst, kriegst du auf der Hütte bestimmt nichts zu essen.«

»Sehe ich wirklich so schlimm aus?« Göttler sah Ina mit beleidigter Miene an.

»Volkstümlich«, erwiderte sie diplomatisch, konnte sich aber das Lachen nicht verkneifen.

»Ignoranten«, sagte Göttler. »Schaut euch Kassandra an, die findet mich ganz toll.«

»Schon«, kam es trocken zurück. »Aber nur, weil sie den Schinken von deiner Semmel will.«

Sie ließen den Parkplatz hinter sich und gingen eine Birkenallee entlang, die auf eine kleine Brücke zuführte. Dort wandten sie sich nach rechts und stiegen den Weg in Richtung Wasserfall hinauf. Nach etwa zehn Minuten verengte sich der Felseinschnitt und ging in eine Art Klamm über. Die einzige Möglichkeit, die steile Felswand zu passieren, war eine Art Treppe, die aus zwei Baumstämmen bestand, auf die Querbretter genagelt waren. »Oh Gott«, sagte Göttler. »Jetzt weiß ich auch, warum das arme Ding so aussah. Wer da runterfällt, braucht kein Frühstück mehr.«

Die Steigung der Treppe betrug stellenweise sogar mehr als fünfundvierzig Grad. Das unangenehme Gefühl, das dadurch entstand, wurde durch den freien Blick nach unten zwischen den Stufen noch verstärkt. Unter der Treppe schoss das Wasser in mehreren Kaskaden gurgelnd in die Tiefe. Dazwischen lagen Gumpen*, in denen das Wasser sich kurz beruhigte, bevor es weitertoste.

»Geht es?«, fragte Stocker und sah fast fürsorglich auf Ina.

»Danke, ich komm schon klar. Aber was machen wir mit Kassandra?«

»Ich bin eine Katze! Was glaubt die denn?«, fauchte es empört und ein silbergraues Etwas sprang an ihnen vorbei die Treppe hoch.

Stocker hatte die Aufnahmen von der Toten aus dem Rucksack geholt und begann die Stufen hochzusteigen. Am ersten Absatz blieb er stehen und verglich die Aufnahmen mit der Szene unter ihm. Er schüttelte den Kopf, als Ina und Göttler aufgeschlossen hatten und ihn fragend ansahen. Dann wandte er sich um und stieg weiter nach oben. Kassandra stand etwas oberhalb und fixierte eine flache Stelle, die wie ein natürliches Becken wirkte. Direkt dort, wo der Fels erneut steil nach unten abfiel, hatte das

* Vom Wasser ausgewaschene Vertiefungen im Felsen

Wasser über Jahrhunderte eine Art kleines Plateau geschaffen.

»Das ist es. Hier ist sie abgestürzt und dort unten auf dem Felsen lag sie.« Stocker machte seinen Begleitern ein Zeichen. Dann holte er ein Seil und das Klettergeschirr aus dem Rucksack. Den Karabiner hängte er nach einer kurzen Überprüfung in einen Haken im Felsen ein, der als Befestigung für das Drahtseilgeländer diente. »Wer will als Erster?«, fragte er, als Ina und Göttler aufgeschlossen hatten.

»Von wollen kann hier keine Rede sein«, antwortete sein Freund. »Und du bist sicher, dass dieser läppische Haken uns aushält?« Dabei schielte er skeptisch auf den Felsdübel.

»Uns schon, bei dir bin ich mir allerdings nicht so sicher.«

»Haha, witzig der Herr Kommissar. Ich hab halt nicht so eine hohe Verbrennung wie du.«

Stocker grinste und hielt Göttler das Klettergeschirr hin. »Geh du zuerst, dann wissen wir wenigstens, dass der Haken tatsächlich hält.«

»Gut, ich opfere mich, aber für Ina und nicht für dich.«

Göttler legte sich das Geschirr um und schlüpfte unter dem Geländer durch, während Stocker die Sicherung übernahm. Zentimeter für Zentimeter glitt das Seil durch den Karabiner, bis Göttler das Felsenbecken erreicht hatte.

»Als Hannibal seine Elefanten abgeseilt hat, war das bestimmt leichter«, sagte Stocker und grinste in Richtung Ina.

Göttler schlüpfte aus dem Geschirr und gab ein Zeichen nach oben.

Als Nächste war Ina dran. Stocker half ihr in das Klettergeschirr. Kassandra saß daneben und beobachtete ihn aufmerksam. Aber er tat so, als würde er ihren amüsierten Gesichtsausdruck nicht wahrnehmen.

Göttler und Ina hatten bereits begonnen, die Umgebung intensiv zu untersuchen, als Stocker das lose Ende des Seiles nach unten warf und sich selbst abseilte.

»Soll ich dich mitnehmen, Schätzchen?«, fragte er noch über den Rand des Felsens.

»Da unten ist mir zu viel Wasser. Das lassen wir mal schön bleiben, Großer.«

»Wie dreht sich ein menschlicher Körper, der dort oben stolpert und dann über das Geländer stürzt?« Göttler sah nach oben und blinzelte in das Sonnenlicht, das schräg durch die Baumkronen fiel.

»Also, ich würde zuerst mit dem Kopf aufschlagen«, bemerkte Stocker mit ernstem Gesicht.

»Wie kommst du denn da drauf?«, fragte Göttler leicht konsterniert.

»Ganz einfach, weil bei mir wegen der Hirnmasse der Schwerpunkt oben liegt. Bei dir würde das natürlich schon wieder anders aussehen.« Dabei sah er seinen Freund lachend an.

»Du bist so ein Blödmann! Eine echte Bereicherung für die Polizei«, kam es zurück.

Ina schüttelte nur lächelnd den Kopf.

»Ich zeig dir jetzt meine Theorie«, unterbrach Göttler das Lachen. »Angenommen, das Mädchen fällt nach vorne über das Geländer, dreht sich in der Luft, weil der Rucksack nach unten kippt. Dabei schlägt sie mit dem Hinterkopf gegen die Felswand. Dann bleibt sie hier in dieser Wanne mit dem Gesicht nach unten liegen.«

»Sie lag aber auf dem Rücken, als sie gefunden wurde«, unterbrach ihn Ina.

»Richtig. Aber ich habe es euch ja schon mal gesagt, die Haltung, in der sie dalag, hat mich skeptisch gemacht. Und jetzt kommt der Grund, warum ich überhaupt mitgefahren bin. Ina, legen Sie sich mal auf den Felsen, mit dem Gesicht nach unten. Ja, genauso. Das linke Bein jetzt bitte stärker anwinkeln und die Hände links und rechts neben dem Körper. Angenommen, jemand hat sie nach ihrem Sturz umgedreht, dann passiert das genau so: Er stellt sich rechts neben sie. Links hat er ja wegen der Kante keinen Platz mehr. Dann packt er sie am linken Arm und dreht sie herum.« Göttler packte Ina am linken Handgelenk und drehte sie auf den Rücken. »So, jetzt schau dir mal an, wie sie daliegt. Das rechte Bein ist nahezu ausgestreckt und das linke hat die Drehbewegung nicht ganz mitgemacht, es liegt noch mit dem Knöchel auf dem anderen. Und jetzt die Arme. Der linke liegt fast im Neunzig-Grad-Winkel neben dem Körper, während der andere mehr zu den Füßen zeigt, weil er beim Umdrehen vom Becken unserer Unbekannten abgelenkt wurde.«

Stocker stand neben Ina und betrachtete aufmerksam ihren Körper.

»Ich will Ihre momentane geistige Ermittlung ja nicht stören, aber es liegt sich hier etwas unbequem«, kam es dumpf vom Boden.

»Nein, bitte so bleiben! Ich muss erst ein Foto machen.« Dabei nestelte er am Reißverschluss seiner Weste und holte eine kleine Digitalkamera hervor.

»Wir sind aber noch nicht fertig, Florian. Der Sturz war mit Sicherheit ein Unfall. Das arme Mädchen hatte Angst, vor was oder wem auch immer. Sie rannte hier runter und dabei ist sie gestolpert. Da ihr Schulterblatt gebrochen war, konnte sie nicht mal den Versuch machen, sich festzuhalten. Sie war aber noch nicht tot, als sie da unten lag. Die Verletzung am Hinterkopf wäre kaum tödlich gewesen. Aber dann hat jemand einen größeren Stein genommen und ihr damit das Gesicht zertrümmert, ungefähr so.« Er stand neben Ina und simulierte den Schlag mit einem fiktiven Felsen.

»Dann müsste der aber noch irgendwo liegen.« Stocker sah sich um. »Ich glaube kaum, dass der Täter den Klunker mitgenommen hat.«

»Eher unwahrscheinlich«, pflichtete ihm Göttler bei. »Und weißt du, was ich mich außerdem frage, ist, wie der Mörder hier herunterkam.«

»Für einen geübten Kletterer kein Problem, glaub mir.«

Stocker hielt Ina seine Hand hin und zog sie auf die Beine. »Was würden Sie tun, wenn Sie gerade einer Frau das Gesicht zertrümmert hätten, Commissario?«

»So schnell wie möglich schauen, dass ich vom Tatort wegkomme. Denn der Gumpen ist vom Weg her optimal einzusehen.« Dabei sah er nach oben, wo ein kleines Katzengesicht über den Rand lugte und sie aufmerksam beobachtete.

»Nein, ich meine mit dem Stein«, fuhr Ina fort.

Göttler und Stocker sahen sie fragend an.

»Also, ich würde die Tatwaffe da runter ins Wasser schmeißen.« Sie deutete über den Rand des Beckens, von dem der Wasserfall weiter in die Tiefe stürzte. »Das Blut wird abgewaschen und jeder denkt, es war ein Unfall.«

»Scheiße, ich würde sagen, sie hat recht!«, entfuhr es Göttler. Dann sah er Ina an und hielt sich die Hand vor den Mund. »Verzeihung. Wir suchen den Stein aber trotzdem. Ich habe eine Form modelliert, die ungefähr die Oberfläche des Steins wiedergibt. Er ist etwa zwei Handteller groß, unregelmäßig und weist auf einer Seite eine zusätzliche Wölbung auf, die genau die Stirn der Kleinen getroffen haben muss.«

Ina sah Göttler mit zusammengekniffenen Lippen an. »Also, worauf warten wir noch?«

Bevor die beiden Männer reagieren konnten, hatte Ina bereits das Seil ergriffen und zog sich mit kräftigen Armbewegungen nach oben in Richtung Weg, wobei sie sich mit den Füßen am Steilhang abstützte.

»Echt fit das Mädel und einen knackigen Hintern hat sie auch. Würde gut zu dir passen«, sagte Göttler halblaut.

»Jetzt fängst du auch noch an«, knurrte Stocker. »Ein Wort noch und ich lass dich hier unten lufttrocknen.«

»Typisch. Man macht sich um ihn Sorgen und er reagiert sauer oder spricht lieber mit seiner Katze«, flüsterte Göttler halblaut. Den letzten Halbsatz hatte sein Freund aber nicht mehr gehört, da er sich bereits auf dem Weg nach oben befand. Ina reichte ihm die Hand und zog ihn auf den Steg hoch. Göttler hatte sich bereits das Klettergeschirr umgelegt und wartete.

Stocker legte sich das Seil um die Schultern und begann, Göttler zu unterstützen, dessen fünfundachtzig Kilo nach oben zu wuchten. »Meinst du nicht, dass es an der Zeit wäre, mal abzunehmen?«, keuchte er, als Göttlers Gesicht über den Brettern auftauchte.

»Wenn du mir sagst, wie«, kam es zurück.

»Tja, essen ist Willenssache und ich will«, lachte Ina.

»Die hält zu dir, merkst du das«, kommentierte Göttler die Bemerkung.

Sie stiegen die Stufen hinunter, die sie vor einer Viertelstunde heraufgekommen waren.

Am nächsten Absatz des Wasserfalles befestigte Stocker das Seil an einem Balken der Treppe.

»Hier, so müsste der Stein auf einer Seite aussehen.«

Dabei hielt ihm Göttler einen Gipsabdruck hin, der der Unterseite der Tatwaffe entsprechen sollte.

Stocker schlüpfte durch den Zwischenraum der oberen und unteren Geländerführung und seilte sich ab. Er inspizierte den Rand des Felskessels, ohne nennenswertes Ergebnis. Die Steine dort waren entweder zu groß oder entsprachen nicht der gesuchten Form. »Ich muss tauchen«, rief er nach oben und begann, sich bis auf die Unterhose auszuziehen. Dann ließ er sich in das hier tiefere Wasser eines natürlichen Beckens gleiten. Er holte Luft, tauchte ab und rollte kurz drauf einen mittelgroßen Stein auf den Rand des Absatzes. Beim fünften Versuch hatte er Glück. »Das könnte er sein«, rief er nach oben. »Lasst meinen Rucksack herunter, dann könnt ihr den Stein hochziehen. Ich muss jetzt jedenfalls aus dem Wasser raus, sonst friert mir noch was ab.«

»Das wäre aber schade«, unkte Göttler und schielte auf Ina, die ihn nur mit zusammengekniffenen Augen ansah.

Während die beiden damit beschäftigt waren, den Rucksack nach oben zu ziehen, entledigte sich Stocker seiner nassen Unterhose und schlüpfte in seine Klamotten.

Göttler und Ina, gefolgt von Kassandra, stiegen bis zum Ende der Treppe hinunter, um festen Boden unter den Füßen zu haben. Dann zog Göttler ein Paar Gummihandschuhe über und holte den Stein aus dem Plastikbeutel, in den ihn Stocker gepackt hatte. Vorsichtig legte er ihn auf eine kleine Plane, deren Enden er mit kleineren Steinen beschwert hatte. Die Oberflächenstruktur entsprach ziemlich genau dem Gipsmodell, das daneben lag.

»Ich bin mir eigentlich sicher, dass es der Stein ist. Wenn wir Glück haben, können wir im Labor sogar noch etwas nachweisen.« Er drehte den Stein um und stutzte.

Ein Stück einer Wölbung war abgeplatzt und hatte eine flache, unregelmäßige Bruchstelle hinterlassen. »Was, wenn der Stein zuerst auf trockenem Felsen aufgeschlagen ist, bevor er ins Wasser fiel? Rein theoretisch müssten dann winzige Teile von Blut und Körperflüssigkeit weggeschleudert worden sein. Es hat seitdem nicht geregnet.«

Göttler sprang auf und rannte die Stufen hinauf. Er beugte sich über das Geländer. »Florian, bleib unten. Schau dich noch mal genau um. Es kann sein, dass die Tatwaffe zuerst irgendwo hier auf dem trockenen Felsen aufgeschlagen ist. Dann müsste es Spuren vom Aufschlag geben und eventuelle Blutspritzer.«

Stocker ließ das Seil los und begann systematisch den Rand und die aus dem Wasser ragenden Felsen zu untersuchen. Nichts. Stocker sah nach oben und schüttelte den Kopf.

»Johann, stell dich mal dort hin, wo der Mörder gestanden haben muss«, forderte Stocker seinen Freund auf. »Genau, und jetzt nimm einen von den Steinen und wirf ihn nach unten.«

Gespannt verfolgten acht Augen die Flugbahn des Felsbrockens, der die Steilwand touchierte und dann in einer Fontäne im reißenden Wasser verschwand.

»Du hast recht, der Stein ist erst gegen die Felsen hier links geprallt und dann im Gumpen versunken.« Stockers Augen begannen, Zentimeter für Zentimeter, die zerklüftete Wand abzusuchen. Nach langen Sekunden meldete er sich wieder zu Wort. »Lasst mir das Geschirr herunter, und macht das Seil von euch aus gesehen zwei Meter weiter rechts fest.«

Kurz darauf hing Stocker in der Wand und kratzte kleine, dunkelrote Spritzer vom Felsen in einen Plastikbeutel.

Während Ina anschließend Stockers Ausrüstung zusammenlegte und in seinem Rucksack verstaute, war dieser gedanklich schon einen Schritt weiter.

»Warum wurde sie umgebracht? Hat sie etwas gesehen, das nicht für ihre Augen bestimmt war? Aber was und vor allem wo?« Stocker holte eine Karte des Gebietes hervor. »Die nächste Hütte ist hier drüben. Aber ich glaube nicht, dass sie von da aus erst zum Wasserfall ist. Nehmen wir einmal an, sie hat irgendwo da oben etwas gesehen und wurde angegriffen. Dabei ging ihr Schulterblatt zu Bruch. Doch sie kann fliehen und rennt in Panik den Berg hinunter. Wenn sie den direkten Weg genommen hat, könnte sie von der Kappeler Alpe gekommen sein.«

»Schauen wir uns die Bude halt mal an. Gegen ein Speckbrot hätte ich nichts einzuwenden.«

»Und wer trägt den Stein?«, fragte Ina.

»Im Zweifel der, der ihn gefunden hat«, kam es von Göttler zurück.

Hüttenzauber

Als Stocker vom Wagen zurückkam, wo er den Stein deponiert hatte, saßen Ina und Göttler auf einem großen Felsbrocken und hielten ihre Füße ins Wasser. Kassandra lag daneben und wärmte sich in der Sonne.

»Du warst aber schnell«, sagte Göttler.

»Das bist du gar nicht gewöhnt, gell. Sei froh, dass deine Kundschaft nicht mehr wegrennen kann«, konterte Stocker.

Sie stiegen den Wasserfall ein zweites Mal hinauf, querten den Fahrweg zur Wallfahrtskirche Maria Trost und kämpften sich über ein Gewirr von Wurzeln durch den Wald. Der Pfad wurde immer steiler und führte hinaus auf einen freien Hang. Wie unheimliche Skelette ragten mannshohe, zersplitterte Baumstümpfe in den Himmel. Stumme Zeugen einer übermenschlichen Kraft.

Sie drehten sich um und hatten freien Blick ins Tal. »Traumhaft«, sagte Ina.

»Wir bräuchten einfach mehr Bergleichen. Vielleicht können wir mit unserem Steinmörder ein Abkommen treffen«, gab Göttler trocken von sich.

»Also, mir persönlich sind Touren ohne Leiche eigentlich lieber. Und wenn ich dran denk, ich müsste dich irgendwo wieder die Wand hochziehen, vergeht mir sowieso die Lust«, lachte Stocker.

»Dass du immer gleich persönlich werden musst. Bei mir schlägt es halt mehr an als bei dir.«

»Ich glaub eher, dass es bei dir ein Gendefekt ist – das Essengehn.«

Ina schüttelte lachend den Kopf und stieg weiter bergan.

Stocker hob Kassandra hoch und drückte sie an sich. »Siehst du, dort hinten ist Seeleuten, da warst du mal zu Hause.« Als Antwort kam nur ein leises Schnurren.

Sie durchquerten einen Kahlschlag und stiegen weiter durch den Wald aufwärts, bis sich plötzlich ein Hüttendach gegen den blauen Himmel abzeichnete. Der Klang von Kuhglocken begleitete sie die letzten Meter. Die Kappeler Alpe stand auf einem kleinen Plateau und gab den Blick frei auf Breitenberg, Aggenstein und die Vilser Gruppe. Im Osten glitzerte das Wasser des Hopfensees und dahinter war im Dunst gerade noch Schloss Neuschwanstein auszumachen. Sie setzten sich auf eine Bank vor der Hütte und genossen erst einmal die grandiose Aussicht. Sie waren die Einzigen, die sich heute hierher verirrt hatten, was an solchen Tagen eher selten war.

»Wollt ihr was essen und trinken?«, fragte Stocker nach einigen Minuten.

»Aber hallo«, gab Göttler mit geschlossenen Lidern von sich.

»Also, einmal Weißbier. Ina, Sie auch ein Weißbier?«

»Ja gerne«, kam es zurück.

»Das Mädel wird mir immer sympathischer«, kommentierte Göttler diese Entscheidung.

Stocker kam mit drei Weißbieren zurück und gab die kurze Speisekarte wieder.

»Speckteller.« Göttler hob müde die Hand.

»Ich nehme den Leberkäs mit Ei«, blinzelte Ina in die Sonne.

»Und mir bringst du die Würstel«, gurrte Kassandra und machte sich auf der Bank lang.

Zehn Minuten später erschien ein Mann, etwa Mitte dreißig. Er war unrasiert mit einem gezwirbelten Schnurrbart und trug wie Göttler ein rotkariertes Hemd und eine Lederhose, die bestimmt auch ohne Inhalt alleine stehen blieb. Die nackten Füße steckten in Haferlschuhen. Die Krönung war jedoch ein Filzhut in Form eines missglückten Pfannkuchens. Er stellte das Tablett vor ihnen ab und murmelte: »Losstses eis schmeckn.«

»Waren Sie gestern auch heroben?«, fragte Stocker und fing ihn mit diesen Worten im Weggehen ab. Er drehte sich um und schob den Filzhut nach vorne in die Stirn.

»Warum?«

»Es interessiert mich halt, weil gestern eine Frau abgestürzt ist, unten am Wasserfall.«

»So!« Er kratzte sich am Bart.

»Haben Sie sie gesehen? War sie vielleicht hier?«

»Scho.«

»Haben Sie mit ihr gesprochen?«

»Na.«

»Also war sie doch nicht hier?« Stocker verlor langsam die Geduld.

»Scho.«

»Können Sie mir erklären, was gestern eigentlich passiert ist?«

»Scho.«

»Der bringt mich noch um den Verstand«, zischte Stocker Ina zu, die nur mühsam ein Lachen unterdrücken konnte.

»Also, Ihr Speckbrot is sakrisch gut«, mischte sich Göttler in das Gespräch.

»Ja, scho. Den selchn mir ja a noch selb.«

»Der kann ja tatsächlich auch zusammenhängende Sätze«, flüsterte Stocker leise. Ina musste sich abwenden, um nicht laut loszulachen.

Ungerührt fuhr Göttler fort. »Dann hat die Frau gestern auch ein Speckbrot bestellt?«

»Na.«

Jetzt war es bei Ina mit der Selbstbeherrschung vorbei. Sie platzte heraus, wobei ihr die Tränen in die Augen schossen.

»Was hat's denn?«, fragte der Hüttenwirt vollkommen irritiert.

»Der stinkt er bloß, weil sie koa Speckbrot bestellt hat.«

»Aha.«

»Warum hat die Frau gestern kein Speckbrot bestellt?« Göttler ließ sich nicht erschüttern.

»Ja weil's glei aufgsprungen is, wie's mich gesehn hat. Und dann is wie narrisch den Berg nunter. War's des?«

Göttler nickte und wandte sich an den verdutzten Stocker. »Geht doch. Du musst nur etwas auf die Leute eingehen.«

Der Hüttenwirt ging kopfschüttelnd davon und murmelte: »Komische Leut gibt's scho.«

Stocker löffelte seine Käsesuppe und ließ die Gedanken kreisen. Plötzlich schob er die Schüssel weg und holte den Umschlag mit den Luftaufnahmen aus der Fronttasche seines Rucksacks. Er legte sie nebeneinander auf den Tisch, und während er sie gegeneinander austauschte, entstand ein Panoramastreifen der gesamten Bergkette von Füssen bis zum Grüntensee. Er begann im Westen beim Sorgschrofen und ging das Gelände systematisch bis zum Säuling durch. Göttler hatte sich inzwischen mit geschlossenen Augen auf der Bank ausgestreckt und döste vor sich hin. Ina blinzelte in die Sonne und streichelte Kassandra, die sich entsprechend lang machte.

Jetzt holte Stocker seine Wanderkarte im Maßstab 1:50 000 hervor und verglich die Karte mit den Luftaufnahmen und dem Bild, das er im Tresor des Notars gefunden hatte. Er grenzte das Gebiet auf die Region zwischen Nesselwang und Pfronten ein, wie es bereits Roth getan hatte. Dann verglich er die auf der Landkarte eingezeichneten Hütten mit denen, die recht deutlich auf den Bildern zu sehen waren. Dabei stieß er auf ein größeres, längliches Gebäude, das im Süden der Kappeler Alpe Richtung Schwandenbichl lag, aber auf der Karte nicht eingezeichnet war. Er nahm seinen Löffel und verband mit dessen Stiel den Wasserfall mit der Kappeler Alpe. Genau in Verlängerung musste diese ominöse Hütte liegen. Wie ein Taschenspieler seine Karten schob er die Fotos zusammen und verstaute sie in seinem Rucksack. Dann erhob er sich, nahm die Karte und betrat die Stube. Ein junges Mädchen schaute ihn aus der Küche heraus mit einem fragenden Blick an. »Ich hätt gern eine Auskunft«, begann Stocker. Doch der Blick der jungen Frau änderte sich kaum. Stattdessen rief sie nur das Wort: »Xaver!«, und starrte ihn dann weiter an. Der Hüttenwirt erschien in der Türe und scheuchte das junge Ding zurück an den Herd, wo eine gelbe Masse in einem Topf vor sich hin simmerte.

»Muast allaweil rührn, sonst brennt der Kas an«, entschuldigte er die Behandlung seiner Frau, Tochter oder was auch immer.

»Ich hab eine Frage«, sagte Stocker, ohne auf die Bemerkung des Bärtigen einzugehen. »Gibt es da drüben noch andere Hütten?«

»Scho«, war die Antwort.

»Nein, nicht schon wieder«, stöhnte Stocker.

»Was?«, kam es wie ein Echo zurück.

»Welche Hütten liegen denn da hinten im Wald?«

»Die Fichtlhüttn, a Jagdhüttn und a Private.«

»So, und wem gehört die Private?«

»Am Ornithologen aus München.«

»Einem was bitte?«, fragte Stocker nach, total perplex über den Satz seines Gegenübers.

»Am Ornithologen. Vogelkundler halt, wendst woast, was i moan«, gab der Wirt erklärend von sich.

»Wissen Sie zufällig den Namen dieses Menschen?«

»Scho.« Daraufhin folgte Schweigen.

»Wäre es möglich, dass Sie mir denselben mitteilen?«

»Wen?«, kam es zurück.

»Den Namen!« Stocker musste seine ganze Willenskraft aufbieten, um nicht aus der Rolle zu fallen.

»Sperling hat er sich gnennt. Geier hätt besser passt.«

»Und was passiert in der Hütte?«, bohrte Stocker weiter und überging die zusätzliche Bemerkung.

»Des woas koaner. Der Wald ghört am Jagdherrn und um die Hüttn is a hoher Zaun.«

»Wer is der Jagdherr?«

»Woas i net. Aber warum interessiert di des so gnau?«

»Mir suchen a Hüttn für an Film.«

»Aha«, erschöpfte sich die Reaktion des Bärtigen.

Stocker zahlte und ging zurück zur Bank. »Aufwachen, wir sind nicht zum Vergnügen hier!«

»Ich schon«, knurrte Göttler.

»Wo er recht hat, hat er recht. Kommen Sie«, sagte Ina und hielt Göttler die Hand hin, um ihn hochzuziehen. Kassandra machte sich noch länger, als sie ohnehin schon dalag, und gähnte ausgiebig. »Hast du was entdeckt, Großer?«

»Dort hinten liegt eine Hütte im Wald, die wir uns mal näher ansehen sollten.«

»Wo, dort hinten?«, fragte Göttler mit einem argwöhnischen Tonfall.

»Dort hinten oben«, grinste Stocker und machte eine Kopfbewegung in Richtung des gegenüberliegenden Höhenzuges.

»Aha, jetzt war die Betonung auf oben. Merken Sie das, Ina, er versucht, uns über die wahren Ausmaße des neuerlichen Gewaltmarsches im Unklaren zu lassen.« Göttler ergriff seinen Rucksack und schwang ihn auf den Rücken.

Dann machten sich die vier auf den Weg hinunter in das kleine Tal, das den Fuß des nächsten Hangrückens bildete.

Der Hüttenwirt und das Mädchen standen in der Türe und beobachteten die kleine Gruppe. »Filmleut. Die ham olle an Schlag«, kam der präzise Kommentar des Wirtes.

Stocker gab die Richtung vor. Nachdem sie die Talsohle erreicht hatten, wand sich der Weg wieder bergauf. Sie kreuzten einen Bach, der weiter unten in einen Wasserfall überging und rauschend Richtung Kappel ins Tal schoss.

Dann bog Stocker nach rechts von der Straße ab und folgte dem Pfad mit einem Hinweisschild, auf dem in verwitterter Schrift der Hinweis »Fichtelhütte« zu sehen war.

Kurz darauf kreuzten sie einen weiteren Fahrweg, der im Wald verschwand.

»Du bist sicher, dass wir hier richtig sind?«, meinte Göttler und Skepsis schwang in seiner Stimme mit. »Weißt du, so ganz verstehe ich nicht, was wir eigentlich suchen.«

»Einen Mörder, falls du das schon vergessen hast. Unser totes Mädchen ist vor irgendetwas geflohen, das sie zu

Tode erschreckt hat. Und das ihr vermutlich das Schlüsselbein gebrochen hat.«

Der Weg wurde inzwischen immer schmaler, so dass sie hintereinandergehen mussten. Dann stießen sie auf einen Fahrweg, der sich kurz darauf gabelte. Zielstrebig wandte sich Stocker nach Süden. Der Weg zog sich weiter bergauf, gerade mal so breit, dass er noch befahrbar war. Plötzlich trat der Wald zurück und gab eine Lichtung frei.

Die längliche Almhütte war großzügig mit einem zwei Meter hohen grünen Maschendrahtzaun umgeben, der zusätzlich mit Stacheldraht nach oben hin gesichert war. Das Tor war verschlossen. Langsam begann Stocker das Areal zu umrunden, gefolgt von Kassandra. Die Hütte bestand offensichtlich aus einem Wohnbereich und einer kleinen Stallung. Vor dem Wohnhaus lag eine lange Kette im Sand, die an einem schweren Eisenring neben der Türe befestigt war.

»Sieht ganz nach einem Hund aus, was meinst du?«, wandte sich Stocker an seine Katze.

»Treffer«, antwortete die Katze. »Aber er ist nicht hier. Sonst hätte er schon versucht, an meinem Hintern zu kauen. Weißt du, Hunde sind ein bisschen doof. Die schnallen es nicht, wenn ein Zaun dazwischen ist.«

»Aha«, sagte Stocker etwas geistesabwesend.

»Soll ich reingehen und mich ein bisschen umsehen?«, schnurrte Kassandra unvermittelt.

»Wie bitte?«, kam es von Stocker, der gar nicht zugehört hatte, weil er damit beschäftigt war, eine Möglichkeit zu suchen, auf das Gelände zu kommen.

»Großer, du brauchst nicht nachzudenken. Da kommst du nicht rein. O. K., du kannst über den Zaun klettern, aber das merkt jeder sofort, weil du ihn verbiegst. Aber ich komme rein. Da hinten wurde offensichtlich schon gegraben. Ein kleines bisschen mehr und ich bin durch. Also sag schon ja. Und wenn nicht, geh ich trotzdem«, dabei wandte sie sich um und ging zurück zu der Stelle, an der irgendein Tier bereits die Vorarbeit geleistet hatte. Stocker blieb nichts anderes übrig, als seiner Katze zu folgen. Er kniete sich hin und begann, mit einem abgebrochenen Stück Ast die Erde unter dem Zaun aufzulockern. Kassandra stand neben ihm und schaute interessiert zu.

Inzwischen hatten auch Ina und Göttler das Gelände umrundet.

»Du siehst aus wie ein Trüffelschwein«, kommentierte sein Freund die Szene.

»Ja, frische Ricotta-Tortellini mit dünnen Trüffelspänen und dazu einen Brunello. Das wär's.«

»Was haben Sie eigentlich vor, Commissario? Wollen Sie sich unter dem Zaun durchgraben?«, fragte Ina.

»Nein«, antwortete Göttler statt seiner. »Er hat sich mit seiner Katze besprochen und die geht jetzt für ihn spionieren.«

Ina drehte sich zu ihm um und schaute ihn zweifelnd an, nicht sicher, ob die Bemerkung auch tatsächlich ernst gemeint war.

Dann schaute sie auf die Katze und bemerkte wieder dieses scheinbare Grinsen.

Stocker hatte inzwischen die gelockerte Erde aus dem Loch geschaufelt.

»Es reicht, Großer, was glaubst du eigentlich, wie dick ich bin?« Sie drängte sich an ihm vorbei und tauchte geschickt unter dem Zaun durch. Dann ging sie mit scheinbar gelangweiltem Gang in Richtung der Hütte, gefolgt von drei Augenpaaren.

»Also, manchmal kommt es mir wirklich so vor, als könnten Sie mit ihr reden«, bemerkte Ina.

Stocker reagierte nicht, während Göttler Ina mit einem eigentümlichen Gesichtsausdruck von der Seite ansah.

Kassandra hatte inzwischen den vorderen Teil der Hütte erreicht. Sie schnüffelte am Boden und versuchte dann die Türe mit ihrer Pfote zu öffnen. Als ihr das aber nicht gelang, sprang sie auf eines der Fensterbretter und spähte ins Innere. Scheinbar endlos verharrte sie in dieser Stellung. Einzig ihr Kopf bewegte sich langsam von links nach rechts und wieder zurück, gerade als würde sie das Bild vor ihr Zeile für Zeile einscannen.

Geschickt sprang sie vom Fensterbrett und trippelte Richtung Schuppen. Auch hier wieder das gleiche Spiel. Zuerst versuchte sie die Türe zu öffnen, aber der Riegel war vorgeschoben. Dann der Sprung aufs Fensterbrett. Doch die Scheiben waren hier so verschmutzt, dass es unmöglich war, in dem Dunkel dahinter auch nur irgendetwas auszumachen. Sie begann, auf der Giebelseite die Schuppenwand entlangzulaufen. Hier war Holz gestapelt, fast bis unter das überstehende Dach. Mit einem Satz sprang sie auf einen kleinen Absatz und kletterte dann Zentimeter für Zentimeter nach oben.

Unter den Dachsparren zeigten sich an zwei Stellen handtellergroße Öffnungen. Offensichtlich hatte man an zwei Stellen Bretter verwandt, die etwas zu kurz geraten waren und nicht ganz bis zur Dacheindeckung reichten.

Kassandra spähte durch eines der Löcher und zog Sekunden später ihren Körper nach.

Stocker, Ina und Göttler standen am Zaun und beobachteten sie. »Drin ist sie«, sagte Göttler. »Hoffentlich kommt sie auch wieder raus!«

Ina drehte ihren Kopf zur Seite und warf ihm einen missbilligenden Blick zu, der ihn sofort verstummen ließ. Die Minuten verstrichen quälend langsam.

Kassandras Augen hatten sich in Bruchteilen von Sekunden an das trübe Halbdunkel des Schuppens gewöhnt. Sie zog ihren Körper auf einen der Querständer der Holzkonstruktion nach und betrachtete interessiert das Innere des Raumes.

Spärliches Licht fiel durch die schmutzigen Scheiben des einzigen Fensters, unterstützt von einigen Lichtstreifen, die durch breitere Ritzen in der Rückwand fielen. Sie zeichneten ein gespenstisches Muster auf den Boden, der mit kleinen Haufen bedeckt war.

Kassandra kannte dieses Aussehen von ihren zahllosen Ausflügen über die Dächer von Augsburg und in die darunter liegenden Speicher. »Eulendreck«, maunzte sie angewidert. Sie sprang auf die Quertraverse, die durch die Abtrennung in einzelne Käfige entstanden war, und balancierte hoch über dem Boden quer durch den Schuppen. Der Boden war mit Vogelkot bedeckt, aufgelockert durch eine Unzahl von kleinen Knöchelchen. ›Mäuse und Küken‹, schoss es ihr durch den Kopf. Alles war alt und verdreckt. Der Staub, den sie von dem Querbalken lostrat, füllte sofort den Raum und bildete schimmernde Streifen im Sonnenlicht.

An der gegenüberliegenden Wand hingen alte Werkzeuge, eine große Baumsäge und verrostete Ersatzblätter für eine Kreissäge. Ein Reisigbesen und eine große Schaufel standen darunter. Aus einer alten Kommode hingen die Schubladen halb heraus und bildeten einen krassen Gegensatz zu mehreren nagelneuen, blauen Plastiktonnen, die mit Deckeln und Spannschlössern verschlossen waren. Kassandras Blick wanderte zurück zu den Verschlägen. Erst jetzt fiel ihr auf, dass der letzte Käfig relativ sauber wirkte. Auch die Beschaffenheit des Kotes war eine andere. Sie sprang auf die Kommode und dann weiter auf den Boden. Ein Eichenknüppel lag im Weg. Schwacher Parfumduft ging von einem Ende aus, während das andere paradoxerweise nach Wurst und Käse roch. ›Parfum in diesem Bockstall?‹, dachte sie und schüttelte sich. Der Vogelkot kitzelte sie in der Nase und sie musste niesen. Langsam ging sie auf den offenen Verschlag zu. Ein schwerer Holzklotz stand in der Mitte. Darauf war eine überdimensionale Traverse mit großen Schrauben befestigt. Das Querholz wies Kratzspuren auf, wie von großen, kräftigen Krallen. ›Von einem Hühnchen sind die nicht‹, dachte sie und betrachtete dann die kleinen Flaumfedern, die überall auf dem Boden verstreut lagen. Dann wandte sie sich wieder dem Ausgang zu.

Es gab nichts mehr zu entdecken und so verließ sie den Stall auf dem Weg, auf dem sie ihn auch betreten hatte. Sie schlich auf der Rückseite des Gebäudes zu dem Durchschlupf unter dem Zaun.

Stocker empfing sie mit offensichtlicher Erleichterung. »Vorsicht Großer, ich hab ein paar Flaumfedern im Fell. Vielleicht dieselben, wie bei deinem Maltamann.«

Er schaltete sofort. Aus seinem Rucksack holte er einen leeren, verschließbaren Plastikbeutel.

»Johann, hast du einen Kamm bei dir?«, fragte er zu seinem Freund gewandt.

»Ina tut doch ihre Wirkung«, lachte Göttler und reichte ihm einen kleinen Taschenkamm.

Vorsichtig begann Stocker das Katzenfell auszubürsten, wobei er darauf achtete, dass alles, was der Kamm zutage brachte, in den Beutel fiel.

»Kannst du mir sagen, was das soll, noch dazu mit meinem Kamm?«

Als Ergebnis erntete er einen bösen Blick von Kassandra.

»Falls es dir entgangen sein sollte, sie war da drin und hat etwas im Fell, was dir bekannt vorkommen sollte.« Dabei hob er den Beutel hoch, der genau denselben Staub und dieselben Federn zeigte, wie sie beim Maltamann entdeckt wurden. »Ach, und was deinen Kamm betrifft, Katzen sind sauberer als Menschen.«

»Na ja, zugegeben, ein bisschen muffeln wir schon. Aber, Florian, merk dir eines: Schöne Männer stinken nicht!«

»Von welchen schönen Männern sprecht ihr?«, fragte Ina, die von einem kleinen Streifzug durch das umliegende Gelände zurückkam, mit einem unterdrückten Lächeln.

»Sie weiß es einfach nicht zu schätzen«, knurrte Göttler, mit gespielter Entrüstung. »So was schlägt mir immer fürchterlich auf den Magen. Ich warne euch nur vor, wenn ich nicht bald was zu essen bekomme, kippe ich aus den Latschen und ihr müsst mich den Berg hinunter tragen.«

»Gott bewahre uns davor. Kommen Sie, Ina, fürs Erste haben wir, was wir wollten. Wenn der Befund vom Labor positiv ist, sind wir einen Riesenschritt weiter.«

Sie liefen zügig bergab und waren eine Stunde später beim Auto.

Desoxyribonukleinsäure

Der nächste Morgen begann mit strömendem Regen. Dementsprechend war auch Stockers Laune. Er war ein Sonnenmensch. Bei Regen verkroch er sich am liebsten in seinen Akten oder Büchern. Erschwerend kam hinzu, dass Sie gestern Abend alle drei noch im Poccini versumpft waren. Der Gedanke an Cavalconis gefüllte Tomaten zauberte ein genüssliches Lächeln auf Stockers Lippen.

»Denkst du an Ina?«, fragte Kassandra und legte sich auf den Rücken, um gekrault zu werden.

Aber nach dieser Bemerkung zog Stocker seine Hand wieder zurück. »Hör zu, der Tag fängt schon schlecht genug an, also halt wenigstens du dich mit irgendwelchen dämlichen Bemerkungen zurück!«

Die Katze quittierte diesen offensichtlichen Liebesentzug mit einem Fauchen.

Stocker schälte sich aus dem Bett und ging duschen.

Eine halbe Stunde später waren sie auf dem Weg ins Büro. Der Stein befand sich im Rucksack. Stocker passierte mit einem kurzen Nicken den Portier, zog seine Chipkarte durch das Lesegerät und machte sich auf den Weg ins Labor.

»Buon Giorno, Commissario. Come stai?«, fragte Dr. Alberti, ein Mitarbeiter von Bein. Er war einen halben Kopf kleiner als Stocker, steckte in einem weißen Laborkittel und war eindeutig Südländer. Seine dunklen Augen blickten erwartungsvoll.

»Mi sento male«, erwiderte Stocker und machte ein missmutiges Gesicht.

»Bein ist nicht da, aber vielleicht kann ich Ihnen helfen, Commissario.«

»Das hoffe ich, *Dottore.*«

Alberti sah interessiert zu, wie Stocker den Stein aus dem Rucksack schälte und dann die Plastikfolie zurückschlug. Daneben legte er den Plastikbeutel mit den getrockneten Blutspritzern.

»Was ich wissen will, ist, ob das Blut ist und ob es mit dem der Bergleiche von vorgestern identisch ist. Weiterhin will ich wissen, ob Reste desselben Blutes, Knochensplitter oder Hirnreste an dem Stein zu finden sind. Und *last but not least* brauche ich eine Analyse von diesem Vogelkot und den Flaumfedern.« Dabei hielt er dem Labormitarbeiter das zweite Plastiksäckchen entgegen.

»Und bis wann?«, wollte Alberti wissen. »Am besten vorgestern, ich weiß«, beantwortete er die Frage selbst.

Stocker grinste und wandte sich zum Gehen.

»Moment noch, Commissario. Wenn Sie mir schon Arbeit aufhalsen, dann möchte ich mich gerne revanchieren.« Dabei hielt er Stocker mehrere Umschläge mit Untersuchungsberichten unter die Nase. »Lesen Sie die erst mal durch. Wenn Sie dann noch Fragen haben, rufen Sie mich einfach an. O. K.?«

Stocker nickte nur und verließ das Labor. Kassandra hatte es sich auf einem der Kunstwerke gemütlich gemacht, die zahlreich in den Treppenhäusern und Gängen des Präsidiums herumstanden. »Sag mal, tickst du noch richtig? Das ist Kunst, da legt man sich nicht so einfach drauf.«

»Es wird Zeit, dass du einen Kaffee trinkst, du bist unausstehlich«, knurrte sie und sprang elegant von der etwas verunglückten Plastik, die laut Künstler das unmittelbare Verbrechen darstellte. Für Stockers Dafürhalten war es eher ein Verbrechen, so etwas zu fabrizieren und es dann auch noch auf Staatskosten hier aufzustellen.

Er betrat sein Büro, während Kassandra draußen Cora um die Füße strich und dafür ein Stückchen einer Schinkensemmel erhaschte.

Wortlos stellte seine Sekretärin eine frische Tasse Kaffee auf seinen Schreibtisch und schloss die Türe. Als Meier kurz darauf das Vorzimmer betrat, flüsterte sie nur: »Vorsicht, lass ihn heute Morgen besser in Ruhe.«

Stocker nahm einen kräftigen Schluck Kaffee und öffnete den ersten Untersuchungsbericht.

Der Staub vom Jaguar des Konsuls war identisch mit dem Staub von Bronzkis Wagen. Und beide Proben wiederum deckten sich mit den Resten in Stockers Taschentuch.

»Bingo. Alle Spuren führen zu Weinsberg«, sagte er und sah dabei seine Katze an, die Inas Stammplatz am Fensterbrett eingenommen hatte.

»Was ist mit meinem Fund bei Weinsberg?«, warf sie ein, ohne jedoch den Kopf von den Pfoten zu erheben. Stocker schaute irritiert.

»Kommt gleich«, sagte er mehr zu sich selbst. Er nahm einen weiteren Schluck Kaffee, öffnete den zweiten Untersuchungsbericht und begann halblaut zu lesen. Er klappte die Mappe wieder zu.

»Du hast recht gehabt, die DNA auf dem Stauschlauch

ist identisch mit der des Blutes in der Spritze, die bei Ariane Weinsberg gefunden wurde. Damit ist so ziemlich bewiesen, dass ihr der goldene Schuss im Wohnzimmer der weinsbergschen Villa gesetzt wurde. Hatte Paulus doch den richtigen Riecher. Das wird Detlef aber gar nicht gefallen. Trotzdem ist das Ganze viel zu dünn, um Weinsberg irgendwie festzunageln. Außerdem fehlt uns ein Motiv.«

Stocker drehte sich in seinem Stuhl und schaute über Kassandra hinweg durch das Fenster.

Das Summen des Telefons schreckte ihn aus seinen Tagträumen. Widerwillig drückte er die Taste. »Hallo, Stocker«, vernahm er die sonore Stimme von Wörner. »Wir treffen uns alle in einer halben Stunde im Besprechungsraum. Sagen Sie bitte Cora wegen Kaffee und Keksen Bescheid.«

Dann hatte er schon wieder aufgelegt. »Die Kekse würde ich weglassen«, grinste Stocker. »Aber meine Figur ist es ja nicht.«

Der Konferenzraum lag in der Mitte des Gebäudes und war demzufolge ohne Fenster. Stocker hasste es, ohne Blickkontakt zur Außenwelt zu sein. Eine abgeschwächte Art von Klaustrophobie machte sich dann jedes Mal wieder bei ihm breit. Dies trug nicht gerade dazu bei, seine ohnehin schlechte Laune zu bessern. Seine Mitarbeiter kannten ihn und machten dann immer einen weiten Bogen um ihn. Alle waren bereits anwesend, nur Wörner fehlte.

»'tschuldigung. Hatte noch ein wichtiges Telefonat«, platzte der Polizeirat kurz darauf herein. Er ließ sich regelrecht in einen Sessel fallen und zog gleichzeitig den Teller mit den Keksen zu sich heran.

»Kaffee dazu?«, fragte Ina.

»Gerne«, erwiderte er, ohne den sarkastischen Unterton zu bemerken, und spuckte Keksbrösel auf die Tischplatte. Mit einer Hand schob er sofort die Krümel zusammen und ließ sie über die Tischplatte in seine hohle Hand fallen. Von da aus beförderte er sie umgehend in den Mund.

›Nur nichts verkommen lassen. Kein Wunder, dass deine Frau nirgends mit dir hingeht‹, dachte Stocker und sah Ina an, die ihm gegenübersaß und nur mühsam ein Lachen unterdrücken konnte. Schlagartig besserte sich seine Laune.

Kassandra näherte sich einem Keksbrösel auf dem Teppich, verzog jedoch sofort angewidert das Schnäuzchen.

»So, Stocker, wie ist der Stand der Dinge? Unser Goldfasan drängt auf Ergebnisse. Na, Sie wissen doch, wie das ist. Zumal der Konsul da mit drin hängt. Peinlich. Also, wenn Sie mich fragen, wollte der Bronzki einbrechen. Pech für ihn, dass der Hund draußen war. Was aber ist mit Ihrem Toten? Da Sie es offensichtlich nicht waren, muss es jemand anderer gewesen sein. Richtig?« Er sah in die Runde. Jens Meier fühlte den Blick auf sich ruhen und nickte. Dies bereute er jedoch sofort, als er den Ausdruck in Stockers Gesicht sah.

Von all dem bekam Wörner nichts mit. Er entwickelte weitere fünf Minuten lang seine Theorien und stopfte Kekse in sich hinein. Plötzlich wurde ihm bewusst, dass alle ihn und den letzten Keks auf dem Teller anstarrten. Peinlich berührt schob er den Teller von sich und murmelte etwas von: »Kein Frühstück gehabt und Frau verreist. Stocker, Sie sagen ja gar nichts.«

»Ich wollte Sie nicht in Ihren kriminalistischen Ausführungen unterbrechen, Herr Kriminalrat.«

Dann begann Stocker, die bis dahin ermittelten Details und Zusammenhänge chronologisch darzulegen. Wortlos hörte Wörner zu. Gedankenverloren hielt er Ina seine leere Tasse hin und schob den letzten Keks just in dem Moment in den Mund, als Stocker erneut auf Weinsberg zu sprechen kam. Ob vor Wut oder wegen des verschluckten Kekses konnte keiner sagen, aber Wörner lief puterrot an. Er schnappte nach Luft.

Als er sich wieder gefangen hatte, krächzte er mit belegter Stimme: »Stocker, fangen Sie schon wieder mit Weinsberg an? Hab ich nicht ausdrücklich gesagt …?« Ein Hustenanfall schüttelte ihn und befreite seine Luftröhre offensichtlich von dem verirrten Brösel.

Doch bevor er wieder ansetzen konnte, fuhr ihm Stocker in die Parade. »Ich denke, wir sitzen hier zusammen, um die Wahrheit herauszufinden, und nicht nur der Kekse wegen.«

Das saß. Meier wurde vor Schreck ganz blass und auch Ina hatte ihren Chef noch nie so erlebt.

Wörner wechselte ebenfalls die Farbe, erwiderte aber nichts.

Stocker fuhr in seinen Ausführungen fort, selbstverständlich ohne auf seine illegale Aktion beim Notar einzugehen.

Wörner war immer mehr in seinem Stuhl zusammengesunken. Als Stocker geendet hatte, fuhr Wörner langsam seinen Hals wieder aus dem Doppelkinn und wühlte mit beiden Händen in seinem Haarkranz. »Verdammte Scheiße. Als hätten wir nicht schon genug Ärger! Ermitteln Sie weiter, aber vorsichtig.«

»Ich würde gerne nach Malta fliegen. Ich glaube, von hier aus kommen wir nicht weiter.«

Hoffnung zeigte sich in Wörners Augen. Zumindest

könnte man die Ermittlung gegen Weinsberg etwas hinausschieben. »Einverstanden! Aber nehmen Sie mir Frau Schatz mit. Soweit ich weiß, spricht sie perfekt Englisch.« Damit war die Besprechung beendet. Wörner erhob sich mit einem säuerlichen Gesichtsausdruck und rollte in Richtung seines Büros.

Cora sah von ihrem Bildschirm auf, als Ina und Stocker ihr Büro betraten. Er fischte sich einen Reiseantrag aus der Ablage und hielt Ina ein zweites Exemplar hin, wobei er sich an Cora wandte. »Könnten Sie mal schauen, ob morgen noch zwei Plätze nach Malta frei sind? Wenn ja, soll uns Meier bei unseren dortigen Kollegen avisieren, und die möchten bitte zwei Zimmer besorgen. Ach ja, und buchen Sie uns einen Mietwagen. Ohne Auto ist man auf der Insel total verratzt.« Mit diesen Worten verschwand er in seinem Büro.

Cora sah Ina fragend an. »Wie hat er das denn geschafft und dann auch noch zu zweit, wo der Alte doch sonst auf jedem Cent sitzt.«

»Timing«, grinste Ina, »Wörner ist froh, uns aus der Schusslinie zu haben, wegen Weinsberg.«

Cora blickte ernst. »Oje, jetzt meldet sich bestimmt wieder seine Gastritis.«

»Sodbrennen hat er schon«, lächelte Ina zurück.

»Die Kekse?«, fragte Cora.

»Ja, alle«, kam es zurück.

Zehn Minuten später informierte Cora ihren Chef, dass sie noch zwei Plätze für die 18-Uhr-Maschine auf einem Touristenbomber bekommen hatte. Dann rief Alberti aus dem Labor an, ob Stocker an einem Zwischenergebnis interessiert sei. Er war.

Fünf Minuten später stand er im Labor und sah auf die Computerausdrucke der DNA-Analysen.

»Wir haben einen Schnelldurchlauf gemacht«, klärte ihn Alberti auf. »Die Ergebnisse sind aber noch nicht abgesichert. Doch scheint das, was wir am Stein gefunden haben und was Sie von der Felswand gekratzt haben, mit der DNA der Toten übereinzustimmen.«

»Das heißt, das arme Ding ist tatsächlich ermordet worden. Offensichtlich hat sie etwas gesehen oder gehört, was so brisant war, dass es einen Mord wert war. Danke, *Dottore*. Ich bin jetzt zwei, vielleicht auch drei Tage nicht da. Wenn es offiziell ist, schicken Sie es bitte zu Meier rauf.«

Er verließ das Labor und fuhr mit dem Lift auf das Stockwerk, in der sich die Abteilung K4 befand.

›Bereich K4 – Rauschgift und Glücksspiel‹ stand auf der Glastüre. Sven Paulus saß hinter seinem Schreibtisch und las die neuesten BKA-Berichte. »Eines sag ich dir, als der Eiserne Vorhang noch da hing, wo er hingehört, war der Job noch kalkulierbar. Aber was jetzt alles aus dem Osten kommt, dagegen sind unsere Freunde aus Calabrese die reinsten Betschwestern.« Dabei sah er Stocker an und warf die Blätter, die er in der Hand hielt, zurück auf den Schreibtisch. »Was kann ich für dich tun?«

»Ausnahmsweise tu ich mal was für dich. Du hast den richtigen Riecher gehabt. Ariane Weinsberg ist mit neunundneunzigprozentiger Sicherheit nicht im Bootshaus ermordet worden.«

Paulus sah ihn mit zusammengekniffenen Augen an, als Stocker ihm die ganze Geschichte erzählt hatte. »Du hast recht, um an Weinsberg ranzugehen, ist das zu dünn. Bei dem muss der erste Schuss sitzen. Das Echo hat bis jetzt noch keiner überlebt.«

»Kannst du von deiner Seite aus alles zusammenstellen, was über Weinsberg aktenkundig ist? Meier soll dasselbe von unserer Seite aus machen. Wenn ich aus Malta zurück bin, setzen wir uns zusammen und gleichen das Ganze ab«, fuhr Stocker fort. »Als Gegenleistung bist du dabei, wenn wir ihm den Arsch hochbinden.«

»Einverstanden. Ach, und viel Spaß auf Malta«, rief ihm Paulus noch nach.

Den Rest des Nachmittags verbrachte Stocker im Büro. Zuerst stellte er die Unterlagen für Malta zusammen, dann widmete er sich seinem Reiseantrag und dem liegengebliebenen Papierkram und führte einige Telefonate, so mit der Uni München und dem Ministerium für Landwirtschaft und Forsten. Cora bat er, sich mit dem Flughafen in Verbindung zu setzen. Es hatte sich schon öfter als nützlich erwiesen, die örtlichen Sicherheitskräfte auf das Mitführen von Waffen vorzubereiten. Des Weiteren unterrichtete er Meier von seiner Absprache mit Paulus.

»Prima. Ihr gondelt in der Weltgeschichte rum und ich mach wieder die Arbeit«, murmelte Jens Meier leise vor sich hin. Doch Stocker hatte beim Hinausgehen noch einen Moment gezögert und die Worte mitbekommen. »Ach, Jens, wenn Sie gerne mitfliegen würden. Ich könnte das mit Wörner schon arrangieren und Ina überlässt Ihnen sicherlich gerne ihren Platz.« Meier wurde blass und schüttelte energisch den Kopf.

»Na, dann nicht.« Stocker zuckte die Achseln und verließ den Raum. Als er sein Büro betrat, grinste er immer noch. »Meier hat Angst vorm Fliegen, stimmt's«, sagte Kassandra und blinzelte ihn vom Fensterbrett aus an.

»Woher weißt du das schon wieder?« Stockers Gesicht wurde ernst.

»Sagen wir, so eine Art telepathische Fähigkeit«, antwortete die Katze.

»Also, langsam wird mir das Ganze unheimlich. Du meinst, du kannst Gedanken lesen?«

»Wenn du es so siehst, ja«, gurrte sie.

»Meine auch?«, fragte er erschrocken.

»Natürlich. Ich hab ja deine gelesen. Du hast gewusst, dass Meier das Fliegen hasst, als du ihn gefragt hast, Fiesling.«

»Halt dich aus meinen Gedanken raus, verstanden!« Stocker setzte sich hinter seinen Schreibtisch und schielte immer wieder prüfend zu seiner Katze hinüber, die sich eingerollt hatte und zu schlafen schien.

Nacheinander steckten seine Mitarbeiter den Kopf zur Türe herein und verabschiedeten sich.

Ina empfahl er noch, den Badeanzug nicht zu vergessen. Eine halbe Stunde später sah er seine Katze an und formulierte in seinem Kopf den Satz: ›Wach auf, du faule Nuss!‹

Kassandra streckte sich, gähnte und miaute: »Das war aber gar nicht nett, Großer.«

Irritiert erhob sich Stocker und flüsterte: »Wenn Madam jetzt geruhen, mir zu folgen.«

»Jetzt übertreibst du wieder«, kam es postwendend zurück.

Sie verließen das Gebäude durch den rückwärtigen Ausgang, der direkt auf den Parkplatz hinausführte. Als Stocker den Wagen vor dem großen Tor abbremste, winkte er kurz in die Kamera und sah zu, wie sich das schwere Metalltor lautlos seitwärts bewegte und sich genauso leise wieder hinter ihm schloss. Der Berufsverkehr war schon vorüber und er bog links in die Gögginger Straße stadtauswärts ab.

Hinter dem Gebäude der Staatsanwaltschaft fuhr er hinunter zur Gerichtsmedizin. »Mal schaun, ob der faule

Sack noch arbeitet«, sagte er und drückte die Autotüre ins Schloss.

Göttler arbeitete tatsächlich noch, wenn auch mit den Füßen auf dem Schreibtisch und einem Glas Vellini in der Hand.

Stocker nahm sich ebenfalls ein Glas von der Anrichte und schenkte sich selbst ein. »Du gestattest doch, aber bei dem Zeug kann ich nicht widerstehen.«

»Man müsste das Ganze mal mit Lycheesaft probieren anstatt mit Pfirsich«, sinnierte Göttler, ohne auf die mehr rhethorische Frage seines Freundes einzugehen. »Was willst du übrigens? So wie ich dich kenne, ist dies doch nicht nur ein Höflichkeitsbesuch. Richtig?«

»Richtig! Der Alte hat mir einen Flug nach Malta genehmigt, damit ich wegen Weinsberg aus der Schusslinie bin.«

»Gratuliere. Aber was hat das mit mir zu tun? Du wolltest mich doch nicht etwa auf Staatskosten mitnehmen?«, erwiderte Göttler grinsend.

»Ich versau mir doch nicht so einen schönen Trip«, lachte Stocker zurück, wurde dann aber ernst. »Könntest du Kassandra solange zu dir nehmen?«

»Klar doch, wo ist denn mein Wollmäuschen?«

»Die liegt im Auto und schmollt, weil sie nicht mitdarf.«

»Kann ich verstehen. Was gibt es denn sonst Neues in unserm Fall?«, fuhr er fort.

»Alberti hat mich gerade angerufen. Du hattest die richtige Intuition. Der Stein war tatsächlich die Tatwaffe und die Spritzer an der Felswand stammen auch von dem Mädchen.«

»Ich sag es ja, wir sollten tauschen. Ich ermittle und du machst meinen Job.«

»Nein danke«, lachte Stocker. »Mit Gedärmen beschäftige ich mich nicht so gerne.« Zu diesem Zeitpunkt ahnte er noch nicht, dass gerade dies bald eine seiner nächsten Aufgaben werden würde.

Die Schwalben des Dschingis Khan

Stocker pfiff vergnügt vor sich hin, während das heiße Wasser über seinen Körper lief.

Kassandra hatte nie verstanden, wie man ins Wasser gehen konnte, ohne dass dies der Nahrungssuche diente. Genauso wenig wie sie nicht verstand, dass andere Katzen einen leckeren Fisch verschmähten, nur weil er im Wasser schwamm.

Von diesen Gedanken war Stocker jedoch meilenweit entfernt, während er sich abtrocknete. Nackt lief er in die Küche, um sich den Kaffee zu holen, der bereits durch die Maschine gelaufen war. Er balancierte die volle Tasse ins Bad und begann sich zu rasieren. Genüsslich dachte er dabei an den kommenden Abend, den er sicherlich Fisch essend in Marsaxlokk verbringen würde.

»Schämst du dich eigentlich gar nicht?«, drang ein beleidigtes Maunzen in seine Gedankenwelt.

Etwas konsterniert drehte er sich um und sah direkt in die gelben Augen seiner Katze.

»Hör auf, dich in meinem Hirn umzuschauen. Außerdem, was hab ich dir denn getan, dass du mich schon früh morgens so angiftest. Hast wohl eine enttäuschende Nacht hinter dir, was?«

»Mein Sexualleben geht dich ebenso wenig etwas an

wie mich angeblich deines. Also hör auf, abzulenken.« Stocker zuckte die Achseln.

»Nicht nur, dass du mich nicht mitnimmst, nein, der Herr muss auch noch an frischen Fisch denken und mir das Maul wässern und das schon in aller Herrgottsfrühe!«

»Ach du liebe Zeit. Mädchen, das war doch nicht böse gemeint.« Er ging in die Hocke und schaute ihr in die Augen. »Ich kann mich nun mal nicht so schnell daran gewöhnen, dass jemand in meinen Gedanken herumwühlen kann. Ich habe ja noch nicht mal akzeptiert, dass ich mit dir sprechen kann.«

Kassandra legt das Köpfchen schief. »Denk lieber an Ina, als an so einen blöden Fisch.«

Abrupt erhob sich Stocker und kehrte zu seinem Waschtisch zurück.

Mit einem Grinsen verschwand die Katze um die Ecke, um sich ihrem Fressnapf zu widmen.

Eine Stunde später hatte Stocker gefrühstückt und gepackt. Er warf die Tasche auf den Rücksitz seines Wagens, ließ Kassandra einsteigen und fuhr dann in Richtung Polizeipräsidium.

Gerade als er auf dem Parkplatz ausstieg, schob sich ein dunkelgrüner Peugeot neben ihn. Paulus stieg aus und grinste Stocker über das Verdeck hin an. »Hätte dir den Fall doch nicht überlassen sollen. Mit Ina nach Malta und das auch noch auf Staatskosten.«

»Blödmann«, konterte Stocker.

Er lächelte in Richtung Cora und betrat sein Büro. Die Türe ließ er geöffnet, da er wusste, dass seine Sekretärin gleich mit dem Kaffee erscheinen würde.

Sie stellte die Tasse neben den Haufen mit der Post

und eröffnete ihm Wörners Bitte auf mehrere Gläser Kapern aus Malta. »Nirgends gäbe es so schöne und große Kapern. Und da Königsberger Klopse eines seiner Lieblingsessen sei, mangle es ihm immer an geeigneten Kapern«, schloss sie mit einem belustigten Blick.

»Gibt es eigentlich ein Essen, das nicht zu seinen Lieblingsessen zählt?«, entgegnete Stocker trocken und wandte sich der Post zu.

Als Erstes fischte er das Dossier von Paulus aus dem Stapel und begann zu lesen. Weinsberg hatte, als er noch Vorstandsvorsitzender seiner Bank gewesen war, intensive Beziehungen zu den nordafrikanischen Mittelmeeranrainern gepflegt. Unter anderem tauchte auch immer wieder der Name Imal Achmidan in diesem Zusammenhang auf. Imal war einer der mächtigsten Drogenbosse mit Wohnsitz in Tanger gewesen, bis er zum Islam konvertierte und im Zusammenhang mit den Bombenanschlägen in Madrid von der Polizei gestellt wurde. Zu einer Verhaftung war es nicht gekommen, da er sich selbst in die Luft gesprengt hatte. Weinsberg wies damals alle Vorwürfe, Drogengelder wären über seine Bank gewaschen worden, weit von sich. Kurz darauf wurde das Ganze dann politisch unter den Teppich gekehrt. Der Bericht enthielt viele weitere Details, die das Bild eines höchst erfolgreichen Charakterschweins zeichneten, aber für die aktuellen Ermittlungen keine weiteren Aufschlüsse lieferten.

Eine weitere Mappe enthielt einen vorläufigen Bericht von Alberti. Die Spuren am Stein und das Blut von der Felswand stammten eindeutig von der Toten am Wasserfall. Der Vogelkot aus der Hütte, respektive Kassandras Fell, stammte überwiegend von einheimischen Greifvögeln. Auch die Federn ließen diesen Schluss zu. Doch waren auch Flaumfedern einer nichteuropäischen Rasse darunter, deren Bestimmung aber noch etwas dauern würde.

Es war kurz vor elf, als Stocker die Post zusammenschob und Cora auf den Schreibtisch legte. »Sind jetzt weg«, murmelte er, während er etwas geistesabwesend auf die Uhr schaute.

»Sie wissen schon, dass der Flug erst um achtzehn Uhr geht?«, fragte ihn Cora und schaute ihn etwas zweifelnd von unten an.

»Keine Angst, noch bin ich im Vollbesitz meiner geistigen Kräfte, auch wenn manche daran zweifeln, aber ich hab noch zwei Termine in München.«

»Sperling?«, entgegnete sie.

»Richtig. Und Staatssekretär Hummel im Ministerium für Landwirtschaft und Forsten.«

Stocker holte Inas Trolley aus dem Kofferraum ihres Smarts und legte ihn neben seine Tasche in den Kofferraum des Dienstwagens.

»Müssen noch beim Leichenfledderer vorbei und ihm die Süße da aufs Auge drücken.«

Ina hob Kassandra auf ihren Schoß und spürte die Wärme des kleinen Körpers durch ihre Jeans.

Göttler saß wie gewöhnlich hinter seinem Schreibtisch. Das »Credo« aus der *Misa Criolla* erfüllte den Raum mit einer gewissen Schwere.

»Na, ihr Urlauber«, lachte Göttler und erhob sich aus seinem Stuhl. »Bringt ihr mir mein Wollmäuschen?« Dabei trat er auf Ina zu und nahm ihr lächelnd die Katze aus dem Arm und setzte sie neben der Kaffeemaschine auf die Anrichte.

»Ihr trinkt doch sicher noch einen Cappuccino?«, sagte er mit hochgezogenen Brauen. »Muss euch noch etwas erzählen, bevor ihr fliegt. Könnte vielleicht wichtig sein.«

Dann stellte er die Maschine an und schob schweigend die erste Tasse darunter.

Stocker sah Ina fragend an und zuckte die Schultern.

Als Göttler beide Tassen vor sie hingestellt hatte, ließ er sich in seinen Sessel fallen, zog eine Akte zu sich heran, ohne sie jedoch zu öffnen.

»Du weißt schon, um wen es geht«, grinste er seinen Freund an, als er dessen Blick auf den Aktendeckel bemerkte. »Er konnte nämlich schon in der Schule über Kopf lesen und abschreiben. Eine Fähigkeit, ohne die er nicht mal die Baumschule geschafft hätte«, fuhr er an Ina gewandt fort.

»Also, es geht um unseren Maltamann, alias Edward Debatista. Der Tote war krank. Ich vermute Sarkoidose oder Morbus Boeck.« Göttler nahm einen Schluck Kaffee.

»Und das ist schlimmer als Impotenz?«, fiel ihm Stocker ins Wort.

»Du wirst es gleich selbst beurteilen können«, konterte Göttler. »Sarkoidose ist eine seltene, entzündliche Krankheit, die üblicherweise die Lungen angreift, aber auch andere Organe, wie Knochen, Lymphknoten, Herz, Bauchspeicheldrüse und sogar das Nervensystem. Da in allen Fällen eine Beteiligung der Lunge zu beobachten ist, liegt die Vermutung nahe, dass eine Aktivierung des Immunsystems durch das Einatmen von schädigenden Stoffen erfolgt. In Frage kommen hier Bakterien, Pilze und Viren, aber auch Pollen und Stäube.«

»Worauf willst du hinaus?«

»Ich bin noch nicht fertig. Also, bei einigen Patienten kommt es zu einer schweren Strukturveränderung der Lunge, einer sogenannten Lungenfibrose. Die Krankheit geht einher mit Atemnot, Gelenkschmerzen, Fieber und Gewichtsverlust.«

»Na, dann scheidet zumindest diese Krankheit bei dir aus«, unterbrach ihn Stocker.

»Ersäufen Sie ihn im Mittelmeer und Sie erweisen der Menschheit einen unschätzbaren Dienst«, wandte sich Göttler wieder an Ina.

»Moment mal. So doof ist das, was ich gesagt hab, überhaupt nicht. Da der Maltamann deine Dimensionen hatte, kann es keine Sarkoidose gewesen sein. Aber was war es dann?«

»Allergische Alveolitis, auch Taubenzüchter-Krankheit genannt. Entsteht durch den Umgang mit Vögeln durch das Einatmen tierischer Antigene und führt zu Lungenfibrosen. Das heißt, der Mann muss über Jahre intensiven Kontakt mit Vögeln gehabt haben.«

Stocker erhob sich. »Danke. Und pass mir gut auf Kassandra auf. Und füttere sie nicht, bis sie platzt. Sonst gibt es Diät, wenn ich zurückkomme, gell, Süße«, wobei er sich seiner Katze zuwandte.

Sie schafften es in fünfzig Minuten bis München. Vor dem Nobelfriseur Sassoon stellte er den Wagen ins Halteverbot und legte die Plakette »Polizei im Einsatz« aufs Armaturenbrett. Die paar Schritte zum Ministerium für Landwirtschaft und Forsten gingen sie zu Fuß.

Staatssekretär Hummel verfügte über ein großzügiges Büro. Die Eicheneinrichtung passte zu der Erscheinung des Mannes dahinter. ›Fehlt nur noch der Gamsbart‹, dachte Stocker und lächelte sein Gegenüber an. »Vielen Dank, Herr Staatssekretär, dass Sie Zeit für uns haben. Wir beabsichtigen auch nicht, Sie lange aufzuhalten.«

»Nehmen Sie Platz. Ich bin doch froh, meinem alten Freund Wörner einen Gefallen tun zu können. Also schießen Sie los, wo drückt der Schuh?«

»Wir hätten gerne Kenntnis über ein Stück Staatsforst im Allgäu, genauer gesagt südlich von Nesselwang, zwischen Kappeler Alp und Fichtelhütte.«

»So, so«, kam es von Hummel. »Und was wolln's da wissn?«

»Wer dieses Waldgebiet gepachtet hat beziehungsweise, wer der Jagdherr ist?«

»Weinsberg«, kam es kurz und unvermutet zurück.

Stocker schluckte und sah den Staatssekretär mit unverhohlener Überraschung an.

»Desweng miassts eich net wundern«, lachte Hummel glucksend. »Der Weinsberg lädt jeds Jahr dort zur Jagd. Ja da losst er sich net lumpen, der Lump, nur vom Feinsten.«

»Wie bitte?«, meldete sich erstmals Ina zu Wort.

»Ui, des dürfts aber net weitersagn, des mit dem Lump. Aber der zahlt net amal a Pacht. Anweisung von oben«, dabei verdrehte er die Augen zur Decke.

»Einverstanden, Herr Staatssekretär. Wir vergessen den Lump und Sie unseren Besuch. Uns wäre sehr daran gelegen, wenn Herr Weinsberg nichts von unserer Recherche erfahren würde.«

»Da könnts ganz beruhigt sein, i versau mir doch net mei jährliche Jagd«, dabei stand er auf und streckte Ina die Hand hin.

»Dem wird auch schwindlig, wenn er seine Rundschreiben zu schnell liest«, meinte Stocker trocken, nachdem sich die schwere Türe hinter ihnen geschlossen hatte.

»Und jetzt?«, fragte Ina.

»Sperling«, kam es knapp zurück.

Das Treppenhaus roch nach frischem Bohnerwachs und der Handlauf der weit geschwungenen Treppe glänzte im Licht der schweren Lüster, die auf jedem Treppenabsatz hingen. Große Doppel-Flügeltüren schirmten die wohl eher betuchten Bewohner nach außen hin ab. Auf einem Messing-Türschild im zweiten Stock stand klein und zurückhaltend der Name Hyronimus Sperling. Kein Titel oder sonstiger Hinweis auf die Koryphäe, die hier offensichtlich sehr zurückgezogen lebte.

Stocker betätigte den Türklopfer. Mehrere Sekunden verstrichen, ehe langsame, schlurfende Schritte zu vernehmen waren. Die Türe öffnete sich und ein faltiger Hals schob sich neugierig durch den Spalt. Der darauf befindliche Schädel hatte tatsächlich eine frappierende Ähnlichkeit mit einem Gänsegeier. Der Kopf war umrahmt von einem Flaum weißer Haare. Die gebogene Nase ragte wie ein Schnabel aus dem gelblichweißen Gesicht. Der lange, faltige Hals, nur unterbrochen von einem überdimensionalen Kehlkopf, verschwand in einem blütenweißen, gestärkten Vatermörderkragen.

»Sie wünschen?«, krächzte der Geier.

»Stocker ...«, kam die Antwort.

»Ja, ja, ja, wir haben ja telefoniert, kommen Sie rein. Da entlang, wenn ich bitten darf.« Eine knochige Hand zeigte auf ein großzügiges Wohnzimmer.

Der alte Herr war korrekt gekleidet: graue Flanellhose zu weinroter Weste.

Mit einer fahrigen Handbewegung wies er auf eine Rattangarnitur. »Was kann ich für Sie tun, Herr ... ääh ... Stocker, nicht wahr?«

»Herr Professor Sperling ...«

»Lassen Sie den Professor weg, das ist nur ein vorübergehender Zustand, auf den sich übrigens die meisten meiner Kollegen viel zu viel einbilden. Außerdem bin ich schon lange emeritiert.«

»Herr Sperling, Sie sind Ornithologe und haben wohl

eine Zeitlang im Allgäu gearbeitet. Uns würde interessieren, woran Sie gearbeitet haben und was aus der Station geworden ist.«

»So, so, würde Sie interessieren, nicht wahr.« Er kicherte in sich hinein. »Sind seit langem der Erste, der sich wieder dafür interessiert.« Eine kleine Pause entstand, als müsste er erst die Daten aus einem imaginären Speicher abrufen.

»Ja, war viel da oben in den Bergen. War ein interessantes Projekt. Aber hat leider zu keinem verwertbaren Ergebnis geführt. Gott sei Dank, Gott sei Dank, nicht wahr?« Wieder entstand eine Pause. Der Speicher musste offensichtlich wieder aufgeladen werden.

»Es war ein geheimes Projekt, damals. Wir waren eine Gruppe von Wissenschaftlern, die sich mit dem Einsatz von Vögeln für militärische Zwecke beschäftigen sollte, nicht wahr? Waren ehrgeizig«, sagte er, wie um sich zu entschuldigen.

»Was war das Ziel dieses Projektes?«, fragte Stocker, um das Gespräch wieder in Gang zu bekommen.

»Ein Ziel? Mehrere! Zum einen sollten wir die Möglichkeit prüfen, Vögel zur Nachrichtenübermittlung einzusetzen. Wie Sie wissen, haben die Amerikaner seinerzeit Neutronenwaffen entwickelt, vor allem für den geographisch eng begrenzten Einsatz. Nachteil beim Einsatz dieser Waffen war die Zerstörung jeglicher elektronischer Kommunikation. Dem sollten wir abhelfen. Ein weiteres Ziel war die Luftaufklärung mittels Kleinstkameras, die von Vögeln ins Zielgebiet getragen werden sollten. Von keinem Radar erfassbar. Nicht wahr …?« Eine weitere Ladepause entstand. Doch Stocker unterbrach den Professor diesmal nicht.

»Ja … Die größte Sauerei war dann … Sie kennen doch

sicher die Legende über Dschingis Khan, der eine Stadt eroberte, indem er die Aufgabe der Belagerung versprach, wenn ihm alle Schwalben, die in der Stadt nisteten, übergeben würden, nicht wahr? Diesen Schwalben hat er dann brennende Lumpen an die Füße gebunden und prompt flogen sie zurück in die Stadt. Bums, aus, Ende. Bei uns waren es selbstverständlich keine brennenden Lumpen, sondern hochbrisanter Sprengstoff. Hatten sogar Vögel mit Empfängerimplantaten im Gehirn, um die Flugrichtung zu beeinflussen.« Er brach ab, sichtlich erschöpft von den Geistern, die er wieder gerufen hatte. »Irgendwann wurde das Ganze dann wieder eingestellt.«

»Sagt Ihnen der Name Weinsberg etwas, Herr Professor?«, fragte Stocker und verfolgte gespannt die Reaktion des Wissenschaftlers.

»Weinsberg? Er war eine Zeitlang Vorsitzender einer Stiftung, die sich unter anderem mit dem Schutz und der Aufzucht gefährdeter Vogelarten beschäftigt hat. Hat damals große Summen zur Verfügung gestellt. Die kamen aber wieder mehrfach herein, weil er einen Teil der Vögel, vor allem Greifvögel, in den Nahen Osten verkauft hat, aber nicht um sie auszusetzen, sondern als Statussymbol für vermögende Scheichs und Privatleute. Der hat nichts gemacht, was keinen Kapitalrückfluss versprach.«

»Könnte es sein, dass diese Nachzucht auch heute noch läuft?«, fasste Stocker nach.

»Nein«, kam die klare Antwort. »Zumindest nicht bei uns. Die Überwachung ist so gut, dass sie ohne Genehmigung keinen Vogel mehr außer Landes bringen können. Nein, das Risiko wäre zu groß. Das heißt aber nicht, dass es nicht im Ausland passiert.«

»Was ist eigentlich aus der Basis im Allgäu geworden, in der damals die Versuche liefen.«

»Ein Teil wurde, glaube ich, abgerissen, nicht wahr? Und den kläglichen Rest hat dann diese Stiftung übernommen. Aber mehr weiß ich auch nicht.« Damit blickte er Stocker fragend an.

»Ja, Herr Professor, ich glaube damit haben Sie uns ein gutes Stück weitergeholfen.« Stocker erhob sich und streckte Sperling seine Hand entgegen. Doch dieser hatte sich bereits umgedreht und war zur Tür geschlurft. Im Gang fragte dann Ina: »Haben Sie selbst gar keine Vögel oder zumindest ausgestopfte Exemplare?«

»Nein, bin allergisch auf diese Viecher, nur Staubfänger, diese toten Federhaufen.«

Damit öffnete er die Wohnungstüre.

»Ach, eine Frage habe ich noch, Professor.« Stocker hatte sich in der Türe nochmals umgedreht. »Was konnten die Vögel, mit denen Sie experimentierten, an Last tragen?«

»Hab ich Sie auf eine Idee gebracht, junger Mann? Also, die Greifvögel, mit denen wir experimentierten, brachten es auf 250 Gramm. Gerade genug für die Kamera und den Sender. Die Eulen mussten etwas mehr verkraften, da die Infraroteinheit schwerer war.«

»Haben Sie auch mit größeren Vögeln gearbeitet, zum Beispiel mit einem Kondor?«

»Verstehe Ihre Gedanken, junger Mann, nicht wahr? Natürlicher Langstreckenbomber. Nicht schlecht, die Idee.«

»Was könnte denn ein Kondor an Last tragen?«, hakte Stocker nach.

»In freier Wildbahn schlagen die sogar junge Schafe, wenn sie kein Aas finden. Aber über längere Entfernungen? Nun, ein bis zwei Kilo bestimmt. Mit den heutigen Sprengstoffen könnten sie damit den ganzen Bundestag wegblasen. Nein, führen Sie mich bloß nicht in Versuchung.« Damit schloss er die Türe und ließ seine Besucher alleine im Treppenhaus zurück.

Stocker drehte sich um und stieg langsam die Treppe hinunter, wobei sein Hirn versuchte, das soeben Gehörte in Zusammenhang mit seinem Fall zu bringen.

St. Angelo

Die Fahrt zum Flughafen verlief schweigsam.

Den Wagen stellten sie auf einem Parkplatz der Polizei ab und wurden von einem Beamten direkt zum Abfertigungsgebäude gebracht. Sie gaben ihr Gepäck auf und warteten auf den Aufruf zum Boarding.

»Vielleicht lassen Sie mich ja an Ihren Gedanken teilhaben? Vier Hirnhälften schaffen mehr als zwei.«

Stocker schreckte aus seinen Gedanken. »'tschuldigung, aber ich weiß selbst noch nicht, worauf ich hinauswill. Irgendwas sitzt hinten im Ganglienknoten und kommt nicht raus.« Er lächelte, wurde aber gleich wieder ernst. »Weinsberg hat mit den Vögeln weitergemacht. In Deutschland wird ihm der Boden zu heiß. Er kann keine negative Publicity gebrauchen. Also verlegt er das Ganze ins Ausland. Aber wohin?«

Ina sah ihren Chef nachdenklich an. »Sie glauben, er hat mit den militärischen Versuchen auf eigene Kappe weitergemacht?«

»Wenn ich das wüsste, wären wir schon weiter. Kommen Sie, unser Flug ist aufgerufen.«

Stocker erwachte, als die Maschine ihre Reiseflughöhe schon seit zehn Minuten verlassen hatte und in einer weiten Kurve auf Malta einschwebte. Das Meer unter ihnen war von azurblauer Farbe, lediglich unterbrochen von kleinen, weißen Schaumkronen und dem auseinander laufenden Kielwasser zahlreicher Schiffe vor der Insel.

»Ausgeschlafen?« Ina lächelte ihn an, wandte dann aber sofort ihre Aufmerksamkeit wieder dem phantastischen Ausblick zu.

»Hab ich geschnarcht?«, fragte er und beugte sich zu seiner Assistentin hinüber, um auch einen Blick nach draußen zu erhaschen.

»Ja, aber nur ganz leise.«

»Warum haben Sie mich denn nicht geschubst?«

»Versucht hab ich es.«

»Also, Kassandra schleckt mich immer am Ohr. Angeblich höre ich dann sofort auf.«

»Das hätten Sie doch nicht allen Ernstes von mir erwartet?«, lachte Ina jetzt lauthals heraus.

Jetzt war es an Stocker, leicht verlegen zu sein.

»Als Entschädigung lade ich Sie heute zum Fischessen ein.« Vor Ihnen lag die St. Georges Bay, und dahinter erhob sich Valletta mit seinen Festungsanlagen und der Kuppel der St. John's Cathedral vor einer sich hellgelb und grau abwechselnden Masse von Häusern.

Mit lautem Surren kündigten die Servomotoren der Landeklappen die bevorstehende Landung an. Rasend schnell kamen die Häuser und der braune, vertrocknete Grasboden näher. Kurz schwebte die Maschine über dem grauen, flirrenden Beton der Landebahn, bevor sie mit einem Rumpeln aufsetzte und abrupt abgebremst wurde.

Kaum war das Flugzeug in der Halteposition, als die Passagiere sich auch schon aus den Sitzen schälten und nach ihrem Gepäck kramten.

»Wie die Lemminge«, wandte sich Stocker an Ina. »Einer fängt an und alle rennen hinterher und am Gepäckband trifft man sich dann wieder. Touristen.«

Zwanzig Minuten später verließen sie samt Gepäck die Halle und steuerten auf den Mietwagenschalter zu.

»*Welcome to Malta*, Commissario«, sagte eine in perfektem Oxford-Englisch intonierte Stimme neben ihnen.

Stocker drehte sich um und sah in das grinsende, sommersprossige Gesicht eines blassen, rothaarigen Mannes.

»Pierre Naudi«, fuhr dieser fort und streckte ihm seine Hand entgegen. *»Your secretary was as kind to email me your photo.«*

»O. K.«, antwortete Stocker etwas perplex und ergriff die Hand. *»Excuse me, may I introduce you to Miss Schatz?«*

»It is a pleasure to meet you and I am very pleased to assist you anyhow.« Er deutete eine leichte Verbeugung an, während er Inas Hand ergriff.

»Mr Naudi …«

»Oh please, call me Pierre and do me a favour, I would like to polish my German«, damit wechselte er ins Deutsche. »Wundern Sie sich nicht, mein Vater war zwar Ire, aber meine Mutter war Deutsch-Malteserin. *Halfbread*«, ergänzte er in Englisch. »O. K., wenn Sie Ihren Mietwagen haben, würde ich vorschlagen, ich bringe Sie ins Hotel, Sie machen sich frisch und danach gehen wir was essen. *You agree?*«

»Ja gerne«, kam es von Ina, während Pierre noch immer ihre Hand hielt.

»So, wo ist jetzt unser irischer Deutsch-Malteser?«, fragte Stocker, während er die Koffer auf dem Rücksitz des Mietwagens verstaute.

»Ihre Frage hat sich gerade erledigt«, erwiderte Ina, als ein dunkler Vauxhall mit quietschenden Reifen auf den Parkplatz einbog.

Kurz darauf raste der kleine Konvoi in Richtung St. Julians. Pierre legte ein waghalsiges Tempo vor und Stocker musste das Gaspedal des Kleinwagens ganz durchtreten, um überhaupt folgen zu können.

»Also entweder der Wahnsinnige war früher bei McLaren, oder er hat den ganzen Tag noch nichts gegessen«, entfuhr es Stocker, der gerade damit beschäftigt war, den Hyundai mit sechzig rechtsherum durch einen Kreisverkehr zu lavieren. Kurz darauf jagten sie mit hundert durch einen Tunnel und bogen dann in eine ruhige Straße ein, gesäumt von kleinen Apartmenthäusern. Pierre fuhr eine Auffahrt hinunter und blieb direkt vor einem Schild mit der Aufschrift »Reception Sundown Court« stehen.

Sie stiegen eine kleine Treppe hinunter und hatten freien Blick auf einen großen Pool, der von Unterwasserscheinwerfern beleuchtet wurde. Die Rezeption war mit schweren, roten Vorhängen sowie Plüschsesseln ausgestattet. Pierre erledigte die Formalitäten für sie und lotste den Hoteldiener zum Wagen, um die Koffer zu holen.

»Ich habe ein Dachappartement für Sie beide reserviert. Von da aus haben Sie einen herrlichen Rundblick.«

Stocker blickte verstört auf Ina und zuckte die Achseln.

Pierre hatte nicht zu viel versprochen. Der Ausblick war phantastisch. Zu Stockers Beruhigung besaß das Appartement zwei Schlafzimmer, zwei getrennte Bäder, ein Wohn-Esszimmer und eine kleine Küche. »Na, Gott sei Dank«, murmelte er und wuchtete die Tasche auf sein Bett. Danach ging er ins Bad, wusch sich die Hände, rieb das Gesicht mit einem nassen Handtuch ab und zog ein frisches Hemd an.

Pierre wartete auf der Terrasse. Kurz darauf erschien auch Ina. Sie trug ein einfaches, kurzes Kleid, das ihre Figur sehr betonte. Stocker schluckte.

»Ich habe einen Tisch in Marsaxlokk reserviert. Dort gibt es den besten Fisch.«

»Davon hat er schon zu Hause geschwärmt«, lachte Ina und sah von Pierre in Richtung Stocker.

Die Fahrt nach Marsaxlokk verlief ähnlich wie die Rallye vom Flughafen zum Sundown Court.

»Sie sind ein ausgezeichneter Fahrer«, sagte Stocker zu Pierre, um das Schweigen zu durchbrechen.

»Oh, *not really*. Ich habe schon zwei Dienstwagen, wie sagt man, geschrottet. War aber höhere Gewalt.« Pierre bog auf einen Sandplatz gegenüber einem eher unscheinbaren Restaurant.

Ein kleiner Mann in schwarzer Hose und blütenweißem Hemd kam aus dem Hintergrund des Lokals auf sie zu. »*Bonswa*, Pierre«, sagte er lächelnd und deutete eine leichte Verbeugung an.

»*Bonswa*, Reno. *Tista ttina mejda firrokna*?«*, erwiderte Pierre. »*Dawn Sinjur* Stocker *u Sinjurina* Schatz.«** Wieder verbeugte sich der dunkelhaarige Maltese und wies auf einen Tisch in der Ecke. »*M'hemmx mn' hiex.*«***

»Ich habe kein Wort verstanden.« Kopfschüttelnd stand Stocker hinter Inas Stuhl.

---

* Können wir einen Tisch in der Ecke haben?

** Das sind Hr. Stocker und Fräulein Schatz.

*** Herzlich willkommen.

»Das glaube ich gerne«, grinste Pierre. »Maltesisch ist aus dem maghrebinischen Arabisch entstanden, nach der arabischen Besiedelung ab 870. Allerdings wurde es im Laufe der Zeit mehr oder weniger vom Italienischen beeinflusst. Heute ist es neben dem Englischen die offizielle Amtssprache.«

Inzwischen war der kleine Maltese wieder an ihren Tisch getreten und schaute Pierre erwartungsvoll an.

Der wandte sich an Ina. »Wenn Sie mir vertrauen, würde ich gerne für Sie bestellen. Sie mögen doch Fisch?«

Ina nickte nur.

»Reno, *nixtieq antipasti, frott tal-bahar, patata, insalati u flixkun nbid abjad.*«*

»Bitte, Pierre, würden Sie mir einen Gefallen tun? Ich hätte gerne zuerst ein Guinness«, ließ sich Stocker vernehmen. Über Pierres Gesicht huschte ein kaum merkliches Lächeln, als er die Bestellung weitergab. Das Essen und der Chardonnay waren phantastisch. Während des Kaffees meldete sich Pierres Handy. Er sah auf die Uhr und verlangte die Rechnung.

Stocker hatte das Essen zu sehr genossen, um auf den eigentlichen Zweck ihres Besuches zu sprechen zu kommen. Doch als sie in den Wagen stiegen, kam ihm sein maltesischer Kollege zuvor. »Sind Sie müde oder haben Sie noch Lust auf etwas Abwechslung?«

»Seien Sie mir nicht böse, Pierre, aber nach Nachtleben steht mir nicht der Sinn.«

»Ach so, verstehe«, lachte dieser. »Nein, wir führen eine, sagen wir, Operation durch, zu der Sie herzlich ein-

---

* Reno, ich möchte etwas Vorspeise, Meeresfrüchte, Kartoffeln, Salat und eine Flasche Weißwein.

geladen sind. Hat vielleicht sogar mit Ihrem Ermittlungsersuchen zu tun.«

Stocker war mit einem Mal wieder hellwach und die Wirkung der Flasche Wein verflog im Nu auf der halsbrecherischen Fahrt Richtung Valletta.

Vor dem Gebäude der Main Guard salutierte eine Wache, als der Vauxhall in den palmengesäumten Innenhof schoss. Schmiedeeiserne Lampen warfen ihr flackerndes Licht in den umlaufenden Säulengang.

»Kommen Sie, wir müssen uns beeilen.« Pierre riss die Wagentüre auf und stürmte die weit geschwungene Treppe in den ersten Stock hinauf. Stocker und Ina folgten ihm auf dem Fuß.

Der Raum, den sie hinter einem Vorzimmer betraten, war wie eine Kommandozentrale eingerichtet. Die Anwesenden trugen dunkelblaue Overalls. Ein Offizier kam auf Pierre zu und erstattete ihm kurz Bericht. Dieser nickte nur und trat an einen großen Kartentisch. Im Gehen winkte er seine Gäste näher und stellte sie kurz vor. »*Nista nintroducilek*, Florian *u* Ina.*« Die Männer nickten nur und konzentrierten sich dann auf die Anweisungen, die Pierre ihnen gab.

Dann wandte er sich an die einzige Frau in der Runde und gab eine kurze Anweisung. Sie nickte nur, musterte Ina und Stocker kurz und verließ dann den Raum.

»Wir wollen nur sichergehen, dass Ihnen beiden nichts passiert. Unsere Rendezvous-Partner werden nicht zimperlich sein.« In diesem Moment erschien die junge Polizistin wieder und reichte Ina und Stocker je einen Overall, eine schusssichere Weste, Stiefel und eine Sturmhaube.

»Gibt wohl blaue Bohnen zum Nachtisch«, kommen-

---

* Darf ich vorstellen, Florian und Ina.

tierte Stocker. Pierre lachte und übersetzte die Äußerung. Zum ersten Mal, seit sie den Raum betreten hatten, zeigte sich so etwas wie eine menschliche Regung in den angespannten Gesichtern.

Die Schritte wurden von den hohen Wänden und den kunstvollen Marmorböden zigfach zurückgeworfen, als das Einsatzkommando in den Hof stürmte. Dort standen bereits drei dunkelblaue Landrover mit laufenden Motoren. Während die Wagen mit quietschenden Reifen die Triton Fountain umrundeten, versuchte Florian seine Pistole unter der Sicherheitsweste und seinem Overall zu fassen zu bekommen.

»Vergessen Sie es. Außerdem können Sie mit dem Spielzeug sowieso nicht viel ausrichten«, grinste Pierre und schaute etwas geringschätzig auf Stockers Waffe.

Achselzuckend schob Florian die Pistole in die rechte Overalltasche. Draußen nahm er ein Ortsschild mit der Aufschrift »Paola« wahr, mitten in dichtgedrängten Reihen von Häusern.

»Hier sind wir doch vorhin schon durchgekommen«, raunte er in Richtung Ina.

»Ursprünglich«, kam es vorne vom Beifahrersitz, »sollte die Aktion irgendwo unterhalb der Power Station auf Delimara laufen, deshalb unser Essen in Marsaxlokk, aber unser Mittelsmann gab uns den Tipp, dass die neue Übergabe am Kalkara Creek unterhalb von Fort St. Angelo stattfinden wird. Keine Ahnung, warum.«

Der kleine Konvoi passierte eine Moschee und raste weiter in Richtung Vittoriosa.

Sie fuhren durch das Stadttor weiter durch menschenleere Gassen, vorbei an der eher schlichten Fassade des Inquisitors Palace, dem ehemaligen Sitz der vom Papst eingesetzten Inquisitoren. Am einstigen Galeerenhafen der Ordensflotte der Johanniter hielt der Konvoi. Nahezu lautlos verließ die kleine, bewaffnete Truppe die Fahrzeuge und wechselte hinüber in Richtung der Festung. Dort begannen die mächtigen Befestigungsanlagen des Fort St. Angelo, die steil zum Meer hin abfielen. Der dunkle Stein löste die Formen der Männer nahezu auf. Dann hatten sie offensichtlich ihr Ziel erreicht. Die Mannschaft ging in Stellung. Ina und Stocker folgten ihrem Beispiel. Der Himmel war bedeckt und nur die Lichter des gegenüberliegenden Valletta spiegelten sich in dem schwarzen Wasser des Kalkara Creek. Dann gab einer der Männer ein Zeichen.

»Was ist los?«, fragte Stocker, leise an Pierre gewandt, der vor ihm in der Deckung eines Mauervorsprunges kauerte. Wortlos reichte ihm dieser seine Maschinenpistole, die mit einem Nachtsichtvisier ausgerüstet war.

Etwa 300 Meter entfernt war ein dunkler Fleck auszumachen, der sich, umrahmt von einer weißen Bugwelle, langsam ihrem Standort näherte. »Ein Zodiac«, flüsterte Stocker und reichte Pierre die Waffe zurück.

»Sie beide bleiben hier in Deckung«, zischte Pierre, »Diese Brüder sind nämlich ohne Skrupel.« Dann hatte ihn die Dunkelheit verschluckt. Unwillkürlich suchte Stockers rechte Hand nach der Pistole im Overall. Leises Motorengeräusch wehte über das Wasser, erstarb jedoch nach wenigen Sekunden. Wieder war nur das klatschende Geräusch des Wassers zu hören, das unaufhaltsam an die Felsen rollte. Ina fasste nach seinem Arm und drückte zu. Er drehte sich um, sah aber nur das Weiße ihrer Augen.

Dann ging alles sehr schnell. Schüsse zerrissen plötzlich die nächtliche Stille. *»Attenzjoni, pulizija.**« Bruch-

---

* Achtung, Polizei.

teile von Sekunden später folgten als Antwort wieder mehrere Salven, vermutlich aus einem Schnellfeuergewehr. *»Nar*«*, hörten sie Pierres Stimme. Die Antwort bestand aus kurzen Feuerstößen mehrerer Maschinenpistolen. Dann sprang der Außenborder des Zodiac brüllend an, und Stocker sah zirka hundert Meter entfernt die weiße Bugwelle auf sich zurasen. Das schwarze Schlauchboot versuchte offensichtlich, in die Abdeckung der Uferbefestigung direkt hinter ihm zu gelangen. Gegen die Lichter von Kalkara, auf der anderen Seite des natürlichen Hafenbeckens konnte er die Silhouetten von drei Gestalten ausmachen. Mit einem Knirschen setzte der harte Boden des Zodiacs auf den Felsen auf. Zwei der Gestalten glitten ins Wasser, um die Deckung des Schlauchbootes auszunützen, und die Dritte warf ihnen zwei große Beutel hinterher. Dann peitschten erneut Schüsse auf, und die Person im Schlauchboot kippte vornüber.

Inzwischen hatten die zwei anderen das Wasser verlassen und waren nur noch wenige Meter von Stocker entfernt, als dieser Inas Hand abschüttelte und aus der Deckung trat.

Ein Schuss hallte von der Festungsmauer wider. Während Stocker sofort in sich zusammensackte, stand sein Gegenüber wie erstarrt, bevor auch dieser wie in Zeitlupe auf die Knie sank und dann nach vorneüberkippte. Dies verschaffte der dritten Person, die den Schuss abgegeben hatte, den notwendigen Zeitvorsprung, um mit einem der Beutel in der Dunkelheit zu verschwinden. Das Letzte, was Stocker sah, war ein starker Lichtschein, der sich im Grand Harbour mit großer Geschwindigkeit auf das offene Meer hinausbewegte. Dann umfing ihn nur noch Schwärze.

---

* Feuer

»*Korrut sewwa. Wegga' rasu.* Er ist schwer am Kopf verletzt«, schrie Pierre, und beugte sich über den blutüberströmten Körper von Florian Stocker.

Mdina

Der Krankenwagen raste durch die verlassenen Straßenschluchten und das flackernde Blaulicht zeichnete gespenstische Schatten an die stummen Hauswände mit ihren Holzerkern. Die junge Schwester der St. John Malta First Aid zog die Spritze aus Stockers Vene und sah in Inas ausdrucksloses Gesicht.

Zehn Minuten später hielt der Transporter mit quietschenden Reifen vor der Notaufnahme des Krankenhauses von Valletta, gegenüber der St. James Bastion.

Sie zogen die klappbare Trage aus dem Bedford-Transporter und schoben sie im Laufschritt die Rampe hinauf. Vor dem OP trat eine Schwester Ina in den Weg und führte sie auf den Gang zurück zu einer Reihe von Stühlen. Noch immer unter Schock, ließ sie sich vorsichtig auf der Kante eines Stuhles nieder und starrte auf die Türe, hinter der die Ärzte jetzt um Florian Stockers Leben kämpften.

Eine Schwester brachte ihr eine Tasse dampfenden Tees. Sie nippte vorsichtig an der heißen Flüssigkeit, ohne ihre Position zu verändern.

Es waren noch keine zehn Minuten vergangen, als sich die milchverglaste Doppeltüre zu den OPs öffnete und ein Arzt in grünem Schurz und Haube erschien. Als er Ina sah, ging er langsam auf sie zu. Wie in Trance erhob sie sich und starrte der Gestalt entgegen. ›Er ist tot.‹ Der Gedanke manifestierte sich. ›Sie konnten nichts mehr machen. Aus, vorbei.‹

Der Arzt zog den Mundschutz herunter und ein breites Grinsen zog sich von einem Ohr zum anderen. *»Oh my goodness, I never met such a stubborn. They nearly crushed his skull and he wants to leave for his cat. Please come on. Maybe you are able to make him see sense.«*

Ina stellte ihre Tasse auf den Stuhl neben sich und folgte dem Arzt wie in Zeitlupe.

Es war ein absurder Anblick, der sich ihr da bot: Florian Stocker saß in einem langen Kittel aufrecht auf dem OP-Tisch, wieder mit einem turbanähnlichen Verband um den Kopf, und versuchte zwei Schwestern zu entkommen, die ihn offensichtlich am Aufstehen hindern wollten.

Die Szene war so grotesk, dass Ina laut lachen musste.

Stockers Kopf fuhr herum. »Ach, Ina, Gott sei Dank. Würden Sie diesen beiden Schreckschrauben bitte sagen, dass Sie mich loslassen sollen. Ich will hier raus!«

»Commissario«, kam Inas schneidende Antwort. »Wenn Sie sich nicht augenblicklich wieder hinlegen und die Schwestern ihre Arbeit machen lassen, dann können Sie ihren Mist in Zukunft alleine machen. Ach, und noch eines, auch Ihre illegalen Aktionen können Sie sich abschminken.«

Die Worte zeigten offensichtlich Wirkung. Widerstandslos ließ er sich in ein bereitstehendes Bett verfrachten und in ein Zimmer fahren.

»Für einen Toten machen Sie einen ziemlich lebendigen Eindruck«, sagte Ina und setzte sich auf den Bettrand.

»Es war halb so schlimm, wie es aussah. Die Kugel hat

mich nur gestreift. Aber zwei von meinen neun Leben sind jetzt offensichtlich beim Teufel.«

Unmittelbar darauf öffnete sich die Türe, und die Ältere der beiden Schwestern erschien, und hinter der Schwester tauchte Pierres Rotschopf auf. »Hallo, Florian«, sagte er grinsend und hielt ihm eine Flasche Guinness hin. »Soll gut gegen Kopfschmerzen sein.« Doch dann wurde er ernst. »Es tut mir leid, dass ich Sie so in Gefahr gebracht habe. Sie beide.« Dabei wandte er sich zu Ina um und machte ein zerknirschtes Gesicht.

»Was ist eigentlich genau passiert?«, ließ sich Stocker vernehmen.

»Die haben wohl eine kurze Lichtspiegelung in einem unserer Nachtsichtgeräte gesehen und sofort das Feuer eröffnet. Wir konnten den Schützen dann neutralisieren, aber die anderen versuchten, in der Deckung der Felsen Richtung Galeerenhafen zu entkommen. Genau vor euch beiden hat das Schlauchboot dann schlappgemacht und sie mussten an Land.«

»Den Rest kenne ich«, flüsterte Stocker.

»Nicht ganz, glaube ich. Der zweite Mann ist tot. Der Dritte hat offensichtlich durch ihn hindurch auf Sie geschossen.«

»Die Dritte!«, sagte Ina, immer noch an der Schranktüre lehnend.

Pierre machte wohl das dümmste Gesicht seiner Karriere, und Stocker schielte grübelnd unter seinem Verband hervor.

»Der dritte Mann war eine Frau«, sagte Ina bestimmt.

»Wie kommen Sie darauf?«, fragte Pierre zögernd.

»Eine Frau bewegt sich anders als ein Mann.«

»Genau dasselbe hat Kassandra auch gesagt«, murmelte Stocker.

»Wer bitte ist Kassandra?«, fragte Pierre und schaute zwischen Ina und Stocker hin und her.

»Ach, unwichtig. Aber dieser Debatista ist in Augsburg vermutlich auch von einer Frau erschossen worden.«

»Es gibt da nicht zufällig ein paar Details, die ich vielleicht wissen sollte?«, hakte Pierre nach und sah Ina an.

»Das könnte durchaus sein. Aber ich bin dafür der falsche Ansprechpartner.« Dabei sah sie zu Stocker hinüber. »Mir erzählt er nämlich auch nicht alles, was er nach Dienstschluss so treibt.«

»Bei euch kommt man sich ja vor wie bei der Inquisition, nur weil man nebenbei ein paar Erkundigungen einzieht«, knurrte Stocker.

»Nebenbei ein paar Erkundigungen einziehen.« Ina lachte und schüttelte den Kopf.

»O. K., O. K., hab schon verstanden. Der Herr Kollege führt ab und an Sonderermittlungen durch.« Pierre sah Stocker an.

»Genau richtig, Sonderermittlungen, das ist die exakte Terminologie«, kam es zurück. Triumphierend sah er zu Ina. »Ach, egal. Also ich bin nochmals in der Halle gewesen, in der Debatista erschossen wurde. Die Spurensicherung hatte keine Überwachungskameras bemerkt und folglich zwei DVDs übersehen oder für unwichtig erachtet, auf denen die Szenerie des Mordes teilweise gelöscht worden war. Ich hab die gelöschten Bilder wiederherstellen lassen. Die Person, die Debatista erschossen hat, war zweifelsohne eine Frau. Vielleicht dieselbe, die hier auf mich geschossen hat. Mehr weiß ich allerdings auch nicht.«

»O. K.«, nickte Pierre. »Ich muss nachdenken. Könnte sein, dass uns das weiterbringt. Ich lass Ihnen Ihre Sachen hierherbringen und hole Sie morgen früh ab. Der Doktor meinte, Sie sollten sicherheitshalber noch einen Tag unter Beobachtung hierbleiben. Keine Sorge, um Ina werde ich mich persönlich kümmern. Schließlich habe ich bei ihr ja auch noch etwas gutzumachen. Ich lasse einen Tisch im Barracuda reservieren.«

Stocker richtete sich auf. »Sie müssen ja ein ordentliches Spesenkonto haben.«

»Erholen Sie sich, morgen haben wir einiges vor.«

Pierre hatte schon die Türklinke in der Hand, als Stocker noch sagte: »Als ich fiel, habe ich noch ein Licht draußen auf dem Wasser gesehen.«

»Das war eines unserer Boote. Aber versuchen Sie mal, eine Sunseeker mit zwei mal sechshundert PS zu erwischen. Die sind schon wieder zu Hause, bevor wir überhaupt den Hafen verlassen haben. Ach, Ina, wenn Sie genug von ihm haben, kommen Sie rüber ins Police Headquarter in Floriana. Einfach von hier aus rechts hoch und am New Market links. Sind vielleicht tausend Meter. O. K.?« Damit war er auch schon zur Türe hinaus.

Kaum war diese ins Schloss gefallen, als Stocker auch schon die Beine aus dem Bett schwang und auf den Wandschrank zusteuerte.

»Sie wollen doch nicht tatsächlich hier weg?«, reagierte Ina ungehalten und blieb demonstrativ vor der Schranktüre stehen.

»Doch«, sagte er trotzig. »Und jetzt geben Sie mir den Overall.«

»Nicht, bevor Sie mir gesagt haben, worum es geht.«

»Das kann ich nicht.«

»Warum nicht?«

»Weil Sie mich sonst für verrückt halten.«

»Das tue ich auch so. Schließlich haben Sie vorhin behauptet, das mit der Frau hätte Ihnen Ihre Katze gesagt.«

»Das ist es ja, verdammt noch mal. Ich kann mit meiner Katze sprechen! Was heißt mit meiner Katze, ich kann mit allen Katzen sprechen. Seit dem Schlag auf die Rübe. Verstehen Sie jetzt?«

Ina machte die Schranktür frei und ließ sich auf das Bett sinken.

»Na, endlich werden Sie vernünftig«, sagte Stocker und fischte den Overall aus dem Schrank.

»Was man von Ihnen nicht gerade behaupten kann«, murmelte Ina.

»Maulen Sie nicht rum, sondern drehen Sie sich lieber um, wenn ich mich anziehe«, kam es zurück.

»Und wo wollen Sie jetzt hin?«, fragte Ina.

»In die Upper Baracca Gardens. Die sind gleich um die Ecke. Dort lungert um diese Uhrzeit die halbe Katzengesellschaft von Valletta rum. Ich muss wissen, ob ich nach der neuerlichen Schädelverletzung immer noch mit Katzen reden kann.« Er schnürte seine Schuhe, zog das Barett der Malta Police über seinen Kopfverband und ging zur Türe. »Also, was ist jetzt? Gehen Sie mit oder nicht?«

Ina erhob sich und verdrehte die Augen.

Stocker streckte den Kopf durch die Türe und spähte den Gang hinunter. »Die Schreckschrauben sind weg.«

»Linksrum«, flüsterte Ina hinter ihm. »Da ist ein kleines Treppenhaus.«

Sie schafften es, unentdeckt auf den Parkplatz zu gelangen und von da aus die Gerolamo Cassar Avenue entlang bis zu den paar Stufen zum Upper Baracca Garden hinauf. Ein alter Mann kam ihnen entgegen und salutierte mit der Rechten, während er sich mit der Linken an seinem Stock festhielt. Sie betraten den kleinen Park, von dem man einen wunderbaren Blick über den Grand Harbour hatte.

»Kein einziger Katzenschwanz zu sehen. Das gibt es doch nicht«, fluchte Stocker und ging suchend an den Sträuchern entlang.

»Vielleicht mögen die keine Polizei«, lachte Ina.

Hinter sich hörten sie Flügelschlagen, und eine Taube erhob sich wild flatternd in den blauen Himmel. Der Grund für die übereilte Flucht stand mitten auf dem Weg und betrachtete die beiden Menschen misstrauisch.

»Na, ein bisschen jagen? Verstehst du mich, Miezekatze?«

Doch die Katze reagierte nicht.

»Scheiße, vorbei, sie versteht mich nicht.«

»Ich würde es mal in Englisch versuchen«, flüsterte Ina hinter ihm.

»Oh Mann, bin ich blöd, die verstehen ja nur Englisch und Maltesisch. *Hey Pussycat, how are you?*«

Die Katze, die vorher fluchtbereit gewesen war, entspannte sich und setzte sich auf die Hinterläufe. *»Pussycat how are you? Fool! What would you say, if your sunday roast leaves you, without saying goodbye?«*, maunzte sie.

»Es funktioniert noch. Ina, es funktioniert noch. Sie hat mich verstanden.«

»Mylady, I'm much obliged to you«, sagte er und machte eine Verbeugung in Richtung der Katze.

»Stop taking the piss out of me and fuck off«, kam es von dort zurück, während sie sich umdrehte und hinter einem Mauervorsprung verschwand.

»Und, was hat sie geantwortet?«, fragte Ina mit einem skeptischen Blick.

»Ich soll aufhören sie zu verarschen und mich verpissen. Schauen Sie mich nicht so an. Sie wollten ja wissen, was sie gesagt hat.«

»O. k., wenn's das war, bringe ich Sie zurück ins Bett –

oder vielleicht noch besser in die Klapsmühle.« Den zweiten Halbsatz hatte sie allerdings mehr gemurmelt als gesprochen.

»Nicht nötig. Das schaffe ich schon alleine. Sie brauchen nur hier durchzugehen und dann sind Sie in fünf Minuten am Palace Square. Ach, wenn Sie mit Pierre heute Abend im Barracuda sind, sollten Sie unbedingt die Spaghetti mit Herzmuscheln probieren, die sind ein Gedicht. Zumindest waren sie es früher.«

»Danke für den Tipp. Ich denke an Sie, wenn Sie Ihren Haferschleim kriegen.« Und damit verschwand sie im Gewirr der Straßen.

Stocker gelangte unentdeckt wieder zurück in sein Zimmer. Es gelang ihm zwar, einzuschlafen, doch träumte er wirres Zeug. Als er drei Stunden später erwachte, fühlte er sich wie gerädert.

Gegen elf Uhr wurde er von einer Schwester abgeholt und einem Enzephalogramm unterzogen und bei der Abendvisite bestätigte ihm der Arzt, dass bis auf eine kleine Narbe keine bleibenden Schäden zurückbleiben würden.

Punkt acht Uhr morgens am darauffolgenden Tag wurde er von Pierre und Ina abgeholt. Die Schwester hatte ihm vorher noch den Verband abgenommen und die Wunde mit einem speziellen Wundpflaster abgedeckt.

Pierres Vauxhall stand mit laufendem Motor vor dem Haupteingang und die Klimaanlage lief auf Hochtouren. Die Temperatur betrug, wenn man dem billigen Thermometer Glauben schenken durfte, bereits am frühen Morgen um die 28 °C.

Stocker ließ sich in den Fondsitz fallen und wäre beinahe umgekippt, als Pierre in seiner dezenten Art aus dem Parkplatz bog und die Straße The Mall stadtauswärts raste. »Brennt da irgendetwas an, oder warum rasen wir so? Der eigentliche Grund, warum wir hier sind, liegt in der Augsburger Gerichtsmedizin in einem Kühlschrank und hat keine Eile mehr.«

»Gerade darum geht es aber. Ihr Maltamann war die rechte Hand eines Libanesen, der hier ein Haus besitzt. Wir haben ihn schon lange in Verdacht, in illegale Geschäfte verwickelt zu sein, konnten ihm aber nie etwas nachweisen. Wenn Debatista tatsächlich seinerseits in irgendwelche, wie sagt man bei euch, Schweinereien verwickelt war, so konnte das nur in dessen Auftrag und mit seiner Billigung geschehen. Das heißt, Ihr Fall, Florian, ist auch meiner. Und jetzt werden wir den Herrn etwas nervös machen.« Mit diesen Worten trat Pierre das Gaspedal noch weiter durch.

»Hoffentlich nicht zu nervös«, knurrte Stocker, der in einem Kreisverkehr auf der Rückbank schon wieder mit der Schwerkraft kämpfte.

Sie fuhren jetzt Richtung Westen, direkt auf die auf einem Plateau gelegene, mittelalterlich anmutende Stadt Mdina zu.

»Was Sie vor sich sehen, Ina, ist Mdina, ›Die von Mauern umgebene Stadt‹, wie sie von den Arabern genannt wurde. So hat sie 1422 dem Angriff von 18 000 Türken standgehalten. Für die Johanniter aber war sie nur die ›Città Vecchia‹, die alte Stadt, und hat mit dem Aufblühen von Valletta immer mehr an Bedeutung verloren«, erklärte Pierre.

»Sightseeing and crime«, kommentierte Stocker den geschichtlichen Ausflug.

Der Vauxhall kroch im ersten Gang hinter einem der

alten Busse den steilen Anstieg unterhalb der Festungsmauern hinauf. Schwarzgraue Auspuffgase umhüllten sie und nahmen ihnen teilweise den Blick auf die rotgelb-orange Lackierung des Oldtimers vor ihnen. Pierre hielt auf dem großen Saqqajja Square gegenüber den Howards Gardens und stieg nach einem Griff ins Handschuhfach aus. Ina und Stocker folgten ihm über die Brücke des Festungsgrabens und durch das von Großmeister Manuel de Vilhena 1724 erbaute Haupttor. Es war, als würden sie direkt ins Mittelalter eintauchen. Die sonst von Touristen überfluteten Gassen waren in diesen Morgenstunden noch menschenleer. Eine angenehme Kühle schlug ihnen entgegen, wenn auch mit einem leichten Geruch nach jahrhundertealtem Moder.

Sie bogen in die Triq Villegaigon ein, passierten das Gebäude der Banca Giuratale, ehemals Sitz der Università, und betraten die Piazza Tas-Sur. Pierre stieg zu dem Aussichtspunkt direkt auf der Festungsmauer hinauf. Dann holte er ein starkes Fernglas aus der kleinen Hülle und blickte an der Stadtmauer entlang in die Tiefe.

»Dort unten«, sagte er und reichte Stocker das Glas. Sein Blick folgte Pierres Zeigefinger und blieb dann direkt unterhalb der Befestigung an einem Gebäude hängen, das in der typischen Bauweise maltesischer Farmhäuser errichtet worden war und das Zentrum eines Anwesens, oder besser, einer kleinen Festung darstellte. Rückwärtig durch die Festungsmauer gedeckt, wurde es nach vorne durch eine Mauer und einen hohen Eisenzaun gesichert. Das große Tor war verschlossen. Die palmengesäumte Auffahrt führte direkt vor das Haupthaus. Links und rechts davon befanden sich mehrere kleine Nebengebäude. Stocker setzte das Glas an und suchte systematisch das Areal ab. Er bemerkte vier Wachen, die mit Schnellfeuergewehren ausgestattet waren und dem Hausherren offensichtlich unliebsame Besucher vom Hals halten sollten.

»Offiziell schützt er sich vor der Verfolgung durch verfeindete libanesische Clans, die angeblich einen Preis auf seinen Kopf ausgesetzt haben, inoffiziell aber scheint er der Konkurrenz das Geschäft zu vermasseln ...«

»Und das haben die natürlich gar nicht gerne«, fiel ihm Stocker ins Wort. »Sie haben mir aber immer noch nicht erklärt, wer zum Teufel das da unten ist, was er für Geschäfte macht und wer ihm ans Leder will.«

Pierre lächelte. »Hadji Muhammad Thomar. Dieser Schweinepriester hat sich vor fünf Jahren mit der Erlaubnis der Engländer hier niedergelassen und kontrolliert, wenn man den Gerüchten glauben darf, inzwischen den gesamten Rauschgifttransit nach Europa.«

»Scheint ja ein nettes Herzchen zu sein«, kommentierte Ina die Aussage von hinten.

»Gegen den waren die Folterknechte der Knights die reinsten Heilsarmeeschwestern«, antwortete Pierre. »Kurz nachdem Hadji sich hier niedergelassen hatte, gingen den Fischern mehr Leichen ins Netz als Fische.« Er lachte. »Tja, und einer, der für ihn das Fischfüttern besorgt hat, soll Debatista gewesen sein, ebenfalls libanesischer Herkunft und jetzt von euch auf Eis gelegt.«

Gedankenverloren reichte Stocker Ina das Glas. »Und warum unternehmt ihr nichts gegen ihn?«

»Weil wir ihm nichts nachweisen können. Außerdem hat er Protegés bis in die höchsten politischen und wirtschaftlichen Kreise.« Pierre zuckte die Achseln.

»Kommt mir irgendwie bekannt vor«, entfuhr es Stocker.

Ina drehte sich um. »Weinsberg?«

Stocker nickte. »Pierre, ist Ihnen schon mal der Name Weinsberg untergekommen?«

»Ja«, kam es unvermittelt zurück.

»Wie bitte, Sie kennen diesen Namen tatsächlich?«, zischte Stocker mit zusammengekniffenen Augen.

»Vor zwei Jahren fand hier auf Malta ein ornithologischer Kongress statt. Es ging um die Nachzucht gefährdeter und seltener Greifvogelarten. Da auch hochgestellte Persönlichkeiten daran teilnahmen, wurde das Ganze hermetisch abgeriegelt. Na ja, wer der Idiot war, der das organisieren musste, können Sie sich denken. Ich konnte die Gästeliste damals auswendig aufsagen, so oft bin ich sie durchgegangen. Der Name Weinsberg war darunter. Hm, soweit ich mich erinnere, hat er damals nicht im Hotel logiert. War ein Riesenaufwand, ihn hin- und herzufahren. Unter den jetzigen Umständen wäre es wohl interessant zu wissen, wo und mit wem er genächtigt hat. Das Wo dürfte nicht so schwierig sein, mit wem schon eher. Aber das kriegen wir hin. So und jetzt zu unserem Freund Hadji.« Er drehte sich um und begann zu telefonieren, während er langsam quer über den Platz zurückging. Als er merkte, dass ihm niemand folgte, blieb er stehen und drehte sich um. »Ich weiß, dass wir noch kein Frühstück hatten. Aber wenn wir mit Hadji fertig sind, verspreche ich Ihnen die besten Zepolli* der Insel. *Agreed?*«

»Agreed«, erwiderte Stocker und löste sich aus seiner Erstarrung.

Sie verließen den Parkplatz und fuhren in einem weiten Bogen nördlich um die Stadt, um dann einer schmalen Straße Richtung Süden zu folgen, die unterhalb der östlichen Umfassungsmauer entlangführte.

Langsam fuhr Pierre die kleine Straße Richtung Rabat hinauf, um dann auf die kurze Zufahrt zu Hadjis An-

---

* Krapfen mit einer Kirsch-Quark-Füllung

wesen einzubiegen. Das gesamte Areal war durch eine Mauer aus Limestone in der landesüblichen Weise gesichert. Zusätzlich waren im oberen Bereich kunstvoll gearbeitete Messingspitzen in den Stein eingelassen, um ein Übersteigen nahezu unmöglich zu machen.

Das kunstvolle Tor war ebenfalls aus Messing gearbeitet. Allein dessen Wert überstieg wohl das Jahresgehalt der drei Polizisten bei weitem.

Pierre hupte und blieb demonstrativ im Wagen sitzen. Als einer der bewaffneten Posten auftauchte, hielt er wortlos seinen Dienstausweis aus dem offenen Seitenfenster.

Kurz darauf verschwand der Mann, und das schwere Tor begann sich in seinen Angeln zu bewegen. Pierre folgte der kreisförmigen Auffahrt und hielt direkt vor dem Haupthaus. Erst jetzt wurde die volle Schönheit dieses Anwesens sichtbar. Im Gegensatz zu dem überwiegenden Graubraun der Insel war das Haus von sattem Grün umgeben. Üppige Bougainvilleen rankten sich entlang der Gebäude und der Mauern. Riesige Terrakottatöpfe, in denen Zitronen- und Orangenbäume ihre Früchte trugen, rahmten den Vorplatz und den Hauseingang. Das Wasser des Swimmingpools schien das Blau des Himmels widerzuspiegeln.

Dann öffnete sich die Haustüre, und eine junge Frau trat ins Licht. Der weiße Kaftan stand in krassem Gegensatz zu ihrem dunklen Teint und den schwarzen, kurzen Haaren. Als sie sich bewegte, umfloss der weiche Stoff ihren schlanken Körper und gab den Blick frei auf ein makelloses Bein.

»Bitte folgen Sie mir, Sie werden erwartet.« Damit verschwand sie wieder im Halbdunkel des Hauses. Das weiße Kleid schien vor den drei Besuchern zu schweben und führte sie nach hinten in eine Art Halle, die von einem Tonnengewölbe gehalten wurde.

Drei riesige Rattancouchen füllten das Innere des Raumes. Auf einer saß der Hausherr. Stocker war überrascht von der Schnelligkeit, mit der sich der Mann trotz eines nicht zu übersehenden Bauchansatzes aus den Kissen erhob. Er trug eine weiße Leinenhose und ein kamelfarbenes Lacoste-Poloshirt. Seine Füße steckten in dazu passenden Valentino-Slippern.

»*Pulizija*? Willkommen in meinem Haus, Detective. Was verschafft mir die Ehre?« Dann blickte er interessiert auf Stocker und Ina.

»Tja, Mr Hadji Thomar. Sie fragen sich sicherlich nicht, wer diese Herrschaften sind, da Sie darüber bereits bestens informiert sein dürfen.«

»Sie überschätzen mich, Mr Naudi. Malta ist zwar klein, aber man ist hier Fremden gegenüber nicht gerade gesprächig.« Hadji lächelte, doch seine dunklen Augen blieben hart.

»Dann wissen Sie sicherlich auch nichts über die nächtliche Schießerei in Vittoriosa vorletzte Nacht«, konterte Pierre.

Hadji zuckte nur die Schultern und schüttelte ganz leicht den Kopf, wobei er jedoch sein Gegenüber nicht aus den Augen ließ.

»Dabei hat jemand die Hälfte seiner Abendeinnahmen verloren«, fuhr Pierre fort und nahm ein kaum merkliches kurzes Zucken in Hadjis Gesicht wahr.

»Mr Hadji, wir sind eigentlich wegen einer anderen Geschichte hier. Wir wüssten gerne etwas über Ihr Verhältnis zu einem gewissen Edward Debatista.«

Das Lächeln kehrte in Hadjis Gesicht zurück. »Edward! Nun, er entstammt derselben Familie im Libanon wie ich.

Er hat mich anfänglich unterstützt bei meinen Bemühungen, hier Fuß zu fassen. Aber dann differierten unsere geschäftlichen Interessen. Wir respektieren uns, aber jeder geht seine eigenen Wege.«

»Sie wissen nicht zufällig, welchen Geschäften Ihr Landsmann in der letzten Zeit nachging, und wo er sich momentan aufhält?«

»Leider nein, Mr Naudi. Sollte ich?«, erwiderte Thomar ohne Mienenspiel. »Kann ich sonst noch etwas für Sie tun, Mr Naudi?«

»Im Moment nicht, Mr Hadji, aber ich lasse es Sie wissen.«

Hadji deutete eine Verbeugung an und wies mit der Hand auf den Ausgang.

»Ich hoffe, es war Ihnen nicht zu kalt im Haus«, wandte sich Hadji jetzt direkt an Ina. »Aber im Sommer schätze ich tagsüber die Kühle.«

»Nun, wir auch Mr Thomar. Schade ist nur, wenn es so abkühlt, dass um diese Jahreszeit Schnee fällt«, entgegnete diese.

Stocker musste innerlich lachen, als er die Irritation Hadjis wahrnahm.

»Der Mann ist gefährlich und weiß viel mehr, als er zugibt. Er hat zum Beispiel zuerst mich gemustert und dann erst Ina«, sagte Stocker vom Rücksitz des Vauxhall.

»Was ist daran ungewöhnlich?«

»Also, ich würde mich zuerst Ina widmen«, grinste Stocker.

»Aber wahrscheinlich nur, weil Sie sich selbst bereits gut kennen«, kam es von ihr lächelnd zurück.

»Eins zu null für Ina«, kommentierte Pierre diesen Schlagabtausch.

»Hatten Sie uns nicht frische Krapfen versprochen?«, wechselte Ina die Thematik.

»Aber natürlich, ich habe es nicht vergessen.«

Sie fuhren zurück nach Mdina und betraten erneut die Stadt, die inzwischen aus ihrem morgendlichen Schlaf erwacht war. Während man die Fensterläden der Wohnungen geschlossen hatte, um die Hitze draußen zu halten, waren die schweren Holzläden vor den Geschäften geöffnet worden und gaben den Blick frei auf alles, was das touristische Herz begehrt.

Auf der Piazza Tas-Sur bog Pierre nach rechts ab, und sie betraten die Fontanella Tea Gardens. Der kleine Innenhof war eingerahmt von üppigem Grün. Sie stiegen die Treppe zur Bastionsmauer hinauf und nahmen unter einem weißroten Sonnenschirm Platz. Der Ausblick war überwältigend. In einer flachwelligen Hügellandschaft erhoben sich die Kuppelkirchen von Mgarr und Mosta, und in der Ferne ließ sich im Dunst die Bläue des Mittelmeeres erahnen.

Sie tranken arabischen Kaffee und genossen die frischen Zepolli.

»Woran denken Sie?«, fragte Pierre, der Stockers abwesenden Blick bemerkt hatte.

»Ich frage mich, warum man, abgesehen vom persönlichen Schutz, ein Nebengebäude bewacht wie den Tower von London.«

»Sie meinen den Anbau unterhalb der Festungsmauer?« Pierre legte seine hohe Stirn in Falten.

Ohne näher darauf einzugehen, spann Stocker seinen Gedanken weiter. »Vielleicht finden wir dort die Wahrheit über Hadjis Geschäfte.«

»Fänden wir!«, warf Pierre ein. »Das ist die Form einer Möglichkeit, die wir nicht haben.«

»Die Sie nicht haben«, grinste Stocker.

»Der ist wirklich plemplem«, entfuhr es Ina, die sich kopfschüttelnd abwandte.

Doch der Gedanke hatte sich bereits festgefressen, und Pierre musterte sein Gegenüber mit zusammengekniffenen Augen.

»Denken Sie drüber nach«, sagte Stocker.

»Also, ich gehe nicht auf Ihre Beerdigung!«, zischte Ina und erhob sich.

Stocker winkte der Bedienung und deutete Pierre an, dass er bezahlen würde.

Sie holten Ina auf der großen Piazza ein.

»Und was jetzt?«, fragte Stocker seinen maltesischen Kollegen.

»Sie wollten doch Debatista besuchen, oder?«

Gozo

Das Anwesen des Maltamannes lag auf Gozo, am nordwestlichen Ende, etwas außerhalb von Zebbug.

Pierre hatte das Polizeiboot nach Bugibba bestellt, wo sie an Bord gegangen waren.

»Hier soll der Sage nach der Apostel Paulus im Jahre 59 n. Chr. gestrandet sein«, brüllte Pierre gegen den Lärm der beiden Bootsmotoren an und deutete auf eine riesige Statue, die sich auf einer der beiden kleinen vorgelagerten Inseln erhob.

Sie passierten Comino, die kleine Insel zwischen Malta und Gozo, und fuhren dann an der Nordküste von Maltas Schwesterinsel entlang. Das Meer war leicht unruhig und die Gischt spritzte über das Vordeck, als das tonnenschwere Boot die Wellen teilte.

Kurz darauf bog das Boot in die Marsalaforn Bay und ging an der Hafenmole längsseits.

Ein junger Mann stand rauchend an einen alten Morris gelehnt. Als Pierre auf die Mole sprang, drückte er sich vom Kotflügel ab, trat seine Zigarette mit der Fußspitze aus und ging ihm entgegen. Während jetzt auch Ina und Stocker die Mole betraten, wechselten die beiden einige Sätze.

»Darf ich vorstellen, das ist Manoel, der Sohn eines

Freundes. Er ist unser Chauffeur. Außerdem hat er sich vorab schon etwas für uns umgehört. Debatista ist offensichtlich seit zwei Wochen nicht mehr gesehen worden. Nur seine Mutter ist derzeit auf der Farm.«

»Wie sollte er auch hier auftauchen, wenn er bei Johann im Kühlschrank liegt«, kommentierte Stocker die Ausführungen Pierres.

Der junge Mann schaute erst Stocker und dann Pierre mit fragendem Gesichtsausdruck an, während er den beiden Deutschen die Hand gab. Pierre entschuldigte sich und übersetzte den Satz ins Maltesische. Dann hüstelte er, da Manoel noch immer Inas Hand hielt. Doch den störte das gar nicht. Er deutete eine kleine Verbeugung an, während seine Augen auf Ina gerichtet blieben.

»Können wir jetzt fahren?«, knurrte Stocker leicht giftig, und diesmal war es an Pierre, sein Gesicht zu einem Grinsen zu verziehen, wobei er Manoel mit sanfter Gewalt in Richtung Fahrertüre schob.

Sie fuhren direkt am Meer die Uferpromenade entlang in Richtung Qbaijar. Unterhalb der Straße zum offenen Meer hin waren Hunderte von kleinen Quadraten zu erkennen, die schmutzigbraun und kupferfarbig in der gleißenden Sonne lagen.

»Das sind alte Salinenfelder. Bei Flut füllen sich die flachen Becken. Wenn das Wasser in der Hitze verdunstet ist, bleibt das Salz zurück«, erklärte Pierre. Seine Hand deutete dabei auf die bizarre Landschaft, die in krassem Gegensatz zu der ansonsten grünen Landschaft stand.

»Gozo ist viel grüner als Malta«, fuhr er fort, »die Landwirtschaft ist hier der bedeutende Wirtschaftsfaktor. Obst, Gemüse und ein Teil unseres Weines stammen von hier.«

»Wohin fahren wir eigentlich?«, unterbrach ihn Ina.

Der Wagen folgte einer Straße, die sich von der Küste hinauf nach Zebbug wandte.

»Die Farm liegt dort oben am Ta'Kuljat, zirka 170 Meter über dem Meer«, antwortete ihr Pierre und seine Hand wies durch das offene Fenster auf ein kleines Hochplateau.

Die Farmgebäude waren in dem typischen, landesüblichen Stil aus Blöcken von Limestone erbaut, der in Steinbrüchen geschnitten wird. Das Hauptgebäude stand mit der Rückseite gegen den Berg geduckt, so dass sich ein Teil der Räumlichkeiten direkt im Felsen befand und eine angenehme Kühle in der heißen Jahreszeit gewährleistete. Eine Mauer aus Naturstein grenzte das Anwesen zum Tal hin ab. Das Tor stand weit offen. Vor dem Haus warf ein großer Feigenbaum seinen Schatten auf eine kleine Sitzgruppe und eine alte Frau, die auf einem Hocker saß und weiße Bohnen in eine Flasche füllte. Trotz der Hitze trug sie einen schwarzen Pullover und einen wadenlangen, schwarzen Rock. Darunter schlingerten dicke Socken um die angeschwollenen Füße und endeten in ledernen Galoschen. Ihr Haar war kurz und grau und umrahmte ein faltiges, wettergegerbtes Gesicht. Auffällig waren nur ihre Ohrstecker mit zwei großen Rubinen.

Sie blickte nicht einmal auf, als die kleine Gruppe aus dem Auto stieg und auf sie zukam.

»Bongu«, begann Pierre das Gespräch. *»Jien jisimni ...**

Doch die Alte stopfte nur weiter Bohnen in die Flasche und murmelte, *»Pulizija, mur'l hemm.«***

---

* Guten Morgen. Mein Name ist ...

** Polizei! Verschwindet.

Während Pierre weiter mit der Frau sprach, war Manoel hinter Ina und Stocker getreten und übersetzte die maltesische Unterhaltung leise ins Englische.

»Sie weiß nicht, wo ihr Sohn ist, aber es ist ihr auch egal. Er hat Schande auf die Familie geladen. Aber mit der Polizei will sie auch nicht darüber reden.«

Pierre hatte sich inzwischen einen Stuhl von der Sitzgruppe herangezogen und sprach leise auf die alte Frau ein. Endlose Zeit schien zu verstreichen.

Die Bewegungen der Alten wurden mit einem Male langsamer. Dann hob sie den Kopf und sah mit starrem Blick stumm in die Ferne. Sie stellte die Flasche auf den Boden und begann wieder zu sprechen. Manoel übersetzte leise ihre abgehackten Sätze.

»Er hatte nie viel für die harte Feldarbeit übrig. So verschwand er eines Tages, als er achtzehn Jahre alt war. Später erfuhr sie, dass er in Palermo sei. Drei Jahre später tauchte er eines Tages mit den Taschen voller Geld wieder auf, wohl um unterzutauchen. Kurz vorher war ein Richter in Catania erschossen worden. Und so ging das dann weiter. Von Zeit zu Zeit verschwand er und tauchte dann wieder auf. Als dann Hadji Thomar auf Malta erschienen war, wurde er dessen ›Sekretär‹. Sie hatte instinktiv gespürt, dass dieser Mann ihrem Sohn zum Verhängnis werden würde. Aber es war ja bereits ohnehin zu spät gewesen.«

Pierre stellte ihr eine Frage, von dessen Inhalt Stocker nur das Wort Weinsberg verstand. Doch die Alte schüttelte nur den Kopf. Die nächste Frage quittierte sie mit einem leichten Nicken.

Pierre erhob sich langsam, während er ihre Hand drückte.

»Wir dürfen uns umsehen. Sie weiß jetzt, dass ihr Sohn

nicht mehr zurückkehrt.« Mit einem Schulterzucken ging er auf das Haupthaus zu. »Ich sehe mich hier um, inspiziert ihr die Nebengebäude.«

Ina steuerte auf den nächstgelegenen Schuppen zu und verschwand hinter einem Tor.

Stocker überquerte ebenfalls den Hof und betrat eine Art Stall durch eine doppelflügelige, grün gestrichene Türe. Die verschmutzten Fenster, die sich im oberen Drittel des hohen Raumes wie Schießscharten an der Stirnseite entlangzogen, ließen jedoch kaum Licht hindurch, so dass er gezwungen war, stehen zu bleiben, um seine Augen an das Dunkel zu gewöhnen.

Der Innenraum bestand aus einer Reihe von Boxen, in denen wohl früher Schafe und Ziegen gehalten worden waren. Der hintere Teil war mit Maschendraht abgetrennt und ergab mehrere großzügige Volieren. Stocker spürte eine leichte Gänsehaut, wie immer, wenn er auf etwas Untypisches stieß.

Die Volieren waren leer. Vogelkot und Federn bedeckten den Boden. Die dicken Sitzstangen zeigten Spuren von kräftigen Schnäbeln und Krallen. Stocker zog mehrere kleine Plastiksäckchen aus der Tasche und begann, systematisch Proben von Vogelkot und Federn vom Boden zu sammeln.

»Commissario?« Inas Stimme drang von der Türe her durch das Dämmerlicht.

»Hier hinten«, gab er zurück und wechselte in die nächste Voliere. »Bleiben Sie draußen, hier drinnen ist alles verschissen … ich meine voller Kot«, fügte er schnell hinzu. »Es reicht, wenn ich mir meine Schuhe versaue.«

»Würde mich nicht wundern, wenn wir hier Kondorfedern finden würden«, sinnierte Ina und ließ den Blick durch den Raum schweifen.

»Daran hab ich auch gleich gedacht, aber es gibt überhaupt keine Deckfedern hier, wonach man auf die Vogelart schließen könnte. Es kommt einem gerade so vor, als hätte jemand hier aufgeräumt.«

»Meinen Sie?«

»Was war drüben?«

»Nichts, nur alte Gemüsekisten, verrostete Maschinen und Gerümpel«, antwortete Ina.

»Kommen Sie, ich muss raus aus diesem Dreck. Mich juckt es schon überall.« Stocker schob sie vor sich her auf die Türe zu.

Sie kniffen die Augen zu und traten wieder in das gleißende Sonnenlicht hinaus. Der Hof lag jetzt verlassen da. Nur ein schwarzer Hund saß mit hochgestrecktem rechtem Hinterlauf unter dem Feigenbaum und schleckte sein Hinterteil.

»Mahlzeit«, sagte Stocker im Vorbeigehen und steuerte auf das Haupthaus zu. Der Hund sah zuerst ihn und dann Ina verständnislos an.

Pierre und Manoel hatten sich Debatistas Büro vorgenommen. Vom vergitterten Fenster aus blickte man direkt hinüber auf die Zitadelle von Victoria.

»Schönes Plätzchen hier oben«, sagte Stocker und drehte sich um.

»Vor allem, wenn man als Auftragskiller der ehrenwerten Gesellschaft wieder eine Zeitlang verschwinden muss«, grinste Manoel.

»Ich finde das weniger lustig«, knurrte Pierre und blätterte einen Stapel alter vergilbter Zeitungen durch, die er aus einem Regal gezogen hatte.

»Vom Aufräumen hat unser Freund hier nicht viel gehalten.«

»Moment.« Stocker zog die oberste Zeitung vom Stapel und starrte auf die fette Schlagzeile ›Il Consieglietto di Mafia‹.

»Er hat die Zeitungen aufgehoben, in denen von seinen Morden berichtet wurde. Sie brauchen nur die Opfer nachzuschlagen, den Mörder haben wir schon.«

»Manoel, Sie bleiben hier. Ich schicke Ihnen meine Leute. Wir müssen den ganzen Laden hier umdrehen. Wahrscheinlich finden wir noch mehr.« Pierre verließ den Raum. Während er über den Hof auf den Wagen zuging, telefonierte er mit Valletta.

Schweigend fuhren sie zurück nach Marsallaforn und gingen an Bord des Polizeibootes, das sie in Bugibba wieder an Land setzte.

»Tut mir leid«, sagte Pierre. »Ich hätte Sie gerne bei Manoel's zum Dinner eingeladen. Aber ich glaube, wir haben Wichtigeres zu tun.«

»Passt schon«, erwiderte Stocker. »Ich klettere ohnehin nicht gern mit vollem Bauch. Und vorbereiten muss ich mich ja auch noch.«

»Sie wollen wirklich?«, kam es von Pierre zurück.

»Nicht, wenn Sie eine bessere Idee haben.«

»Leider nein«, presste Pierre zwischen den Zähnen hervor.

Ina saß im Fond, verdrehte die Augen und blickte auf die Gebäude, die an ihnen vorbeizogen.

In Valletta angekommen, erwartete sie schon das Sonderkommando, doch diesmal ohne die Schutzausrüstung. Pierre gab kurze Anweisungen. Dann verschwand die Einsatzcrew.

Einzig die junge Polizistin war geblieben und stellte wortlos drei Tassen Kaffee auf den Tisch.

Pierre wechselte ein paar Worte mit ihr, wobei das Lächeln in ihrem Gesicht einem ungläubigen Staunen wich. Kopfschüttelnd drehte sie sich um und verließ den Raum.

»Sie hält ihn für genauso verrückt wie ich. Richtig?«, kam Inas Kommentar. Doch Pierre grinste sie nur an.

Kurz darauf erschien die junge Beamtin wieder und legte einen schwarzen Overall, leichte Bergschuhe, eine Gesichtsmaske und einen schmalen, ebenfalls schwarzen Rucksack auf den großen Tisch.

Stocker öffnete ihn und inspizierte das Klettergeschirr und das dünne Kletterseil aus Kevlar.

»Ich fahre Sie jetzt zurück ins Hotel, damit Sie sich noch etwas ausruhen können. Punkt Mitternacht hole ich Sie dann wieder ab. Inzwischen lasse ich Hadjis Anwesen beobachten. Ich liebe nämlich keine Überraschungen. Übrigens, wenn Sie erschossen werden, habe ich mit der ganzen Sache nichts zu tun. Meine Pension wäre zwar kein großer Verlust, aber Sie wegen Hadji zu verlieren würde mich schon ärgern.«

Cliffhänger

Es war eine Minute vor Mitternacht, als unten vom Kreisverkehr das Quietschen von malträtierten Autoreifen zu hören war.

»Ich glaube, er kommt«, sagte Stocker und rutschte von der Mauer. Ina warf die frische Feige, die sie gerade gepflückt hatte, unter den Baum, der sich neben dem Haus breitgemacht hatte und seine Zweige bis über die Straße streckte.

Der Vauxhall hielt direkt neben ihnen. Pierre hatte das Innenlicht ausgeschaltet, so dass das Innere des Wagens auch beim Öffnen der Türen dunkel blieb. Stocker warf den Rucksack auf den Rücksitz und stieg ein, während Ina auf den Beifahrersitz rutschte.

Entgegen seiner sonstigen Gewohnheit, fuhr Pierre langsam. Doch dies hielt nur bis zum Kreisverkehr an. Trotz der nächtlichen Stunde herrschte immer noch reger Verkehr. Der Wagen beschleunigte und raste mit 65 Meilen durch den Tunnel von San Gwan.

Nach zehn Minuten konnten sie die Silhouette von Mdina gegen den Nachthimmel ausmachen.

Pierre stellte den Wagen auf den großen Parkplatz am Saqqajja Square. Die Stadt betraten sie jedoch nicht durch das Main Gate wie beim ersten Besuch, sondern durch das

Griechische Tor. Eine schmale Gasse führte zum Aussichtspunkt im Norden der Piazza Tas-Sur. Es war totenstill in der Stadt. Stocker öffnete den Rucksack und holte die darin verstauten Utensilien heraus. Während er das Klettergeschirr anlegte, ließ Pierre das Seil an der Außenseite der Festungsmauer hinunter und befestigte das Ende an einem großen Eisenring, der einzig zu diesem Zweck dort angebracht zu sein schien. Stocker zog sich jetzt die schwarze Sturmhaube über und hängte den Abseilachter und die Steighilfe in das Seil ein.

»Ich habe zwei Leute unten an der Straße postiert. Aber mehr als ein Ablenkungsmanöver können wir nicht riskieren«, flüsterte Pierre und zuckte wie entschuldigend die Achseln.

»Ich hoffe, das wird nicht nötig sein«, kam es undeutlich unter der Sturmhaube hervor.

Stocker zog sich langsam auf die Mauer und spähte in den Abgrund. Dann fasste er das Seil und glitt in die Tiefe. Er nutzte den Schatten eines Mauervorsprunges, um aus dem Randbereich des starken Scheinwerfers zu kommen, der die Festung in diesem Abschnitt in ein bronzenes Licht tauchte.

Die letzten Meter verlangsamte er den Abstieg und suchte den Boden unter ihm so gut wie möglich mit den Augen ab. Olivenbäume deckten jetzt seinen Weg nach unten, und die Blätter der Kapernpflanzen, die an der Mauer nach oben rankten, raschelten bei jeder Bewegung. Endlich hatte er wieder festen Boden unter den Füßen. Er klinkte sich vom Seil und schob den Karabinerhaken unter den Gurt des Klettergeschirrs, um jedes verräterische Geräusch zu vermeiden.

Er befand sich bereits innerhalb der Umfriedung von Hadjis Anwesen auf der Rückseite des Nebengebäudes, sein eigentliches Ziel. Dieses Gebäude war aber nicht in der traditionellen maltesischen Art aus Limestone gebaut, wie die anderen Gebäude des Areals, sondern aus Natursteinen. Eine Türe war nicht auszumachen. Lediglich drei halbrunde Fenster unterbrachen in einer Höhe von drei Metern die zirka zwanzig Meter lange Front. Doch sie waren vergittert. Vorsichtig begann er, an der Wand nach oben zu steigen, um wenigstens einen Blick in das Innere zu erhaschen. Mit beiden Händen umklammerte er schließlich das Fenster und zog sich über den Sims. Was er dann sah, verschlug ihm den Atem:

In dem Raum unter ihm befand sich ein Labor. Die Gerätschaften reflektierten das schwache Licht, das durch die hinteren und vorderen Oberlichte in den Raum fiel. ›Jetzt weiß ich auch, wozu du deine Wachen hast‹, kam es Stocker in den Sinn. ›Nicht nur, um deinen Hintern zu bewachen, sondern auch, um deine dreckigen Geschäfte zu schützen.‹

Vorsichtig ließ Stocker sich wieder an der Mauer herunter und tastete sich zum Ende des Gebäudes vor. Er legte sich auf den Boden und schob seinen Kopf um die Ecke. Von hier aus sah er bis vor zum Tor der Einfahrt, wo ein bewaffneter Posten im Halbschatten der Mauer die Straße ins Tal beobachtete. Unter diesen Voraussetzungen bestand keine Chance, auch nur annähernd gesund auf die Vorderseite des Gebäudes zu gelangen.

›Kassandra, mein Schatz, warum habe ich dich nicht mitgenommen?‹, dachte er und musste grinsen.

Seine grauen Zellen arbeiteten fieberhaft, um die Situation zu analysieren. Zwar war er sich jetzt sicher, dass Thomar allem Anschein nach in Drogengeschäften steckte, doch Beweise hatte er keine. Außerdem suchte er ja nach einer Verbindung zu Debatista und Weinsberg.

Er richtete sich auf und ging zurück zu dem Fenster, das der Festungsmauer am nächsten lag. Irgendetwas war ihm aufgefallen, ohne dass es jedoch eine fassbare Form angenommen hatte. Erneut zog er sich an der Mauer empor und starrte in das Innere des Gebäudes. Er ließ seinen Blick durch den Raum gleiten. Nichts.

Die Kraft verließ ihn. Er streckte die Arme und ließ seinen Körper nach unten gleiten, während seine Füße in der Mauer Halt suchten. Dabei streifte sein Blick die Decke des Gebäudes. Das war es, was er in seinen Erinnerungen gesucht hatte!

Mit dem Rücken an der Mauer, ging er in die Hocke, um Kraft zu sammeln. Nach einer halben Minute richtete er sich wieder auf. Dann schlang er das Kletterseil um seine linke Hand und begann, in dem Neunzig-Grad-Winkel, den das Gebäude mit der Festungsmauer bildete, nach oben zu klettern. Mühsam überwand er den Dachüberstand und presste sich flach auf die alten Ziegel. Zentimeter um Zentimeter schob er sich auf dem Dach in Richtung der Firstziegel.

Der Vorplatz war leer. Nur der Posten stand unbeweglich am Zaun. Stocker glitt wieder zurück und begann so leise wie möglich einen Teil der Dachziegel zu entfernen. Diese lagen, wie in südlichen Ländern üblich, nur auf Querlatten, die ihrerseits wiederum von den Längsbalken getragen wurden. Als die Öffnung groß genug war, warf er den übrigen Teil des Seiles nach unten. Mit dem Kopf voran, glitt er durch die schmale Öffnung. Dann fassten seine Hände eine Querlatte. Und während er seinen Oberkörper nach oben zog, folgten seine Beine nach unten durch die Öffnung. Den Zwei-Meter-Sprung federte er leise ab.

Paulus hätte seine wahre Freude, wenn er das hier sehen könnte, dachte er und begann sich systematisch umzusehen. Von der Laboreinrichtung selbst verstand er zu wenig, um sie beurteilen zu können. Doch die Tabletten, die dort, abgepackt in kleinen Plastiksäckchen, im Dämmerlicht auf den Labortischen lagen, sprachen für sich. Er nahm zwei der Säckchen an sich und verstaute sie in der linken Brusttasche des Overalls. Dann machte er mehrere Aufnahmen mit seiner Digitalkamera, wohl wissend, dass bei diesen Lichtverhältnissen ohne Blitz das Ergebnis mehr als schlecht ausfallen würde.

Ein Durchgang führte in den Nebenraum. Die Türe war nur angelehnt. Er tastete sich vorsichtig an der dort befindlichen Regalreihe entlang. Neben Aktenordnern lagerten verschiedene Reagenzien in Plastikbehältern, große Rollen und Kartonzuschnitte. Am Ende des Raumes stand eine undefinierbare Maschine.

Etwas raschelte unter seinen Füßen. Wie erstarrt blieb er stehen. Dann ging er in die Knie und tastete nach der Ursache. Eine Plastiktüte. Ohne nachzudenken, schob er sie mit der Fußspitze unter das Regal.

Dann huschte er zurück in den Laborraum. Nach einem letzten Blick griff er nach dem Kletterseil und zog sich zurück auf das Dach. Zur Sicherheit kroch er erneut bis zur Reihe der Firstziegel und spähte in den Hof. Der Posten hatte seine Position verändert und stand am Rand des Pools und somit näher am Laborgebäude.

Stocker schwitzte unter seiner Gesichtsmaske.

Ein Hund begann irgendwo in der Dunkelheit zu bellen und sofort fielen weitere Streuner in das Konzert ein. »Danke, dafür habt ihr was gut«, flüsterte er und begann die Dachplatten im Zeitlupentempo in ihre angestammte Position zu bringen. Fünf Minuten später hatte er das Loch wieder geschlossen. Er klinkte das Geschirr und die

Kletterhilfe im Seil ein und schob sich langsam nach oben. Zielsicher fanden seine Füße die großen Fugen zwischen den Quadern der Festungsmauer. Zehn Minuten später schwang er sich über die Brüstung und landete direkt vor Inas Füßen. Pierre hatte bereits das Seil eingeholt, als Stocker die Kletterutensilien im Rucksack verstaut hatte. Sie verließen die mittelalterliche Stadt auf demselben Weg, auf dem sie sie betreten hatten.

Als sie Richtung Valletta fuhren, zeigten sich bereits die ersten Anzeichen der morgendlichen Dämmerung.

In der Questura von Valletta brachte ihnen die Polizistin einen vierfachen Espresso, um die müden Geister wieder in Schwung zu bringen.

Bevor Stocker den Overall auszog, fingerte er noch die zwei Tüten aus der Brusttasche und warf sie auf den großen Tisch. »Kleine XTC-Produktion«, bemerkte er dazu.

Pierre pfiff durch die Zähne. »Das Schwein muss sich ja ziemlich sicher fühlen. Aber ich glaube, damit ist jetzt Schluss. Dem mache ich Feuer unter dem Hintern. Hey, gar nicht so schlecht, die Idee. Dann hätten wir einen Grund, das Gelände zu betreten. Florian, Sie haben nicht Lust, heute Abend noch mal eine kleine Klettertour zu machen und den Pyromanen zu spielen?«

Ina sah ihren Chef mit zusammengekniffenen Augen an.

»Das wäre zu früh«, antwortete Stocker. »Erst will ich Weinsberg und dann können Sie von mir aus Thomar hochnehmen.« Er sagte das so bestimmt, dass Pierre keinen Einwand erhob.

»Ich fahre Sie jetzt ins Hotel und hole Sie gegen fünf Uhr wieder ab. Dann können wir uns beim Dinner die nächsten Schritte überlegen. Einverstanden?«

»Einverstanden«, antwortete Stocker und Ina nickte nur.

Stocker duschte. Im Schlafanzug tapste er in die Küche und nahm sich ein Guinness aus der braunen Papiertüte, die Pierre ihm noch in die Hand gedrückt hatte. Als er die schwarze Brühe in ein Glas blubbern ließ, tauchte Ina im Türrahmen auf. »Krieg ich auch eins?«, fragte sie und ein strahlendes Lächeln glitt über ihr Gesicht.

»Natürlich«, entgegnete er und hielt ihr sein Glas hin. Während sie an ihrem Schaum nippte, holte er ein zweites Glas aus dem Schrank und wiederholte die Prozedur des Einschenkens.

»Ich bin froh, dass Ihnen vorgestern nichts passiert ist«, kam es ohne Übergang von ihr. Dabei sah sie ihn direkt an.

»Ich auch«, erwiderte er leise. »Heute Abend feiern wir ein bisschen Geburtstag.«

Schweigend tranken sie ihr Bier aus.

Punkt fünf Uhr hörten sie im Kreisverkehr unterhalb des Sundown Court ein paar Reifen quietschen. »Pierre«, entfuhr es Stocker und er verdrehte die Augen.

»Nicht zu überhören«, lachte Ina gut gelaunt. Sie trug ein grünes Leinenkleid und hatte ein leichtes Make-up aufgelegt.

»Na, hungrig?«, fragte Pierre und hielt Ina die Wagentüre auf.

»Wie ein Wolf!«, lachte sie.

»Das trifft sich gut, denn heute gibt es Steak, die besten auf ganz Malta.«

»Darf ich raten?«, mischte sich Stocker ein. »Blue Anchor?«

»Ihnen kann man auch nichts verheimlichen«, grinste Pierre.

»Eh, Pierre«, sagte Stocker und lehnte sich über das Wagendach. *»Today, it's my turn.«*

»Agreed«, murmelte Pierre und gab Gas.

Sie stellten den Wagen auf der Promenade in der Nähe des Barracuda ab und schlenderten zurück zum Blue Anchor. Das untere Lokal, vollgestopft mit Schiffsinventar, war bereits gut gefüllt, als sie eintraten.

»Hi, Pierre. *Guinness as a starter*?« Die Frage kam vom Besitzer, der hinter der Bar mit zwei Gläsern jonglierte.

»Der sieht ja aus wie Georges Moustaki«, entfuhr es Ina.

Es dauerte keine Minute und sie waren bereits in die unterschiedlichsten Gespräche mit den Anwesenden verstrickt. Einer der Gäste, ein korpulenter Amerikaner, offensichtlich im fortgeschrittenen Stadium der Scotch-Verkostung, legte Ina seine fetten Finger aufs Knie und fragte ganz unverblümt, wie lange es gedauert hätte, bis Pierre sie mit seiner Fahrweise zum Kotzen gebracht hätte und was sie nach dem Essen vorhätte.

Noch bevor sie die passende Antwort loswerden konnte, winkte Pierre zum Aufbruch in den oberen Stock. Der Raum war nicht größer als die darunter liegende Bar. Die sieben Tische waren mit rotweißen Tischtüchern eingedeckt.

Während ein Ober ihnen die Karten reichte, beugte sich Pierre zu Ina hinüber. »Dieser blaue Fettsack da unten arbeitet für die Amerikaner. Man sieht es ihm nicht an, aber er ist gefährlich wie eine Klapperschlange. Ich hoffe, Sie sind nicht böse, dass ich Sie von seiner Gegenwart befreit habe?«

»Nein, im Gegenteil. Was würden Sie denn empfehlen?«, wechselte sie das Thema und sah auf die Karte.

»Oh, also nachdem Sie Fisch bereits hatten, würde ich ein Steak empfehlen. Ich persönlich bevorzuge das mit grünem Pfeffer.«

»Danke, das nehme ich auch«, lachte Ina ihn an.

Erst als sie beim Kaffee angelangt waren, kam das Gespräch auf die jüngsten Ereignisse. Stocker entwickelte seine Theorie einer geschäftlichen Verbindung zwischen Weinsberg und Thomar. Dass Debatista auf eigene Faust gehandelt hatte, stellte er in Frage. Er vereinbarte mit Pierre ein Stillhalteabkommen in Bezug auf Hadji, bis er Näheres hätte, um eine Spur zu Weinsberg zu untermauern. Die entdeckte Produktion synthetischer Drogen auf Hadjis Landsitz wurde durch die Tatsache untermauert, dass dessen Tochter in Paris Pharmazie studiert hatte, wie Pierre am Nachmittag von ehemaligen englischen Kollegen erfahren hatte. Man war sich aber einig, dass dies nur ein Nebenschauplatz sein konnte.

»Das große Geld wird offensichtlich mit dem hochkonzentrierten Heroin gemacht. Hadji beschafft es, vermutlich auch über ehemalige Geschäftsverbindungen von Weinsberg, und der verkauft es an diejenigen, die es strecken und an die Endkunden bringen. Wenn es erst mal auf dem Kontinent ist, ist die Verteilung kleiner Mengen relativ risikolos.

»Und, schon eine Idee, wie es auf den Kontinent kommt?«, fragte Pierre.

»Sagen wir, eher eine Vermutung«, sinnierte Stocker.

Pierre sah Ina fragend an, doch die zuckte nur die Achseln.

»Sie sind der Erste, der es erfährt, wenn ich mit meiner Vermutung recht habe«, fügte Stocker beschwichtigend hinzu.

Gegen dreiundzwanzig Uhr lieferte Pierre seine

beiden Gäste wieder vor dem Hotel ab. Für den nächsten Tag verabredeten sie sich am Nachmittag in der Commandantura.

Ina trat auf den Balkon und sah hinüber auf die beleuchtete Silhouette von Valletta, als Stocker hinter sie trat und ihr über die Schulter ein Glas Chardonnay vor die Nase hielt. Sie drehte sich langsam um und lächelte ihn leicht verlegen an. Schweigend standen sie an der Brüstung und genossen den Wein.

Stocker, dessen Zimmer zur Straße hinausging, war gerade eingeschlafen, als ihn ein durchdringendes Gebell aus seinen Träumen riss. Mit einem Satz war er auf seinem Balkon. Unten lag mitten auf der Straße ein wahres Monstrum von Hund, die Schnauze auf den Pfoten und schnarchte. Daneben saß eine Promenadenmischung, nicht größer als Kassandra, und versuchte sämtliche Anwohner im Umkreis von fünfhundert Metern um ihren wohlverdienten Schlaf zu bringen. Stocker warf ein Stück der abbröckelnden Brüstung in Richtung des Hundes, was jedoch nur zu einer wütenden Steigerung des Kläffens führte.

Stocker drehte sich um, schloss die Balkontüre und legte sich wieder ins Bett. Nach zwanzig Minuten gab er auf und flüchtete ins Wohnzimmer. Aber bereits nach fünf weiteren Minuten hatte er begriffen, dass die Couch eindeutig zu kurz war. Er schlurfte entnervt in sein Zimmer zurück. Doch kaum lag er unter seiner Decke, bohrte sich das durchdringende Gekläffe erneut in seinen Gehörgang. Er zog sich die Decke über den Kopf. Doch auch dieser Filter konnte das infernalische Gejaule nicht aussperren. Stocker griff zum letzten ihm verbleibenden Mittel.

Er klemmte sich das Kopfkissen unter den Arm und zog seine Decke hinter sich her. Leise öffnete er die Türe zu Inas Schlafzimmer. Sie hatte sich auf der rechten Seite ihres Doppelbettes zusammengerollt. Vorsichtig legte er sich neben sie und war eine Minute später eingeschlafen.

Die Sonne schien durch die leichten Vorhänge und tauchte das ganze Zimmer in einen goldenen Schleier. Ina lag mit dem Kopf an seiner Schulter, den linken Arm auf seiner Brust. Es dauerte ein paar Sekunden, bis er die Situation begriff und sicher war, sich nichts vorwerfen zu müssen. Er betete, sie möge sich umdrehen und ihm so eine Flucht ermöglichen. Aber sie tat ihm diesen Gefallen nicht. Im Gegenteil. Jetzt zog sie auch noch ihr linkes Bein an und legte es über seine Beine, während ihr Gesicht die Wärme seines Halses suchte. Jeder Versuch einer Flucht war von vornherein zum Scheitern verurteilt. Die nächste halbe Stunde wurde zur Ewigkeit und Ina atmete langsam und regelmäßig.

Ein wohliges Schnurren war zu hören, bevor sie sich mit einem Ruck aufsetzte. »Können Sie mir bitte erklären, was Sie in meinem Bett machen?«, brach es aus ihr heraus.

»Ich habe hier geschlafen«, antwortete er und war sich sofort bewusst, wie blödsinnig dies in ihren Ohren klingen musste.

»Und warum das?«, fragte sie, die Arme in die Hüften gestemmt. »Soweit ich mich erinnere, verfügen Sie über ein ähnliches Bett in Ihrem Zimmer.«

»Schon, aber dort war es zu laut. Wegen dem Hund«, erwiderte er und bekam rote Ohren. »Ja, da saß ein Hund auf der Straße und hat permanent gebellt.«

»Wenn Sie unbedingt bei mir schlafen wollten, warum haben Sie mich dann nicht wenigstens gefragt? Vielleicht hätte ich ja sogar ja gesagt. Aber einfach nachts unter meine Decke kriechen, das ist die Höhe.«

»Ich bin nicht unter Ihre Decke gekrochen! Ich habe meine eigene mitgebracht«, versuchte er sich kleinlaut zu verteidigen.

Ina strich sich nervös die Haare aus dem Gesicht. »Florian, ich mache Ihnen einen Vorschlag. Sie verlassen jetzt mein Bett, damit ich mich anziehen kann, und wir verlieren kein Wort mehr darüber. Einverstanden?«

Seine Bettdecke an sich gedrückt, rangierte er rückwärts aus dem Zimmer und murmelte etwas von blödem Hund.

Ina atmete tief aus. »Na, wenigstens sieht er ein, dass es blöd war.« Ein Lächeln huschte über ihre Lippen.

Eine Viertelstunde später klopfte sie an seine Türe. Er öffnete und sah sie skeptisch an.

»Fertig? Ich habe einen Bärenhunger.« Er nickte nur und folgte ihr die Treppe hinunter. Sie traten auf die Straße und liefen dann den kleinen, von Klebsamen gesäumten Weg zum Restaurant hinunter. Plötzlich blieb Stocker wie angewurzelt stehen. Mitten im Blumenbeet lag der Mischling auf dem Rücken und schnarchte friedlich vor sich hin.

»Das ist das kleine Mistviech von letzter Nacht«, flüsterte Stocker zu Ina gewandt. »Dem werd ich helfen. Nachts Krach machen und tagsüber pennen.« Mit einem Schritt war er im Beet, beugte sich über den Kleinen und begann zu bellen.

Der Pinscher schoss mit weit aufgerissenen Augen in die Höhe und raste mit eingeklemmtem Schwanz den Weg entlang Richtung Pool.

Stocker grinste zufrieden. »Das war's. Jetzt hat sich's ausgepennt.«

Das Frühstück verlief schweigsam.

Auf dem Rückweg schlenderten sie am Pool entlang, vorbei an den Feigenbäumen und der üppigen Bougainvillea. An einer niedrigen Steinmauer blieben sie stehen und genossen den Ausblick. Plötzlich sahen sie sich beide an. Ein unverkennbares Schnarchen drang an ihr Ohr. Vorsichtig beugten sie sich über die Mauer. Dort lag der kleine Hund, wieder auf dem Rücken, und sägte mit den Zikaden um die Wette.

Ein diabolisches Grinsen huschte über Stockers Züge. Und ehe Ina ihn zurückhalten konnte, hing er mit dem Bauch auf der Mauer, direkt über dem Kläffer. Stockers Bellen riss den Kleinen erneut aus dem Tiefschlaf und nur eine kleine Wolke trockener Erde zeigte an, wo er sich eben noch befunden hatte.

»Finden Sie es eigentlich richtig, diesen armen Kleinen für Ihre nächtlichen Irrungen büßen zu lassen?«

Ohne weiter darauf einzugehen, erwiderte er nur: »Also, mir fehlen wegen diesem Mistviech eineinhalb Stunden Schlaf und die hole ich jetzt am Pool nach.«

Harakiri

Am Nachmittag gingen sie in Pierres Büro nochmals die Details und alle möglichen Querverbindungen durch.

»Die Proben aus Hadjis Labor habe ich nach Neapel geschickt. Ich maile Ihnen dann die Ergebnisse.«

»Einverstanden. Dann können wir einen Abgleich durchführen. Ich schmeiß meine Probe der Ecstasy-Tabletten morgen bei uns ins Labor.«

»Was ich nicht verstehe, ist, warum Hadji das Risiko mit einer Produktion auf seinem Anwesen eingeht?«, warf Ina ein.

»Es gibt zwei Möglichkeiten. Entweder er will im Alleingang das schnelle Geld machen – und Gewinnsucht macht unvorsichtig –, oder es ist nur ein Versuchslabor und er, respektive seine Tochter, probiert unter Verschluss etwas Neues aus. Nach den Laboranalysen wissen wir mehr.« Bei diesen Worten zuckte Stocker nur die Achseln.

»Ist es wirklich so leicht, das Zeug im Hinterzimmer herzustellen?«, fragte Ina.

»Relativ«, antwortete ihr Stocker. »Ecstasy, abgekürzt XTC, entstand Anfang der 70er Jahre in den USA und beschreibt synthetische Drogen, meist in Tablettenform, basierend auf den psychotropen Wirkstoffen aus der

Gruppe der Amphetaminderivate. Hersteller versuchen durch sogenanntes ›Designen‹ der chemischen Substanzen einerseits eine Wirkungsoptimierung und andererseits auch eine Umgehung betäubungsmittelrechtlicher Vorschriften. Also sollten Sie Hadji erst hochnehmen, wenn wir die Analyse haben. Die Herstellung erfolgt fast ausschließlich aus chemisch definierten Grundstoffen. Bereits im Zweiten Weltkrieg setzten übrigens fast alle kriegsführenden Staaten den Stoff als Psychostimulanz bei ihren Truppen ein. Sogar in den 60er und 70er Jahren wurde er noch Appetitzüglern beigemischt. In den 70er Jahren machte Ecstasy dann als Diskodroge Karriere. Die Synthese von Amphetamin ist relativ einfach zu bewerkstelligen. Fragen Sie mich nicht, wie, die Syntheseformel habe ich mir nicht gemerkt.« Er lächelte. »Als Füllstoffe setzt man dann Zucker, wie Laktose, Fructose und Glucose ein, aber auch Farbstoffe und Calciumcarbonat, um das Ganze besser pressen zu können. Schluckt man diese Tabletten, werden die Amphetamin-Derivate rasch und fast vollständig vom Dickdarm resorbiert, gelangen so in die Blutbahn und sind in der Lage, die Blut-Hirn-Schranke zu überwinden, wo sie dann direkt auf das zentrale Nervensystem einwirken. Die Grundstoffe sind frei erhältlich und relativ billig, die Deckungsbeiträge der Endprodukte damit hoch. Ein lohnendes Geschäft. Die Tabletten lassen sich in die unterschiedlichsten Formen pressen, auch als Plagiate von unbedenklichen Vitamintabletten. Ein Riesenmarkt. Erwischt werden meist nur die kleinen Dealer oder die Konsumenten. Diesmal scheinen wir mehr Glück zu haben.«

»Woher wissen Sie das alles?« Ina sah ihn kopfschüttelnd an.

»Ich hatte mal den Fall eines Vierzehnjährigen, der im

Drogenrausch seine dreizehnjährige Freundin umgebracht hat. Da befasst man sich mit so was.« Er lächelte wieder wie entschuldigend.

Es war halb fünf Uhr, als sie zum Flughafen aufbrachen. Pierre umarmte Ina und nahm beiden das Versprechen ab, wiederzukommen.

Um halb sieben saßen sie endlich nach halbstündiger Verspätung in der Maschine.

»Sollte ich einschlafen und schnarchen …«

»Ich weiß, einfach am Ohr schlecken«, lachte Ina.

»Oh, erinnern Sie mich, dass ich in München gleich den Leichenfledderer anrufe. Ich will meine Prinzessin wiederhaben.«

»Ihr scheint wohl nur in der Sonne gelegen zu haben, und das auf Staatskosten!«, sagte Göttler und hielt die Wohnungstüre auf.

Doch Stocker war viel zu sehr mit Kassandra beschäftigt, die ihm regelrecht in die Arme gesprungen war. Zufrieden lag sie dann in seinem Arm und schnurrte. Als er ihr jedoch unterstellte, zugenommen zu haben, wechselte sie auf den Schoß von Ina.

Bei einem Glas maltesischem Chardonnay und einem gemischten Antipasti-Teller, den Göttler aus dem Kühlschrank zauberte, wurde dieser über die jüngsten Ereignisse auf den neuesten Stand gebracht.

Nachdem Stocker geendet hatte, sah ihn Göttler von der Seite her an. »Was ist mit deinen Stimmen im Kopf, hörst du sie noch?«

»Und wenn? Dann geht es dich auch nichts an. Du hältst mich ja sowieso für plemplem.« Damit stand er auf und verließ den Raum.

»Ina, beobachten Sie ihn. Wenn es schlimmer wird, sagen Sie mir gleich Bescheid.«

Ina nickte nur, ließ aber kein Wort über den Ausflug in die Upper Baracca Gardens verlauten.

Und wieder schien es ihr, als würde Kassandra grinsen.

In dem Moment kam Stocker zurück. »Und was gab es in Augsburg Neues?«, fragte er.

»Schlichtweg nichts«, war die Antwort. »Nicht der kleinste Mord. Langsam wird es langweilig. Aber ich bin mir sicher, jetzt wo ihr wieder da seid, zieht die Konjunktur wieder an.« Was er nicht wusste, war, dass die Konjunktur zu diesem Zeitpunkt bereits angezogen hatte.

Als das Telefon um halb sieben klingelte, rollte sich Kassandra ärgerlich auf den Rücken und streckte sich ausgiebig. »Großer, bitte geh ran. Ich möchte weiterschlafen.«

Stocker fingerte nach seinem Handy und setzte sich halb auf. »Oh Mann, Meier, Sie wissen gar nicht, wie ich Ihre Hiobsbotschaften vermisst habe. Nein, war nicht persönlich gemeint. Bin in zwanzig Minuten da. Das mit dem Weiterschlafen kannst du in den Wind schreiben, Süße«, fuhr er an Kassandra gewandt fort. »Irgendjemand hat unserem Notar die schwarzen Essensmarken vorbeigebracht.«*

Während er in die Küche lief und die Kaffeemaschine einschaltete, informierte er Ina. Rasch rasierte er sich und hielt den Kopf unters Wasser.

Bereits im Treppenhaus schlug ihnen ein penetranter Fäkalgeruch entgegen. Ein Beamter der Spurensicherung

---

* Flapsiger Ausdruck bei Militär und Polizei für das Ableben einer Person

drückte ihnen wortlos zwei Mundschutzbinden in die Hand. Sie stiegen die knarrende Treppe hinauf und betraten das Büro von Claudius Schach. Er war unverkennbar tot.

»Schachmatt«, entfuhr es Stocker, der nur mühsam einen Brechreiz unterdrücken konnte.

»Du sagst es«, kam Göttlers Kommentar, der sich langsam aufrichtete und jetzt den Blick auf Schach vollkommen freigab. Der Notar saß, oder besser gesagt, hing in seinem Sessel, der ganz zur Wand zurückgeschoben war. Sein Hemd war blutgetränkt und klaffte, wie auch seine Bauchdecke, mehrere Handbreit auseinander. Der Darm war teilweise ausgetreten und hatte sich wohl infolge des tiefen Schnittes auf den Teppich entleert. Der Gestank war bestialisch. Die Augen waren starr und wie ungläubig aufgerissen. Die Hände, mit Kot und Blut beschmiert, hingen seitlich herunter.

»Hat wohl noch versucht, seine Innereien wieder zurückzuschieben. Mann, ist das eine perverse Sauerei.« Göttler streifte seine Gummihandschuhe ab und warf sie in einen Beutel der Spurensicherung. Dann holte er sein Diktiergerät aus der Tasche. »Fascien und Peritoneum vollständig penetriert. Darmschlingen prolabiert und zum Teil eröffnet. Darminhalt in Abdominalhöhle ausgetreten. Aorta abdominalis von Messer teilruptiert …«

Stocker riss sich von dem Anblick des Toten los und begann sich systematisch im Zimmer umzusehen.

Die Schreibtischschublade war geöffnet und offensichtlich durchwühlt worden. Dabei waren Unterlagen auf den Teppich gefallen und hatten sich teilweise mit dem ehemaligen Darminhalt des Notars voll gesogen. Aus einem Regal waren Akten herausgerissen und durchwühlt worden. Eine Eigenart Schachs war es offensichtlich gewesen, Dokumente in flachen Kartons aufzubewahren und mit einem Weckgummi zu sichern. Stocker stieg über die verstreuten Papiere hinweg und kniete sich vor den Tresor. Der Schlüssel steckte, die schwere, gusseiserne Tür war angelehnt. »Ich wette, dass er leer ist«, hörte er es neben sich, als sich Kassandra an ihm vorbei schob.

»Da brauch ich gar nicht zu wetten, Mäuschen. Das waren nämlich lauter Dinge, mit denen man eine Menge Leute erpressen konnte.« Dabei zog er die Türe auf und blickte ins Leere.

»Bitte nehmt euch den Tresor genau vor«, wies er einen der Spurensicherer an. Und an Meier gewandt fuhr er fort: »Fragen Sie die Leute in der Straße, ob einer was gesehen hat.«

»Tippe auf Raubmord«, kam es zurück.

»Wenn Sie meinen.«

Er winkte Ina und sie verließen den Raum.

Einer der Spurensicherer wandte sich an Meier: »Haben die beiden was miteinander?«

»Wieso?«, kam es geistesabwesend zurück.

»Er hat sie Mäuschen genannt.«

»Quatsch, der spricht nur mit seiner Katze«, erwiderte Meier.

»Normal ist das aber auch nicht, oder?«, kam es zurück.

»Was ist heute schon noch normal?«, murmelte Meier und wandte sich wieder den Akten zu.

Göttler stand vor dem Haus und rauchte.

»Seit wann rauchst du?«, fragte Stocker erstaunt.

»Immer, wenn mir die Scheiße bis zum Hals steht. Hier, probier mal. Mentholzigaretten. Damit kriegst du wenigstens den Gestank aus der Nase.«

»Ich auch, bitte«, kam es zaghaft von Ina.

»Heiland, Mädel, Sie sehen aus, als ob Ihnen der Leibhaftige begegnet ist. Na ja, der stinkt bestimmt auch so ähnlich.«

Stocker nahm einen tiefen Zug. »Diesmal scheint er den Falschen erpresst zu haben.«

»Moment mal, woher wollen Sie wissen, dass er jemanden erpresst hat?« Dabei sah sie Stocker ins Gesicht. »Oh nein, Sie und Hugo? Aber Ihre Kenntnisse können Sie ja gar nicht offiziell einsetzen.«

»Offiziell nicht. Aber von den Erpressten weiß ja niemand, dass die Unterlagen verschwunden sind, oder?«

»Und wenn was durchsickert?«

»Da hat sie recht. Wenn Detlef was davon erfährt, dreht er dir einen Strick«, grinste Göttler.

»Den dreh ich ihm dann selber, und zwar aus Katzenhaar, gell, Mäuschen. So, ich brauch jetzt ein ordentliches Frühstück. Was haltet ihr von Rührei à la Poccini?«

Cavalconi öffnete nach dem dritten Klopfen. »Florian, ah Signorina Ina, ja und auch der Totenschauer. Oje, wenn ihr zusammen auftaucht, gibt es wieder Leiche zum Frühstück«, und er sah die drei verschmitzt an. »Wer ist Leiche?«

»Frühstück gegen Infos«, knurrte Stocker.

»Cappuccino kommt gleich«, sagte der Wirt beflissen. »Und wie wäre es mit drei Mal, oh Verzeihung, Signorina Kassandra, vier Mal Omelette Poccini?«

»Überredet«, brüllte Göttler gegen das Fauchen der Kaffeemaschine.

»Und wie geht es jetzt weiter?«, fuhr er an Stocker gewandt fort.

»Du sagst mir etwas über die Tatwaffe und den Todeszeitpunkt. Ich bringe die Sachen aus Malta ins Labor und dann fahre ich mit Ina nach München zu unserem Ornithologen. Tja, und dann setzen wir die verdeckte Ermittlung fort und sehen die fotografierten Unterlagen unseres verblichenen Notars durch. Und danach erschrecken wir ein paar Leute.«

»Wen willst du erschrecken, Commissario?«, fragte Cavalconi, während er ein riesiges Tablett auf dem Nachbartisch abstellte. Es roch verführerisch nach Ei mit Krabben, frischen Trüffeln und ofenwarmem Ciabatta.

»Sag mal, Mario, den Notar hast du doch auch gekannt?«

»Gekannt? Aha. Also ist Notar letzte Nacht gestorben worden, eh. Florian, frag mal den Abstinenzler. Vielleicht hat der was gesehen.«

»Abstinenzler?«, fragte Ina.

»Ja«, lachte Stocker, »das ist ein Penner, der immer hier im Domviertel rumschleicht. Aber stimmt, wenn einer was gesehen hat, dann er.«

Auf der Fahrt ins Präsidium hielt Stocker vor der Polizeiwache im Rathaus und bat die Kollegen, ihm sofort Bescheid zu sagen, wenn der Abstinenzler irgendwo auftauchen würde.

Paulus saß in seinem Büro und lauschte angespannt Stockers Malta-Bericht, als die Türe aufflog und Wörner schnaufend und schwitzend hereinrollte. »Stocker, ich hab Sie schon gesucht. Was ist das für eine Sauerei mit diesem Notar? Horn hat auch schon Wind davon bekommen und verlangt einen ausführlichen Bericht. Was soll ich ihm sagen?«

»Am besten gar nichts«, erwiderte Stocker trocken.

Aber der Anblick Wörners rührte ihn dann doch. »Lassen Sie sich ein paar Fotos vom Tatort geben und schicken Sie sie ihm. Das dürfte ihn dann eine Weile beschäftigen.«

»Das versteh ich nicht ganz.«

»Harakiri«, sagte Stocker und zog ein imaginäres Messer über seine Bauchdecke.

»Mein Gott. Wirklich? Herrlich! Wenn ich ihm die Fotos zeige, fällt ihm garantiert das Frühstück aus dem Gesicht, diesem Schreibtischtäter. Danke, Stocker. Die bring ich ihm persönlich vorbei. Das muss ich sehen.« Mit diesen Worten verließ er den Raum.

Kaum war Stocker wieder in seinem Büro, als Cora den Kopf zur Türe hereinstreckte, um ihm mitzuteilen, dass eine Streife den Abstinenzler am Lech aufgegriffen hatte. Sie würden dort auf den Commissario warten.

»Und warum, verdammt, bringen sie ihn nicht her? Ach egal. Vielleicht ist es sogar besser, wenn ich vor Ort mit ihm rede. Cora, haben wir noch irgendwo eine Flasche Cognac rumstehen?«

Sie überlegte einen Moment. »Der Chef hat noch eine im Aktenschrank.«

»Her damit. Alkohol macht auch dick. Also muss er uns noch dankbar sein.« Dabei grinste er von einem Ohr zum anderen. »Und rufen Sie Ina.« Und zu Kassandra gewandt sagte er: »So komm, Süße, jetzt gibt es wieder was Leckeres zu schnuppern.«

Wenig später hielt er im Bereich der Kleingärten in der Wolfzahnau. Einer der beiden Beamten, die den Stadtstreicher auf ihrer Tour entdeckt hatten, führte Stocker zu einem verwilderten Schrebergarten. Der Abstinenzler lag halb im Schatten eines Schuppens. Der Gestank, der ihm entströmte, war atemberaubend. Stocker hielt sich die Nase zu und ging in die Hocke.

»Jetzt wissen Sie, warum wir ihn nicht aufs Kommissariat gebracht haben«, sagte der zweite Beamte und zuckte entschuldigend die Achseln.

»O. K.«, Stocker winkte ab. »Schon gefrühstückt?« Mit diesen Worten hielt Stocker dem Sack Lumpen Wörners 5-Sterne-Cognac unter die Nase.

»Wenn die Bullen einen ausgeben, muss ja ganz was Besonderes passiert sein.« Dabei wechselte der Blick des Penners misstrauisch von der Flasche zu Stocker. »Nee, damit will ich nichts zu tun haben.« Ängstlich rutschte er noch weiter in den Schatten der morschen Bretter.

»Mit dem Cognac oder der Ermittlung? Wie heißen Sie eigentlich?«, fragte Stocker und folgte ihm einen Schritt.

»Das wisst ihr doch ganz genau«, kam es zurück. »Ich hab nichts gemacht, gar nichts. Ihr könnt mir gar nix. Ich kenn mich aus.«

»Er heißt Manfred Stichler. Aber sie nennen ihn einfach nur den Abstinenzler«, antwortete der eine Beamte.

»Herr Stichler«, sagte Stocker und entkorkte die Flasche. »Mir fällt gerade ein, dass ich auch noch nicht gefrühstückt habe.« Ungeachtet seines teuren Anzugs, ließ sich Stocker neben ihm auf dem Boden nieder und nahm einen großen Schluck. Dann hielt er Stichler die Flasche hin.

»Du Scheiße, das hätt ich nich gedacht. Ein Bulle und Alkoholiker. Aber bei eurem Job ist das auch kein Wunder.«

Der Abstinenzler riss ihm jetzt die Flasche aus der Hand und nahm mehrere große Schlucke, ehe er sie Stocker zurückreichte. Der nahm sie, wischte mit dem Daumenballen über das Mundstück und nahm ebenfalls noch einen tiefen Zug. Der Beamte, der etwas abseits stand, verzog angewidert das Gesicht.

»Du bist der Erste, ich meine von den anderen, der mit mir einen trinkt.« Dabei schielte er wieder auf die Flasche, die ihm Stocker wortlos hinschob.

Mehrere Minuten verstrichen so, nur unterbrochen vom abwechselnden Trinken der beiden ungleichen Saufkumpane.

»Herr Stichler, ich brauche Ihre Hilfe«, unterbrach Stocker dann die Stille mit ganz leiser Stimme, so als hätte er Angst, sein Gegenüber zu erschrecken.

»Herr Stichler. Mann, so hat mich schon lange keiner mehr angesprochen.« Dann machte er eine wegwerfende Geste, als wolle er die Schatten der Vergangenheit verscheuchen, nahm einen Schluck und sah den Commissario erwartungsvoll an.

»Sie kennen sich doch im Domviertel sehr gut aus«, begann Stocker. »Ich meine, Sie kennen die Häuser, die Menschen, die dort leben, und auch die Autos, die dort stehen. Ist Ihnen da gestern Abend oder auch nachts vielleicht irgendetwas Ungewöhnliches aufgefallen?«

»Wo und was?«, kam es präzise zurück.

»Im Pfaffengässchen. Ein Auto, das dort nicht hingehört. Oder Leute, die dort nicht wohnen.«

Stichler kratzte sich seinen verschorften Scheitel.

»Also, da stand gestern Nacht so ein riesiger amerikanischer Schlitten. Hat die halbe Straße versperrt. Der gehört dort bestimmt niemandem. Müsste ja blöd sein, sich so ein Teil zu kaufen, wenn man in so einer engen Gasse wohnt. Oder?«

»Wann war das denn?«

»So gegen Mitternacht. War gerade auf dem Weg nach Hause. Brauche nämlich meinen Schönheitsschlaf.« Der

Abstinenzler ließ ein krächzendes Lachen hören, das in einem Hustenanfall endete. Dabei drehte er sich auf die Seite und sein Hosenbein rutschte nach oben. Sein rechter Fuß steckte barfuß in einem uralten, versifften Turnschuh und ein durchsichtiger Plastikbeutel ersetzte die Socke. Dieser gab den Blick frei auf eine blaurote, eitrige Masse, die wohl einmal Fleisch und Haut gewesen war. Jetzt war auch klar, woher dieser bestialische Gestank kam, abgesehen von den Urindünsten, die der Hose entströmten.

Stocker wandte sich seinen Kollegen zu. »Bringen Sie mir mal ein paar Gummihandschuhe und eine Decke. Er muss so schnell wie möglich ins Krankenhaus, sonst haben wir einen Zeugen weniger. Ina, machen Sie mir die hintere Türe auf und legen Sie die Decke über die Rückbank.«

Inzwischen hatte die Flasche Cognac ihre Wirkung getan. Willenlos ließ sich der Abstinenzler auf die Füße zerren und zum Auto führen. Stocker wickelte ihn in die Decke ein und schnallte ihn fest. Dann stieg er ein und öffnete sofort die Seitenfenster.

»Vielleicht sollte ich besser fahren«, meldete sich Ina.

»Au ja, keine schlechte Idee. Bei dem Frühstück«, kam es zurück.

Kaum war er auf den Beifahrersitz gerutscht, sprang Kassandra auf seinen Schoß. »Du gestattest, Großer, denn da hinten halt ich es nicht aus.«

Kurz vor dem Zentralklinikum schaltete Stocker das Blaulicht hinter der Frontscheibe ein. »Damit sie uns nicht gleich wieder rausschmeißen«, lachte er. Direkt vor der Notaufnahme brachte Ina den Wagen zum Stehen. Zwei Pfleger und eine Schwester eilten heraus. Er hielt ihnen seinen Ausweis unter die Nase, deutete auf den Rücksitz und sagte: »Einmal waschen und pflegen.«

»Oh mein Gott!«, entfuhr es der Schwester. »Muss das sein?«

»Muss sein. Er ist Zeuge in einem Mordfall, und wenn ich ihn mit dem Bein da draußen liegen lasse, macht er seine Aussage nur noch vor dem Jüngsten Gericht.«

»Sie müssen aber noch mit reinkommen und den Papierkram erledigen.«

Die Büchse der Pandora

Das Sonnenlicht fiel schräg durch die bunten Jugendstilfenster und zeichnete bunte Flecken auf die Wände des Treppenhauses.

Stocker drückte auf den Messingknopf der Klingel. Ein melodisches Ding-Dong erklang. Doch in der Wohnung war kein Laut zu hören.

Er war gerade im Begriff, die Klingel ein zweites Mal zu betätigen, als der Riegel zurückgeschoben wurde und die große Türe sich wie in Zeitlupe öffnete. Sperling sah seine Besucher an und ging wortlos voran in sein Arbeitszimmer. Ina schloss hinter Kassandra leise die Türe und folgte Stocker über den Flur. Der Ornithologe wies auf einen blau gepolsterten Zweisitzer, der dem Schreibtisch gegenüberstand, und nahm hinter einem Wust von Unterlagen, Zeitschriften und Büchern Platz. Dann hob er die Augenbrauen und sah seine Besucher erwartungsvoll an.

Wortlos stand Stocker auf und legte ihm die Fotografie aus Bronzkis Nachlass auf den Schreibtisch.

Sperling sah auf das Bild und dann wieder auf seine beiden Besucher.

»Sie haben sie also geöffnet«, sagte er, wobei ein müdes Lächeln seine schmalen Lippen umspielte. Als er den fragenden Ausdruck in Inas Gesicht sah, fügte er erklärend hinzu: »Die Büchse der Pandora.«

»Ich fürchte, ich verstehe immer noch nicht«, kam Ina Stocker zuvor.

»Dieses Projekt nannten wir seinerzeit ›Die Büchse der Pandora‹. Mit ihm konnten wir Vögel als Nachrichtentransporteure ...«

»Oder als fliegende Bomben umrüsten«, unterbrach ihn Stocker und Sperling nickte. »Ich habe Ihnen bei Ihrem letzten Besuch nicht ganz die Wahrheit gesagt.«

»Aber warum Büchse der Pandora?«

»Ach Mädchen«, seufzte Sperling. »Die Büchse der Pandora ist der Inbegriff für das Unheil, das über die Welt hereinbricht. In der griechischen Mythologie war Pandora die erste Frau auf Erden. Sie wurde auf Geheiß des Göttervaters Zeus aus Lehm geschaffen und von Hermes zur Erde gebracht, um die Menschheit für den Feuerdiebstahl des Prometheus zu bestrafen. Epimetheus, der Bruder von Prometheus, nahm sie trotz aller Warnungen zur Frau ...«

»Und damit nahm das Unheil seinen Lauf, weil Pandora diese besagte Büchse, neugierig, wie Frauen nun mal sind, öffnete«, ergänzte Stocker. Den bösen Blick, den ihm Ina von der Seite zuwarf, bemerkte er nicht.

»So ähnlich«, lächelte Sperling. »Damit kamen alle Übel, Mühen und Krankheiten über die Menschheit.« Er machte eine Pause und betrachtete das Bild. Dann straffte er seinen Körper und fuhr fort. »Diese Büchse enthielt aber noch etwas. Elpis, griechisch die Hoffnung. Und das ist wohl der Grund, warum Sie beide hier sind. Richtig? Also, wie bereits gesagt, habe ich Ihnen das letzte Mal nicht ganz die Wahrheit gesagt. Das eigentliche Ziel dieser ganzen Experimente war, schnell wirkende Gifte oder

Viren unauffällig in die Nähe gegnerischer Truppenverbände zu bringen und mittels einer kleinen Sprengladung freizusetzen. Die Büchse der Pandora.«

»Herr Professor, wer hatte damals alles Kenntnis von dieser Art Experimente?«

»Ach, so groß war das Team gar nicht. Drei deutsche Wissenschaftler, zwei britische Sprengstoffexperten, eine amerikanische Virologin und ein amerikanischer Koordinator. Ein junger Schnösel, der fachlich keine Ahnung hatte, nur immer eine große Schnauze.«

Einer inneren Eingebung folgend, hakte Stocker nach. »Können Sie den Amerikaner etwas näher beschreiben?«

»Da gibt es nicht viel zu beschreiben. Fachlich keine Ahnung, aber hinter jedem Weiberrock und jeder Flasche Scotch her. Wäre damals beinahe rausgeflogen, weil er seine Kollegin permanent belästigt hat.«

»Können Sie sich noch an seinen Namen erinnern?«, fragte Stocker und rutschte auf der Couch nach vorne.

»Ja, warten Sie mal. Ich hab noch ein Bild von der ganzen Crew, da stehen die Namen dabei.« Er erhob sich und nahm ein Bild von der Wand. Umständlich öffnete er die Rückwand, entnahm die Fotografie und drehte sie um. »Hier, da stehen alle Namen drauf. Herbert Weisser, Ari Steiner, Trudi Cloud … Fred Miller. Ja genau, das war er – Fred Miller. Bin mir gar nicht mal sicher, ob das sein richtiger Name war.«

»Darf ich das Foto mal sehen?«, fragte Stocker und erhob sich halb.

»Ja natürlich, entschuldigen Sie.«

Stocker hielt es Ina mit der Bildseite hin. »Kommt Ihnen da jemand bekannt vor, außer dem Professor natürlich?«

Ina sah ihn ungläubig an. »Zu der Zeit, als das Bild

gemacht wurde, war ich gerade mal fünf Jahre alt, falls Ihnen das entgangen sein sollte.«

»Schauen Sie sich einfach die Leute an und sagen Sie mir, ob Ihnen ein Gesicht bekannt vorkommt«, fuhr Stocker ungerührt fort.

»Wenn es Ihnen Spaß macht.« Sie nahm das Foto und musterte die Personen eingehend.

»Und?«, kam es von Stocker.

»Ich bin mir nicht sicher, aber dieses Gesicht weckt irgendeine Erinnerung in mir, aber keine angenehme.«

»Denken Sie sich mal hundert Pfund dazu und eine Scotchfahne«, versuchte Stocker ihrem Gedächtnis nachzuhelfen.

Ungläubig starrte sie ihn an. »Der Amerikaner im Blue Anchor!«

»Bingo. Das ist die Verbindung zu Ihrem Projekt, Professor, und zu unserem Fall.«

Sperling schwieg, aber ein leichtes Kopfnicken bestätigte Stockers Vermutung.

»Sie haben uns sehr weitergeholfen.« Stocker erhob sich. »Vielen Dank. Darf ich dieses Foto behalten? Sie bekommen es natürlich zurück.«

Professor Sperling war ebenfalls aufgestanden. »Natürlich«, murmelte er. »Wenn es Sie glücklich macht.« Dann schlurfte er zur Wohnungstüre und entließ die drei wortlos.

Wie ein übermütiger Junge hüpfte Stocker die Treppe hinunter. Eine ältere Dame, die gerade den Postkasten leerte, sah ihn missbilligend an.

»Nehmen Sie es ihm nicht übel, aber er ist geistig etwas zurückgeblieben«, sagte Ina im Vorbeigehen.

»Armer Junge«, flüsterte die Alte und ihr Gesichtsausdruck wechselte von Empörung zu Bedauern.

Als Ina auf die Straße trat, stand Stocker mit verdrehten Augen vor ihr, die Zunge in die Unterlippe geschoben und machte einen unsäglich doofen Gesichtsausdruck.

»Langsam glaubt man es dir«, kommentierte Kassandra die Szene. »Vielleicht nimmt Sie dich ja aus Mitleid.« Stocker verschluckte sich und krümmte sich hustend, während Ina ihm auf den Rücken klopfte.

»Kleine Sünden bestraft der liebe Gott sofort.«

»Dann müssten Sie ja einen Blutsturz erleiden, die arme Omi derart anzulügen. Ina, mit Ihnen nimmt es auch mal ein schlimmes Ende.«

»Wenn ich noch lange mit Ihnen zusammenarbeite, schon.«

Erschreckt fuhr Stocker hoch und sah sie mit zusammengekniffenen Augen an. »Wollen Sie weg?«

»Vielleicht«, kam es zurück, während sie sich abwandte und dem Auto zustrebte.

»Hey, Großer, jetzt solltest du mal dein Gesicht sehen, noch dämlicher als vorher«, maunzte Kassandra, stellte den Schwanz und trippelte hinter Ina her.

»Halt bloß deine vorlaute Klappe, du Wollhaufen.«

»Probleme?« Ina lachte Stocker an, während sie einstieg.

»Ja, ich brauche eine Verbindung zwischen diesem versoffenen Amerikaner und Weinsberg. Damit würde sich der Kreis schließen.«

»Rufen Sie doch Pierre an. Er wollte ohnehin nachforschen, wo Weinsberg seinerzeit auf Malta residiert hat.«

»Das ist es!« Während Stocker auf den Aufbau der Verbindung wartete, flüsterte er zu Ina gebeugt: »Ich werde Ihre Idee Wörner gegenüber lobend erwähnen.« Er grinste dabei von einem Ohr zum anderen. Ina verdrehte nur die Augen.

»Pierre Naudi *speaking*«, kam es aus der Freisprechanlage.

»Hey, Pierre, hier sind Ina und Florian. Erinnern Sie sich noch an den Amerikaner im Blue Anchor? Könnten Sie versuchen rauszukriegen, ob es zwischen ihm und Weinsberg eine Verbindung gibt?«

»Mache ich. Sobald ich was habe, rufe ich zurück. Schöne Grüße an Ina.« Dann hatte er aufgelegt.

»So, und wir fahren jetzt ins Büro und gehen jedes Detail nochmals durch, vielleicht kommt was dabei heraus. Rufen Sie mal Paulus und den Leichenschnipsler an. In eineinhalb Stunden bei mir im Büro.« Damit startete er den Wagen und ein hochmotivierter Stocker fuhr Richtung Kommissariat.

»Ich weiß ja nicht, was es so Dringendes gibt, aber die Gestaltung meines Abends hatte ich mir ganz anders vorgestellt«, tönte Göttler und platzte in Stockers Büro. Dann bückte er sich und nahm Kassandra auf den Arm, bevor er den Anwesenden zunickte.

»Kaffee?«, Stocker lächelte in die Runde. »Mit Grappa?«, fuhr er an Göttler gewandt fort.

»Hör auf, Süßholz zu raspeln«, kam es zurück.

Stocker erhob sich, schlug ein Blatt des Flipcharts nach hinten und begann, Stichwörter auf die leere Seite zu schreiben: Ariane Weinsberg, Debatista, Bronzki, der schräge Konsul, Klaus Weinsberg, Bernadette Colbert, Hadji Thomar, die Büchse der Pandora, Fred Miller, Claudius Schach, Vogelstation, Heroin.

Mit wenigen Worten betete er die Fakten der letzten Tage herunter.

»Und was hat die Büchse der Pandora mit unserem Fall zu tun?«, unterbrach ihn Jens Meier.

»Der hat seinen Kopf auch nur zum Haareschneiden«, maunzte Kassandra und schaute unter Göttlers kraulender Hand hervor, wo sie ein strafender Blick Stockers traf. Beleidigt drehte sie sich um und rollte sich wieder ein.

Während die Anwesenden die Fakten zu Theorien zusammenzustellen versuchten, drifteten Stockers Gedanken langsam ab und eine Idee nahm langsam, aber sicher Gestalt an. Ina, die diesen Gesichtsausdruck kannte, schwante nichts Gutes.

Nach zwei Stunden Diskussion ohne ein belegbares Ergebnis löste Stocker die Runde auf.

Die Fakten waren klar, die Verdachtsmomente eindeutig, es fehlten lediglich die Beweise.

Bis auf Ina und Göttler hatten alle das Büro verlassen.

»Was brüten Sie aus, Commissario?«, meldete sich Ina zu Wort.

»War nur so eine Idee. Habt ihr Lust auf Sushi und einen trockenen Weißwein? Ich möchte das hier mit euch durchgehen.« Dabei hielt er die Ausdrucke seiner nächtlichen Aufnahmen bei Claudius Schach in die Höhe.

Mit einem großen Karton Sushi beladen, betraten sie den Aufzug zu Stockers Apartment.

Ina richtete das Sushi auf einer großen Platte an, Göttler öffnete den Wein und Stocker schob die Terrassentüre ganz auf, um frische Luft hereinzulassen.

Während sie angestrengt die Dokumente studierten, griffen sie abwechselnd nach einem Sushi. Kassandra lag vor ihnen auf dem Boden und erbettelte sich ab und an einen Fischbelag von der Reisunterlage. Sie liebte diesen rohen Fisch. Nur einmal hatte Stocker sie drangekriegt, indem er Wasabi, scharfen grünen Meerrettich, unter den

Fisch geschmiert hatte. Drei lange Tage war sie danach nicht mehr aufgetaucht.

»Also, wenn ich mir das hier anschaue, wundert es mich nicht, dass jemand unseren kleinen Dicken aufgeschlitzt hat«, meldete sich als Erster Göttler zu Wort. »Ach, das hab ich dir ja noch nicht erzählt. Also, unser Gummibärchen ist verblutet. Keine sonstigen Anzeichen äußerlicher Gewalteinwirkung. Auch kein Alkohol oder Drogen. Zur Wunde passt nur ein äußerst scharfes und schmales Messer, ähnlich wie es in Japan für Harakiri verwandt wurde.«

»Oder bei dem Dicken an der Wand hing, neben dem Schreibtisch«, gurrte Kassandra und legte ihr Köpfchen auf die Pfoten.

»Was hast du gesagt?«, entfuhr es Stocker.

»Ich habe dir gerade den Obduktionsbericht in einer auch für dich verständlichen Form versucht wiederzugeben«, antwortete Göttler.

»Nein, nein, dich mein ich doch gar nicht.« Damit wandte er sich seiner Katze zu. Göttler verdrehte die Augen und sah Ina mit einem Schulterzucken an.

»Kassandra, würdest du bitte noch einmal wiederholen, was du gerade gesagt hast.«

Die Katze öffnete das linke Auge. »Der Dicke hatte ein Messer neben seinem Schreibtisch an der Wand hängen. Wenn du mir nicht glaubst, dann ruf doch Hugo an, der hat es auch gesehen.«

»Das mach ich auch, du wirst lachen.« Damit griff er zum Telefon, suchte Hugos Telefonnummer und stellte auf Mithören.

»Bei Konsul Meyer«, meldete sich eine Stimme.

»Hugo, hier Stocker. Können Sie gerade?«

»Ja, Commissario, Herr Konsul speist heute auswärts.«

»Hugo, können Sie sich an etwas wie ein Messer erinnern, als wir …, ich meine, als wir den Notar besucht haben?« Dabei blickte er in Inas ernstes Gesicht und lächelte gequält.

»Ja, Commissario. So ein Teil hing neben dem Schreibtisch an der Wand.«

»Und warum hab ich das nicht gesehen? Danke, Hugo.« Damit legte er auf.

»Na, was sagt ihr dazu?«, kam es triumphierend von Stocker.

»Also, weißt du, Florian, manchmal glaub ich schon fast selber, dass du mit Kassandra sprechen kannst«, kommentierte Göttler den letzten Wortwechsel.

»Gib dir keine Mühe, Johann, du glaubst doch immer noch, dass ich plemplem bin. Aber soll ich dir was sagen, inzwischen ist es mir wurscht.«

»O. K., wenn das Messer an der Wand hing …«, setzte Göttler an.

»Ich weiß, was das bedeutet. Es war kein geplanter Mord«, unterbrach ihn Stocker und fuhr sich mit beiden Händen durchs Haar. »Nein, es passt alles nicht zusammen.«

»Und wenn der Mörder gar keinen Mord geplant hat und nur am Inhalt des Tresors interessiert war, so wie Sie?« Der Sarkasmus in Inas Stimme war unüberhörbar. »Er aber vom Notar überrascht wurde?«

»Das hilft uns auch nicht weiter. Die Lösung muss irgendwo in diesen Papieren stecken.«

»Man müsste sie Weinsberg einfach auf den Tisch knallen und schauen, was passiert«, sinnierte Göttler halblaut vor sich hin.

Stocker wollte schon antworten, doch ein Blick aus dem Augenwinkel auf Ina ließ ihn verstummen.

Nach einer weiteren Stunde gaben sie auf, und Ina samt Göttler verabschiedeten sich.

Als sein Besuch gegangen war, räumte Stocker das Geschirr in die Spülmaschine. Im Schlafzimmer warf er die Unterlagen aufs Bett und stieg dann unter die Dusche.

Kaum hatte er sich eingeseift, klingelte sein Handy. Triefend rannte er ins Wohnzimmer.

»Hey, Florian, ich hoffe du hast noch nicht geschlafen«, meldete sich Pierre Naudi. »Aber das Ergebnis unserer Recherchen dürfte dich interessieren. Miller und Weinsberg kennen sich. Während dieses Ornithologenkongresses hat Weinsberg bei ihm in Julians Bay gewohnt.«

»Ich hab auch was für dich«, antwortete Stocker. »Miller hat nach dem Krieg an einem Projekt mitgearbeitet, um Krankheitserreger, eng lokal begrenzt, unters Volk zu bringen.«

»Fuck«, war der einzige Kommentar.

Stocker wusch sich die angetrocknete Seife ab und legte sich kurz danach einigermaßen erfrischt aufs Bett. Langsam zog er die Fotografien der Papiere aus dem Tresor zu sich her.

»Also, wir haben eine Karte von der Umgebung von Pfronten, die offensichtlich von Bronzki stammt. Aber warum hat Bronzki dem Notar die Karte und das Foto gegeben?« Er blickte auf Kassandra, die auf ihrer Decke lag und ihn interessiert betrachtete.

»Wusste Bronzki, dass der Notar sich mit Erpressung sein mageres Gehalt aufbesserte? Und hat er ihm die Unterlagen absichtlich zugespielt? War der Notar als Lockvogel gedacht, um Weinsberg aus der Reserve zu locken? Aber warum war Bronzki auf Meyers Grundstück? Und wer hat versucht, mir einen Mord unterzujubeln? Jetzt sind wir genau wieder da, wo wir angefangen haben. Und was macht man da?«

Kassandra sah ihn gespannt an.

»Man kehrt zum Ausgangspunkt zurück!«

»Du meinst die Lagerhalle und den roten Kater?«

»Den Kater kannst du vergessen. Mich interessiert die Lagerhalle. Alle Ermittlungen von Meier diesbezüglich haben keine Anhaltspunkte ergeben. Und doch muss es einen Zusammenhang geben. Komm, wir schauen uns das Ganze noch mal an.«

Rhodanit

Alles schien sich in dem weißen, diffusen Licht der Laternen aufzulösen. Lange Schatten zeichneten sich auf dem Kopfsteinpflaster ab und selbst Kassandra wuchs so zu gespenstischer Größe.

»Willst du wieder vorne rein, damit es noch mal eins auf die Rübe gibt?«, maunzte sie.

»Wenn Madame einen besseren Vorschlag haben, gerne.«

»Madame haben. Hinten gibt es eine Art Keller, mit einem Zugang von außen. Das Schloss dürfte dir keine Probleme bereiten.«

Sie mieden den Eingangsbereich und umrundeten die Halle auf der freien Seite. Tatsächlich führte dort eine Rampe neben einem stählernen Außenkamin unter die Halle und endete an einer Stahltüre.

Vorsichtig führte Stocker den Dietrich in das Schloss ein und versuchte die richtige Stellung des Schließzylinders zu finden.

Ein Scheinwerferpaar näherte sich auf der hinteren Zufahrt, huschte über die Hallenwand und verschwand.

Es dauerte fast fünf Minuten, ehe das Schloss nachgab. »Sollte doch mal wieder bei Hugo Nachhilfe nehmen«, flüsterte er seiner Katze zu.

Sie betraten einen kleinen Raum, in dem sich ein Heizkessel befand und ein Verteilerpaneel, um das heiße Wasser zu allen Verbrauchern zu bringen. Es roch nach Heizöl und überall lag Mäusekot. Die Kontrollleuchten des Kessels tauchten den Raum in ein spärliches Licht.

Der schmale Gang zwischen Heizkessel und Verteiler endete an einer weiteren Stahltüre, die sich jedoch problemlos öffnen ließ.

Kassandra huschte die dahinter befindlichen Stufen nach oben. Nicht das leiseste Geräusch war zu vernehmen.

Die Halle lag verlassen vor ihnen. Mehrere Autos ohne Nummernschilder standen vor einer Reihe mit Gitterpaletten, die Schrottteile enthielten. Die große Maschine war verschwunden und auch die Kisten mit den Bilderrahmen.

Sie näherten sich dem Aufgang zu den Hallenbüros. Stocker blieb stehen. Kassandra strich ihm um die Beine. »Großer, mir fällt gerade etwas ein.«

»Komm mir jetzt bloß nicht mit deinem roten Kater.«

»Erstens ist es nicht mein roter Kater und zweitens lasse ich mich nicht mit so einem Stinker ein. Merk dir das.«

»Ja, ist ja schon gut. Also, was ist dir eingefallen?«

»Erinnerst du dich, was ich über Bronzkis Madonna gesagt habe?«

»Natürlich, dass sie dir gefallen hat.«

»Großer, geh mal einen Schritt zur Seite.«

»Und wozu?«

»Weil du auf der Leitung stehst. Ich habe gesagt, dass sie riecht. Und wenn ich mich jetzt erinnere, dann haben die Bilderrahmen in der Kiste ähnlich gerochen.«

Stocker erstarrte. Dann wandte er sich ganz langsam seiner Katze zu und schaute sie ungläubig an. »Bist du sicher? Absolut sicher?«

»Soll ich es dir schriftlich geben?«

Stocker drehte sich langsam um und ging zurück in Richtung Heizungsraum. Er hielt Kassandra die Türen auf, machte jedoch keine Anstalten, die äußere wieder zu verschließen.

»Großer, geht es dir gut?«, kam es leise von unten.

Doch Stocker blieb stumm. Wie in Trance ging er zu seinem Wagen. Sein Verstand arbeitete fieberhaft. Dann hatte er sich durchgerungen. Er sperrte den Audi auf, ließ Kassandra auf den Rücksitz und wählte die Nummer der Vermittlung seiner Dienststelle. »Hier Hauptkommissar Stocker. Ich brauche die Privatnummer von Paulus.«

»Sven, entschuldige, dass ich dich störe, aber ich weiß jetzt, wie das Heroin in großem Stil ins Land gebracht wird. Nein, unterbrich mich nicht und frag mich nicht, woher ich es weiß. Es sind Bilderrahmen. Bilderrahmen in Holzkisten, mit chinesischem Aufdruck. Und diese Kisten befanden sich in der Halle, in der mir der Scheitel nachgezogen wurde. Nein, jetzt sind sie verschwunden. Mehr kann ich dir nicht sagen. Mach was draus.« Dann unterbrach er die Verbindung.

Es war eine mondhelle Nacht und die Silhouette der dunklen Berge zeichnete sich klar gegen den helleren Himmel ab. Kassandra schlief auf dem Rücksitz. Stocker lenkte den Wagen mit ausgeschalteten Scheinwerfern über den Feldweg und hielt oberhalb der weinsbergschen Villa. Der See lag als dunkle Fläche vor ihnen, die das Mondlicht silbern reflektierte.

»Was hast du vor, Großer?«, maunzte es vom Rücksitz.

»So genau weiß ich das selbst noch nicht. Aber bis zum Morgen wird mir schon noch was einfallen.«

»Das heißt, wir pennen hier im Auto?«

»Wenn du was Besseres weißt«, antwortete Stocker einsilbig und fuhr den Fahrersitz zurück.

»Dann komme ich zu dir vor«, echote es. Und bevor er etwas erwidern konnte, war Kassandra nach vorne gesprungen und hatte sich auf seinen Schoß gelegt.

Stocker hatte das Fenster heruntergelassen und starrte auf die Wasserfläche. Seine Gedanken kreisten um die Toten und blieben immer wieder bei Ariane Weinsberg hängen. Als er sich kurz bewegte, erhob sich Kassandra, machte einen Buckel, streckte die Vorderpfoten und rollte sich wieder auf seinem Schoß ein. Trotz der lauen Temperaturen fröstelte er leicht. Er legte eine Hand auf seine Katze und spürte das leichte Heben und Senken ihres Brustkorbes. Eine Welle der Zärtlichkeit durchflutete ihn. Er lehnte sich zurück und schloss die Augen.

Plötzlich war er hellwach. Ein starkes Licht schien über dem See zu schweben. Noch während sein Gehirn nach einer Lösung des Phänomens suchte, vernahm er das unverkennbare Geräusch von Rotorblättern.

»Weinsbergs Bonzenschleuder. Vornehm geht die Welt zugrunde«, murmelte er.

Auf dem Grundstück flammten mehrere Scheinwerfer auf und markierten den Landeplatz zwischen Bootshaus und Villa. Inzwischen hatte der Helikopter das Bootshaus erreicht und setzte zur Landung an. Stocker schob Kassandra zur Seite, die auf dem Beifahrersitz stand und sich mit den Vorderpfoten auf dem Instrumentenbrett abstützte. »Verzeihung, Mäuschen.« Er öffnete das Handschuhfach und entnahm ihm das kleine Nachtsichtgerät. Er richtete das Glas auf den Heli, der mitten im Licht stand. Das Motorengeräusch erstarb und nur das schwächer werdende Pfeifen der Turbine war noch wahrnehmbar.

»Weinsberg«, stellte Kassandra fest, als sich die linke Türe der Kanzel öffnete.

»Das kannst du von hier aus erkennen?«, entfuhr es Stocker überrascht.

»Tja, das haben wir Katzen euch voraus. Aber tröste dich, Großer, dafür könnt ihr den Kühlschrank alleine aufmachen.«

»Werd nicht frech.«

»Hab ich gesagt, dass man dir das ansieht? Nein! Also.«

So schlagartig, wie der nächtliche Spuk begonnen hatte, war er auch zu Ende. Nur die dunklen Umrisse des Hubschraubers im Mondlicht zeugten davon, dass es kein Traum gewesen war.

Zwei Stunden später begann es langsam zu dämmern und die Natur erwachte. Als die Sonne hinter Hochplatte und Säuling als riesiger Feuerball auftauchte, hatte das Vogelkonzert bereits seinen Höhepunkt erreicht. Kassandra streckte sich, sprang durch das offene Fenster und verschwand.

Erst eine Stunde später tauchte sie wieder auf.

»Na, frische Maus zum Frühstück?«, sagte Stocker und verzog das Gesicht.

»Nein, leckeres Filet. Der blöde Hund da unten lebt in Saus und Braus. Aber heute musste er teilen.«

»Welcher blöde Hund da unten?« Stocker sah sie mit gerunzelter Stirn an.

»Na, der blöde Dobermann von Weinsberg. Wer sonst.«

»Das heißt, du warst alleine da unten auf dem Grundstück?«

»Klar, bei dir kriege ich ja kein Frühstück. Also hab ich mir selbst was besorgt.«

»Du hast wirklich einen Schuss. Wenn der Hund dich

jetzt erwischt und zerfleischt hätte ...?« Stocker stutzte. »Moment mal. Hat nicht Göttler irgendetwas von einer fremden DNA gefaselt, die bei Bronzkis Leiche festgestellt wurde? Ich verwette den Buckel meiner Großmutter, dass die Speichelreste zu Weinsbergs Schoßhund gehören und Hugos Fleischwolf unschuldig ist. Wahrscheinlich hat er nur nachher ein bisschen am toten Bronzki rumgekaut.«

»Und was machen wir jetzt?«, fragte Kassandra.

»Erst mal telefonieren und Meier aus dem Bett schmeißen. Und dann gehen wir frühstücken.«

»Oh, bist du gemein!«, zischte Kassandra.

»Wieso? Weil ich Meier wecke?«

»Nein, weil du mir nicht gesagt hast, dass wir frühstücken gehen und ich meinen süßen Hintern für nix und wieder nix riskiert habe.«

»Du hast mich ja nicht gefragt und bist einfach verschwunden.«

»Ekel«, kam es zurück.

Stocker wählte Meiers Privatnummer.

»Keine Angst, Commissario. Ich bin schon wach«, meldete sich dieser. »Was gibt es und wo stecken Sie?«

»Erkundigen Sie sich bitte, von wo heute Nacht ein Hubschrauber gestartet ist, mit Ziel Hopfensee.«

»Und wem gehört die Kiste und wie ist die Zulassungsnummer?«

»D, Bindestrich, HKWB. Wahrscheinlich zugelassen auf Weinsberg.«

»Ffft«, pfiff Meier durch die Zähne. »Ich melde mich.« Dann hatte er aufgelegt.

»So, jetzt gibt es was zu beißen.« Er schloss die Autotüre und ließ den Wagen langsam den Berg hinunterrollen. Sie passierten das weinsbergsche Anwesen und bogen auf die Straße nach Hopfen am See. In einem der Cafés an der Uferpromenade brannte bereits Licht, aber die Türe war noch verschlossen. Stocker klopfte. Eine junge Frau erschien und schaute ihn fragend durch die Glasscheibe an. Er deutete auf seinen Bauch. Dann machte er das Zeichen für Essen und hielt sich am Türgriff fest, als wäre er total erschöpft. Erschrocken sperrte das Mädchen die Türe auf und stützte ihn am Arm.

»Danke«, flüsterte er. »Wenn Sie mir jetzt noch einen Kaffee machen, zwei Spiegeleier mit Speck und Toast und …«, er sah zur Theke hin, die bereits halb aufgefüllt war, »einen Windbeutel und einen Bienenstich, dann retten Sie mir das Leben. Ach ja, wir brauchen noch ein Schälchen Milch und …«

»Ein Nusshörnchen, Großer …«, flüsterte Kassandra.

»… und außerdem noch ein Nusshörnchen«, ergänzte Stocker.

Das Mädchen ließ seinen Arm los und blickte ihn ungläubig an. Aber Stockers Lächeln schien sie zu überzeugen.

»Nehmen Sie Platz. Aber ein paar Minuten wird es schon dauern. Die Kaffeemaschine muss erst heiß werden.« Dann war sie verschwunden.

Beim Windbeutel meldete sich Meier.

»Die Maschine ist gestern Abend nach Hof geflogen und hatte dort eine Außenlandegenehmigung direkt auf dem Gelände eines kleinen pharmazeutischen Betriebes, Aesculap Pharmaceutical Industries. Der Laden gehört zu einem amerikanischen Konzern gleichen Namens. Von dort ist sie heute Nacht wieder gestartet. War's das?«

»Vorläufig ja. Danke.«

Sobald Meier aufgelegt hatte, wählte Stocker die Nummer von Paulus.

»Hallo, Florian«, meldete sich dieser nach längerem Klingeln. »Rhodanit. Es ist vermutlich Rhodanit.«

»Was ist Rhodanit? Ich versteh nur Bahnhof«, knurrte Stocker.

»Es geht um deinen Tipp, Florian. Er war gut. Es gibt die Möglichkeit, Heroin mit Rhodanit zu versetzen und dann in jede beliebige Form zu pressen. Später wird das Ganze chemisch getrennt und wieder in die ursprüngliche Form gebracht. Leider hat der nächtliche Einsatz in der Halle nichts gebracht. Nicht mal ein Brösel war zu finden. Wir haben gerade den Geschäftsführer in der Mangel, aber bis jetzt ohne Ergebnis. Ich fürchte, wir müssen ihn wieder laufenlassen.«

»Dann lass ihn laufen und zapf sein Handy an. Meier soll dir dabei helfen. Anschließend solltest du dir die Aesculap Pharmaceutical Industries in Hof vornehmen. Ich bin mir ziemlich sicher, dass das Zeug dort aufbereitet wird. Weinsberg war heute Nacht dort.«

»Also, langsam wirst du mir unheimlich, Florian. Woher die plötzlichen Ergebnisse?«

»Nenn es Fügung des Schicksals.«

Stocker lehnte sich zurück und dachte nach. Kassandra war auf einen Stuhl gesprungen und sah ihn mit ihren gelben Augen durchdringend an. »Das solltest du nicht tun, Großer.«

»Was sollte ich nicht tun?«

»Jetzt zu Weinsberg gehen.«

»Woher weißt du …? Geh aus meinem Kopf«, flüsterte er, mit einem Seitenblick auf die Verkäuferin, die gerade eine Herrentorte in der Kühltheke versenkte.

»Du weißt genau, dass ich das nicht kann«, maunzte es zurück.

»Ja, und ich kann jetzt nicht aufgeben.«

»Wie sagt Ina, Sturschädel?«

»Lass Ina aus dem Spiel, sonst zahlst du dein Nusshörnchen selber.«

Zwanzig Minuten danach hielt Stocker vor der Einfahrt zu Weinsbergs Villa und drückte auf die Hupe. Sekunden später öffnete sich das schwere Tor, ohne dass sich jemand gezeigt hätte. Stocker fuhr langsam auf das Haus zu.

Kaum hatte er angehalten, als einer von Weinsbergs Leuten neben ihm auftauchte, einen schwarzen Dobermann an der kurzen Leine. Das Tier gab keinen Laut von sich, doch die zurückgezogenen Lefzen gaben einen eindeutigen Hinweis auf seine Absichten.

»Lenk ihn ab, dann kann ich verschwinden«, flüsterte Kassandra, die sich in den Fußraum hinter Stockers Sitz verzogen hatte.

Der Wachposten machte eine Bewegung mit dem Kopf, die eindeutig als Aufforderung zum Aussteigen gewertet werden konnte.

Stocker zog den Schlüssel ab und öffnete betont langsam die Wagentüre. Während er ausstieg, fixierte er den Hund, der dies als direkte Bedrohung auffasste und ein tiefes Grollen vernehmen ließ. Kassandra nutzte die Chance und huschte unbemerkt unter den Wagenboden.

Stocker gab sich betont lässig. Mit fragendem Blick sah er von dem Mann zum Eingang und wieder zurück. Dann folgte er der erneut stummen Aufforderung und ging auf den Eingang zu. Diesmal wurde ihm nicht von einem Dienstmädchen geöffnet, sondern von einem zweiten Bodyguard. Dieser hielt Stocker auffordernd die offene Hand hin. »Ihre Waffe, bitte.« Dabei lächelte er wie die Schlange vor dem Kaninchen.

Stocker schlug sein Jackett zurück und holte die Heckler mit zwei Fingern aus dem Holster.

Die Wohnhalle war leer und die geöffneten Terrassentüren gaben den Blick auf den dunkelblau lackierten Hubschrauber frei.

Man bot Stocker keinen Platz an. Der Mann, der ihm die Waffe abgenommen hatte, stand in gebührendem Abstand hinter ihm, während der Hundeführer jetzt auf der Terrasse auftauchte.

Minuten verstrichen. Dann tauchte Weinsberg auf. Trotz seiner Bräune sah man ihm die vermutlich schlaflose letzte Nacht an.

»Kommissar, Sie erstaunen mich und Ihre Hartnäckigkeit nehme ich mit einem gewissen Respekt zur Kenntnis. Aber was wollen Sie sich beweisen?« Dabei sah er Stocker mit einem süffisanten Lächeln an.

»Mir gar nichts«, lächelte Stocker zurück. »Aber vielleicht Ihnen, Herr Weinsberg.«

Stocker wandte sich ab und ging langsam auf die Terrassentüre zu. Während er wie abwesend auf den See und das dahinter liegende Wettersteingebirge sah, begann er betont langsam zu sprechen.

»Für mich fing alles mit einem Stauschlauch an, der bei Ihnen unter der Sitzgruppe lag. Sie erinnern sich? Nun, ich war darauf gefasst, dass Sie auf mich zukommen würden. Aber leider habe ich Sie überschätzt, oder Ihre Leute. Sie können es sehen, wie Sie wollen. Mein Abstecher in die Klinik Enzensberg hat dazu gedient, mir einen Stauschlauch zu besorgen, den Ihre Leute dann vor der Schankwirtschaft Wohlfahrt in Pfronten aus meinem Wagen entwendet haben.«

Dabei drehte er sich um und fixierte sein Gegenüber mit ausdruckslosem Gesicht. »Das Original befindet sich immer noch in meinem Besitz, zumindest indirekt.«

Weinsberg stand regungslos gegen die Sitzgruppe gelehnt da. Lediglich das Zucken seiner Gesichtsmuskulatur verriet seine Anspannung, um der überraschenden Wende Herr zu werden. Dann krallten sich seine Hände in die Kissen, bevor er sich abstieß und auf Stocker zuging.

Der Schlag in den Magen kam für diesen so unerwartet, dass er nicht mal den Ansatz einer Gegenwehr zustande brachte. Während er sich krümmte, griff Weinsberg, offensichtlich in unbeherrschter Wut, wahllos nach einer kleinen Tonstatue und schlug sie Stocker über den Schädel.

»Oh nein, Großer, nicht schon wieder die Rübe«, maunzte ein in Deckung gehender Katzenkopf, draußen in den Rabatten.

Angst

Das Erste, was Stocker wahrnahm, war eine leichte Schaukelbewegung. Er ließ sich in dieses einlullende Hin und Her hineinfallen und wehrte sich vehement dagegen, die Augen zu öffnen. Doch die Realität war stärker. Sein Körper signalisierte einen noch nicht lokalisierbaren Schmerz, der ständig zunahm. Instinktiv versuchte er, seine Lage zu verändern. Dabei drehte sich sein Körper und sein Gesicht tauchte unter Wasser. Der Mund füllte sich mit brackigem Wasser. Hustend riss er den Kopf nach oben. So hielt er sich minutenlang in widernatürlich gekrümmter Lage und versuchte, sein Gehirn zu einer Analyse der Situation zu bewegen. Die Begriffe von Wasser und Holz schoben sich in sein Bewusstsein. Wellen kamen hinzu und plötzlich der Eindruck eines Bootes. Er öffnete endlich die Augen. Der Anblick von Planken, Spanten und eines Kielbalkens fraß sich langsam aus dem Unterbewusstsein in die wahrnehmbare Realität.

Er lag direkt auf dem Kielschwein eines Bootes. Wasser dümpelte dunkel und modrig in den Zwischenräumen, die von den Spanten gebildet wurden. Die Bodenplanken waren hochgeklappt und lehnten an den Backbord- und Steuerbordkisten. Die darüber befindlichen Staufächer waren offen, wohl um einen Luftaustausch zu ermöglichen. Durch die Bullaugen fiel ein trübes Licht in das Innere der Kajüte.

›Das Bootshaus und das Kajütboot‹, ging es ihm durch den Kopf. Langsam setzten sich einzelne Fragmente zu einem Bild zusammen.

Er versuchte, seine Körperlage zu ändern, was ihm jedoch nur mit größter Anstrengung gegen einen unverständlichen Widerstand gelang. Nach einer Viertelstunde hatte er es in eine aufrechte Position geschafft. Er saß auf dem Kielschwein und sein Rücken lehnte gegen die aufgeklappten Bodenplanken. Sein heller Anzug zeigte dunkle Flecken. Ein Schuh fehlte und die Beine waren an den Knöcheln mit Kabelbindern gefesselt.

›Profis‹, schoss es ihm durch den Kopf.

Nach dieser Erkenntnis ertasteten auch seine Finger einen Kabelbinder um die beiden Handgelenke, die sich auf dem Rücken befanden.

Sein Blick wanderte zur Kajütentüre. Man war sich seiner so sicher, dass man diese nicht einmal versperrt hatte. Er versuchte, auf die Beine zu kommen, konnte seinen Körper aber gerade noch abfangen, als dieser unkontrolliert zur Seite wegzukippen drohte. Auch beim zweiten Versuch spielte ihm sein Gleichgewichtssinn einen Streich. So sank er zurück, schloss die Augen und blieb regungslos sitzen.

Er wusste nicht, wie lange er in dieser Stellung verbracht hatte, als er das Knarren der Kajütentür wahrnahm. Mühsam drehte er den Kopf und öffnete die Augen. Eine kleine, triefend nasse Katzengestalt drängte sich durch den Türspalt.

»Hallo, Großer.« Kassandra sprang den Niedergang herunter und trippelte auf dem Kielbalken zu Stocker, sprang auf seinen Schoß, richtete sich auf und begann, sein Gesicht abzuschlecken. »Mein Gott. Du siehst genauso aus wie damals nach der Lagerhalle.«

»Das ist mir eigentlich egal. Aber kann es sein, dass du mir den ganzen Latz volltropfst?«

»Wegen dir bin ich sogar geschwommen, also beschwer dich nicht.«

»Was ist mit Weinsberg?«

»Dem hast du, glaube ich, ganz schön Feuer unter dem Hintern gemacht. Jedenfalls verbrennt er Unterlagen im Kamin und telefoniert wie ein Gestörter.«

»Das ist der richtige Ausdruck. Dem ist alles zuzutrauen. Hätte ich bloß Meier oder Ina Bescheid gegeben. Aber wenigstens bist du da.« Zärtlich stupste er seine Katze mit der Nase, was wiederum mit Köpfchenreiben erwidert wurde.

»Aber leider nütze ich dir im Moment wenig. Ich kann dich hier nicht rausholen.«

»Halt mich wenigstens auf dem Laufenden, was Weinsberg angeht.«

»Das heißt wieder schwimmen. Bah. Aber für dich tue ich alles, Großer.« Damit sprang sie von der Kajüte in die Plicht und von da aus ins Wasser.

»Superkatze«, murmelte Stocker.

Das kleine Laborgebäude lag eingebettet im Grünen. Lediglich der hohe Zaun und die stark bewachte Einfahrt störten die Idylle.

Paulus hielt vor dem Tor und stieg aus. Als der Mann vom Sicherheitsdienst an den Zaun trat, hielt ihm Paulus seinen Ausweis und den Durchsuchungsbefehl vor die Nase.

Der Mann studierte die Papiere und sprach dann in

sein Headset. Nach etlichen Sekunden des Zuhörens wandte er sich wieder an Paulus.

»Es tut mir leid, aber ich habe strikte Anweisung, das Tor geschlossen zu halten. Die Firmenleitung wird versuchen, das Missverständnis zu klären. Bis dahin muss ich Sie leider auffordern, auch die Zufahrtsstraße zu räumen, da sie privat ist.«

Paulus sah den Mann eindringlich an, der, wie um seine Aussage zu bekräftigen, die Hand auf seinen Colt legte, den er am Gürtel trug.

Paulus stieg ohne Erwiderung in seinen Wagen und setzte zurück.

»Sie versuchen, Zeit zu schinden, um das Zeug verschwinden zu lassen«, sagte er zu seinem Assistenten, der alles vom Beifahrersitz aus beobachtet hatte. »Geben Sie den Befehl zum Zugriff.« Hinter der nächsten Biegung hielten sie an. Sekunden später fuhren drei gepanzerte Geländewagen des SEK an ihnen vorbei und durchbrachen das Tor.

Als Ina ins Büro kam, war Meier in hellster Aufregung. »Unser Commissario hat Weinsberg an den Eiern.«

»Wie bitte?«, fragte Ina.

»Entschuldige, ich meine, er hat herausgefunden, dass und wie Weinsberg Heroin ins Land bringt.«

»Und wie? Mensch, Jens, lass dir nicht alles aus der Nase ziehen.«

»Paulus nimmt gerade eine Firma in Hof in einem Großeinsatz auseinander. Weinsberg hat Heroin in Form von Bilderrahmen ins Land gebracht. Fällt keiner Sau auf, wenn nicht gerade ein Drogenhund dran schnüffelt. Irgendwie ist Stocker da draufgekommen. Aber frag mich nicht, wie.«

»Kassandra«, entfuhr es Ina.

»Wie bitte?« Meier schaute sie mit großen Augen an.

»Ach, vergiss es. Und wo ist Stocker jetzt?«

»Du, keine Ahnung. Ich vermute, dass er Weinsberg auf den Zahn fühlt«, antwortete er mit einem Schulterzucken.

»Alleine?« Ina schrie fast. »Ja seid ihr denn alle bescheuert? Der legt ihn doch glatt um! Oh mein Gott, was mach ich jetzt? Pass auf, du besorgst sofort einen Haftbefehl von Horn und verständigst das K8. Ich fahre zu Weinsberg.«

»Ina …«, sagte Meier. Doch die war schon zur Türe hinaus, ihr Waffenholster in der Hand.

An Cora gerichtet rief sie: »Ruf in der Fahrbereitschaft an. Ich brauche einen schnellen Wagen.«

Sie nahm immer zwei Stufen auf einmal und stürmte in die Fahrbereitschaft. Der Beamte begann gerade umständlich, ein Formular mit mehreren Durchschlägen und einen Autoschlüssel herauszusuchen. Doch Ina schnappte sich nur den Schlüssel.

»Aber Frau Schatz, Sie müssen das Formular …«

Dann resignierte er. In dem Moment erschien Inas Kopf wieder im Türrahmen. »Welcher?«

»Der Porsche«, war die Antwort.

Stocker hatte inzwischen versucht, auf die Beine zu kommen, doch ohne Erfolg. Die Fußfesseln und die überkreuzten Beine machten es ihm unmöglich, auch nur einen Schritt auf dem Schiffsboden zurückzulegen.

Mit quietschenden Reifen hatte Ina die Tiefgarage des Präsidiums verlassen. Sie schob das Blaulicht aufs Dach, dann wählte sie Wörners Handynummer.

»Ja«, meldete sich dieser.

»Hallo, Chef, ... nein unterbrechen Sie mich nicht. Ich bin auf dem Weg nach Füssen. Florian Stocker ist alleine bei Weinsberg und der ist zu allem fähig. Wir brauchen einen Haftbefehl wegen Verdunkelungsgefahr und ein Sonderkommando.«

»Hören Sie zu, Ina«, schnaufte Wörner ins Telefon. »Ich bin gerade bei Staatsanwalt Horn und versuche, ihm die Situation klarzumachen. Sie kommen jetzt bitte sofort zurück, damit wir uns die nächsten Schritte überlegen können.«

»Bis ihr überlegt, ist Stocker tot und Weinsberg verschwunden.« Dann unterbrach sie die Verbindung.

Wörner sah Horn besorgt an. »Die Schatz hat aufgelegt. Sie ist unterwegs zu Weinsberg.«

»Genauso stur wie ihr Chef«, fluchte Horn und griff zum Telefonhörer.

Der Zugriff lief mit der gewohnten Präzision ab. Während sechs Mann die Eingangstüre sprengten und das Labor stürmten, war die zweite Hälfte der Mannschaft durch einen Seiteneingang und die Garage ins Gebäude eingedrungen. Die drei Männer vom Wachpersonal hatten sich ohne jeglichen Widerstand ergeben.

Als Paulus kurz darauf mit zwei Mitarbeitern das Labor betrat, bestätigte sich Florian Stockers Aussage.

Der Beamte der Verkehrsüberwachung hatte es sich gerade in seinem Wagen am Ende der zweispurigen Überholstrecke kurz vor Kaufbeuren bequem gemacht. Dann nahm er aus den Augenwinkeln einen silbernen Streifen wahr und spuckte sich vor Schreck heißen Kaffee auf sein Hemd, als auf seinem Überwachungsmonitor eine Geschwindigkeit von 240 km/h angezeigt wurde.

Ina schaffte die Strecke Augsburg – Füssen in 55 Minuten. Als sie oberhalb der weinsbergschen Villa aus dem Wagen stieg, zitterten ihr die Knie und sie musste sich erst einmal auf den Kotflügel setzen.

Ein dunkelblauer Hubschrauber stand auf der Rasenfläche zwischen Bootsschuppen und Haus. Ansonsten schien nichts auf irgendwelche außergewöhnlichen Ereignisse hinzuweisen. Von Stockers Wagen fehlte jede Spur.

Sie holte ihre Waffe aus dem Fußraum des Beifahrersitzes, wohin sie nach dem ersten Bremsmanöver gerutscht war, als ihr Handy klingelte. Es war Meier.

»Hallo, Ina. Paulus hat gerade angerufen und wollte den Commissario sprechen. Die Angaben, die er gemacht hatte, haben sich bestätigt. Weinsberg betreibt ein Labor, in dem Heroin aufbereitet wird. Ich hab versucht, ihn über Handy zu erreichen, aber es ist tot. Sein letzter Anruf kam vom Hopfensee.«

Das Wort tot riss Ina aus ihrer Starre.

»Danke, ich steh jetzt oberhalb von Weinsbergs Villa. Der Hubschrauber steht noch da. Ich geh jetzt näher ran.« Dann legte sie auf. Sie holte das Handy aus der Halterung und stellte es auf ›Lautlos‹.

Deckung suchend, lief sie hinunter zum Grundstück. Es herrschte Totenstille.

Sie ging rechts herum am Zaun entlang und versuchte durch die Büsche einen Blick auf das Grundstück zu erhaschen. Doch nur gelegentlich gelang es ihr, das dichte Blattwerk zu durchdringen.

Als sie das Ende des Zaunes am See erreicht hatte, kehrte sie um und bewegte sich in Richtung der großen Einfahrt. Sie machte jedoch einen großen Bogen, um nicht von der Kamera erfasst zu werden.

Gerade war sie auf dem Weg Richtung Bootshaus, als

sie ein tiefes und grollendes Knurren vernahm und daraufhin eine Stimme. »Schon wieder dieses Katzenviech. Wenn der Hund zu blöd ist, sie zu erwischen, knall ich sie ab!«

›Kassandra‹, schoss es Ina durch den Kopf. ›Wenn sie da ist, kann auch Florian nicht weit sein.‹ In dem Moment spürte sie etwas Weiches an ihrem rechten Bein und hörte ein vertrautes »Miau«. Sie bückte sich und nahm die kleine Katze auf den Arm. Doch Kassandra befreite sich sofort wieder und lief vor ihr her zum Bootshaus.

»Ist Florian da drin? Sag es mir, Kassandra.«

Ein leises »Miau« war die Antwort.

Fieberhaft suchte Ina nach einer Möglichkeit, in das Bootshaus zu gelangen.

Einzige Chance war das Ende des Zaunes, das, mit Stahlspitzen bewehrt, gut fünf Meter in das Wasser hinausreichte. Ina klammerte sich an die obere Traverse und hangelte sich Zentimeter für Zentimeter dem Wasser entgegen. Draußen gelang es ihr, das Ende zu umrunden, ohne sich an den Stahlspitzen aufzuspießen. Nach zwei Metern auf der Innenseite erreichte sie endlich den Steg, der in das Bootshaus hineinführte. Als sie sich umdrehte, sah sie Kassandra schwimmend unter dem großen Tor des Bootshauses verschwinden.

Die Türe, die vom Steg aus ins Innere führte, war verschlossen. Ina drückte vorsichtig mit der Schulter gegen das Holz und versuchte, den Riegel aus dem Gegenlager zu drücken. Vergebens.

»Und bist du nicht willig, so brauch ich Gewalt«, flüsterte sie. Mit aller ihr zur Verfügung stehenden Kraft trat sie mit dem rechten Fuß knapp neben das Schloss der Schuppentüre. Splitternd zerbrach das Holz, und die Türe knallte an die Innenwand. Instinktiv ging sie in die Hocke und hielt den Atem an, während sie in das Dämmerlicht lauschte. Nichts.

Plötzlich tauchte Kassandra auf dem Deck des Bootes auf und verschwand in der Kajüte.

Ina sprang ebenfalls auf das Boot und musste sich an der Kajütreling festhalten, um nicht das Gleichgewicht zu verlieren. Dann öffnete sie die Türe zum Niedergang und sah einen völlig desolaten Stocker halb auf den Spanten, halb im Wasser sitzen.

»Hey, Ina«, war alles, was er hervorbrachte. Mühsam beugte er seinen Oberkörper nach vorne und drehte seiner Assistentin die gefesselten Hände entgegen. »Hinten im Bootshaus, in dem Schrank, ist Werkzeug.«

Ina sprang auf den Steg und begann den Schrank zu durchwühlen. Sie hatte gerade einen Marlspieker* in der Hand, als die Vordertüre des Bootshauses aufgerissen wurde. Der Mann war genauso überrascht wie Ina, hatte sich aber sofort wieder gefasst und stürmte auf sie zu. Aus der Drehung heraus rammte sie ihm die rostige Spitze des Marlspiekers in den linken Unterarm. Doch bevor sie nachsetzen konnte, schlug er ihr mit dem Handrücken ins Gesicht. Durch die Wucht des Schlages stürzte sie nach hinten in den Schrank und wurde unter dem herunterfallenden Regalbrett begraben.

Noch ehe sie an Gegenwehr denken konnte, hatte sie der Bodyguard schon an den Füßen aus dem Schrank gezogen und auf den Bauch gedreht. Während er auf ihr kniete, riss er ihre Arme nach hinten und fesselte ihr die Hände auf die gleiche Weise wie bei Stocker. Dann zog er sie auf die Beine und stieß sie zur Türe. Grob packte er sie

---

* Spitzes Metall zum Spleißen von Tauen

am Oberarm und schob sie Richtung Villa, während er in sein Headset sprach.

Weinsberg saß hinter seinem Designer-Schreibtisch. Die Terrassentüre stand offen und der zugezogene dünne Vorhang bewegte sich leicht im Luftzug. Er schien Ina gar nicht wahrzunehmen. Sie stand vor seinem Schreibtisch, dort wo sie der Bodyguard hingeschoben hatte.

Nach endlos scheinenden Sekunden blickte Weinsberg auf. Über seine Lesebrille hinweg sah er Ina an. Doch diesmal lächelte er nicht.

»Fräulein Schatz, wir haben ein kleines, gemeinsames Problem. Herr Stocker, respektive Sie, besitzen etwas, das mir gehört und das ich unter allen Umständen wiederhaben muss. Leider war die Suche in Ihrer Wohnung, wo ich es vermutet hatte, erfolglos.«

Ohnmächtige Wut stieg in Ina hoch, doch sie versuchte, sich zu beherrschen.

»Das, was Sie suchen, Herr Weinsberg, ist längst auf DNA-Spuren hin analysiert und beweist eindeutig, dass Ihre Stieftochter wohl nicht freiwillig aus dem Leben geschieden ist.«

»Das ist richtig, Fräulein Schatz, tut aber nichts zur Sache. Mich interessiert lediglich, wo sich der Stauschlauch jetzt befindet. Das werden Sie doch verstehen. Also, ich höre.«

»Ganz einfach, Herr Weinsberg, im Polizeilabor.«

Weinsberg sah sie mit fassungslosem Gesichtsausdruck an. Dann lächelte er und griff zum Telefonhörer. Mit vollkommen ruhiger Stimme beschrieb er seinem Gesprächspartner das kleine Problem, wie er es nannte, das es zu lösen galt. Selbstverständlich würde er für alle entstehenden Spesen aufkommen. Dann erhob er sich.

»Ich darf Sie jetzt bitten, Ihrem Kollegen wieder Gesellschaft zu leisten, bis das Problem gelöst ist.«

Der Bodyguard betrat das Zimmer und packte Ina am Arm. Als sie sich umdrehte, glaubte sie, hinter dem Vorhang der Terrassentüre eine Bewegung wahrgenommen zu haben.

Zurück im Bootshaus, stieß der Mann sie in das Boot und verschloss die Kajütentüre.

Ina fiel direkt neben Stocker auf die Knie und kippte dann nach vorne neben ihn.

»Tut mir leid, ich glaube, ich habe es versaut«, flüsterte sie und sah ihn an.

»Schon gut, ist ja alles meine Schuld«, kam es zurück.

»Das hilft uns jetzt aber auch nicht weiter. Wir müssen hier raus. Weinsberg muss jemanden im Präsidium haben, der den Stauschlauch entwenden soll. Von Paulus' Razzia scheint er noch keine Ahnung zu haben. Das bedeutet, dass er uns umbringt, sobald er den Schlauch in seinem Besitz weiß. Und was Wörner und Meier machen, keine Ahnung.«

Ina begann, nach vorne zum Niedergang zu rutschen. Dort zog sie die Knie an und trat gegen die Kabinentüre. Nach drei, vier Stößen änderte sie die Taktik. Sie schwang die gestreckten Beine über den Kopf und ließ sie dann nach vorne auf die Türe krachen. Beim zweiten Schlag brach das Schloss aus der Verankerung und die Türflügel öffneten sich in den verrosteten Angeln.

Langsam schob sie sich jetzt nach oben und stieg den Niedergang hinauf.

Mit einem Grinsen legte Weinsberg den Hörer auf. Dann erhob er sich und trat hinaus in den Sonnenschein. Zufrieden blickte er über sein Grundstück hinaus auf den See.

Als der Mann fürs Grobe neben ihn trat, sagte er leise, ohne den Blick abzuwenden: »Nehmt seinen Wagen und lasst es wie einen Unfall aussehen.«

Der Mann nickte stumm und ging Richtung Bootshaus.

Ina hatte sich bis auf den Steg vorgearbeitet. An einer hervorstehenden Schraube in der Seitenwand des Bootshauses hatte sie es gerade geschafft, das Plastik des Kabelbinders durchzuscheuern, als die Türe des Bootshauses wieder aufflog. Bruchteile von Sekunden sahen sich Ina und ihr Widersacher in die Augen. Noch während er seine Waffe zog, hatte sie die einzige verbleibende Fluchtmöglichkeit erfasst. Mit vorgestreckten Armen hechtete sie über die Steuerbordkante des Kajütbootes hinweg in das moosig dunkle Wasser des Bootshauses und schwamm unter dem riesigen Tor hindurch. Draußen tauchte sie kurz auf, holte Luft und verschwand wieder unter der Wasseroberfläche, noch ehe der Bodyguard auf dem Steg war. Als er sah, dass die Gefangene offensichtlich versuchte, den Zaun zu umgehen, um das Ufer zu erreichen, rannte er zurück und brüllte dabei in sein Mikrophon.

Weinsberg, durch den Lärm aufgeschreckt, sah zwei seiner Leute mit gezogenen Waffen und dem Dobermann durch das geöffnete Tor nach draußen stürmen.

Der dritte Bodyguard trat auf ihn zu, um ihn zu informieren. Ein Wutausbruch Weinsbergs folgte. Dann stürmte er in Richtung Bootshaus.

Ina hatte inzwischen das Schilf erreicht. Durch den Schlamm des Ufers watete sie, immer auf Deckung bedacht, Richtung Straße.

Als sie diese links neben sich sah, lief sie im Halbschatten des Waldes so schnell sie konnte, in Richtung Hopfen am See.

Dann hörte sie entfernt das Jaulen des Dobermanns, der an der Leine riss. Angst fuhr in ihr hoch, umfasste kalt ihr Herz und begann die Beine zu lähmen. Sie hörte die Jäger hinter sich und dann Sekunden später das Hecheln des freigelassenen Dobermanns.

Plötzlich schien ein kleiner grauer Schatten neben ihr zu laufen. Erst Sekunden später erkannte sie Kassandra.

Der Hund war jetzt direkt hinter ihnen. Doch genauso unvermutet, wie sie aufgetaucht war, war die Katze wieder verschwunden – und der Hund mit ihr.

Ohne nachzudenken, lief Ina weiter. Doch Weinsbergs Häscher holten auf. Als sie sich umdrehte, konnte sie sie bereits durch die Bäume hindurch erkennen. Dann ging alles blitzschnell.

Ein schwarzer Schatten tauchte neben ihr auf. Eine behandschuhte Hand legte sich über ihren Mund und sie wurde zu Boden gerissen. Mit angstgeweiteten Augen sah sie in ein Augenpaar hinter einer Gesichtsmaske.

Weinsberg sprang in die Plicht des Kajütbootes. Durch das Schaukeln des Bootes drohte Stocker, der sich gerade mühsam aufgerichtet hatte, wieder umzukippen. Doch Weinsberg riss ihn auf die Beine und stieß ihn in Richtung Niedergang. Der dritte Bodyguard packte ihn und zog ihn nach draußen. Dann schnitt er die Fußfesseln durch und schleifte ihn zum Ausgang des Bootshauses.

Die Hand löste sich von Inas Mund und ein Zeigefinger bedeutete ihr zu schweigen. Der Mann kniete jetzt neben ihr, das G 36 mit Laseraufsatz im Anschlag. Ein roter Punkt zeichnete sich auf dem rechten Oberschenkel des ersten Bodyguards ab. Der Schuss traf ihn mitten im Lauf und durchschlug den Knochen.

Stocker stolperte in den grellen Sonnenschein. Er nahm die Umrisse des abgestellten Hubschraubers wahr und sein Gehirn registrierte mit Verwunderung ein dazu passendes Fluggeräusch. Auch Weinsberg hatte den jetzt dramatisch zunehmenden Lärm wahrgenommen und drehte sich verstört um.

Der Polizeihubschrauber tauchte wie eine gespenstisch große Libelle hinter der Uferbewaldung und dem Bootshaus auf und verharrte dann im Schwebeflug über dem Strand. Weinsberg drehte sich um und blickte auf die schwarzen Gestalten des Sondereinsatzkommandos auf seiner Terrasse. Rote Punkte tanzten auf seinem weißen Lacoste-Polo.

Der Bodyguard streckte seine Hände seitlich vom Körper, ging in die Hocke und legte seine Waffe ins Gras.

Weinsberg grinste Stocker ins Gesicht. »Ein Missverständnis, Commissario. Nichts als ein bedauerliches Missverständnis.« Dann ging er gemessenen Schrittes auf das Haus zu.

Ina trat mit einer Wolldecke über den Schultern durch die Einfahrt. Sie ging direkt auf Stocker zu und legte einfach ihren Kopf an seine Schulter.

Dann richtete sie sich auf und sah ihm ins Gesicht.

»War wohl knapp«, sagte er leise.

»Kann man so sagen. Aber Sie hatten recht. Paulus hat

Ihre Vermutung bestätigt. Das Labor in Hof war tatsächlich für die Drogenaufbereitung zuständig.«

Weinsberg wurde in Handschellen von einem Polizisten aus dem Haus und zu einem wartenden Polizeifahrzeug geführt. Sowohl Ina als auch Stocker nahmen gleichzeitig aus den Augenwinkeln eine Bewegung wahr.

Claudia Weinsberg hatte sich aus dem Schatten der Garagen gelöst. Wie in Zeitlupe, beide Hände in den Taschen ihres schwarzen Blazers, ging sie auf die kleine Gruppe von Personen zu. Ihr Mann drehte sich mit erstaunter Miene zu ihr um. Fünf Meter vor ihm blieb sie stehen, sah ihn an und ihr Mund formte stumm das Wort: »Warum?«

Sekunden verstrichen in absoluter Bewegungslosigkeit, bevor sie die Hände aus den Taschen nahm. Mit beiden Händen umklammerte sie eine Pistole. Die Schüsse trafen Klaus Weinsberg mitten in die Brust. Langsam kippte er nach hinten gegen das Einsatzfahrzeug und hinterließ, nach unten rutschend, eine breite, blutige Spur auf dem silbernen Lack.

Staatsinteressen

Bereits am Tag nach Weinsbergs Ableben begann das große Aufräumen. Die Unterlagen der Aesculap Pharmaceutical Industries waren zum Teil recht aufschlussreich und zogen auch in den USA, Italien und Tunesien einige schnelle, vorbeugende Verhaftungen nach sich.

Das wahre Ausmaß des Netzwerkes und der Verantwortlichen konnte jedoch nur mühsam und unvollständig aus den Daten der weinsbergschen Computer rekonstruiert werden.

Noch in der Nacht hatte sich das BKA in die Ermittlungen eingeschaltet. Ein gewisser Herr Müller sprach in der morgendlichen Besprechung im Augsburger Präsidium von Schadensbegrenzung und vorsichtigem Vorgehen. Stockers Hinweis auf die Verbindungen nach Malta wurden sofort als nicht relevant abgewiegelt. Das war der erste Versuch, ihm einen Maulkorb zu verpassen.

»Da scheint die Scheiße ja bis zum Fußabstreifer im Kanzleramt zu reichen«, war seine treffende Bemerkung.

Sowohl Wörner als auch Müller wurden blass.

»Herr Stocker, ich muss Ihnen wohl nicht erklären, dass es sich um vorrangige staatliche Interessen handelt. Sollten Sie nicht kooperieren, würden wir uns genötigt sehen, Sie zu suspendieren«, reagierte Müller mit einem süffisanten Lächeln.

Damit hatte er jedoch genau das Falsche gesagt.

Sein Lächeln gefror, als Stocker sich vor ihm aufbaute und ihm direkt in die Augen sah. »Tun Sie das, Herr Müller, oder wie auch immer Sie heißen mögen. Sie könnten mir keinen größeren Gefallen tun. Die Presse wäre sicherlich brennend an einem Interview mit mir interessiert. Und jetzt entschuldigen Sie mich, ich muss meinen Bericht schreiben.« Damit verließ er den Raum.

Er war jedoch kaum auf der Treppe, als er Wörner hinter sich schnaufen hörte. »Mann, Stocker, ich kann Sie ja verstehen. Aber Sie haben da eine Lawine losgetreten, die alles unter sich begraben kann, uns eingeschlossen.«

»Keine Angst, ich schreib jetzt meinen Bericht und dann könnt ihr eure Rollen spielen und euch hinter staatlichen Interessen verstecken.« Damit ließ er Wörner einfach stehen und strebte mit Kassandra im Gefolge dem Ausgang zu.

Göttler saß hinter seinem Schreibtisch und frühstückte. Wortlos stand er auf und stellte Stocker eine Tasse Kaffee und einen Cognac hin. »Denke mir, dass du den brauchst.«

»Einer wird da wohl nicht reichen, um den Gestank zu vertreiben, der sich da auszubreiten beginnt.«

Göttler schob ihm einen Packen Zeitungen rüber.

»Hast du schon gelesen? Keiner unserer Politiker, Staatssekretäre und Wirtschaftsbosse hatte jemals mehr als drei Worte mit Weinsberg gewechselt. Und geschäftliche Beziehungen bestanden ohnehin nie. Ein feiner Verein. Dabei standen sie alle auf Weinsbergs Schmierplan.«

»Hast du was anderes erwartet? Da geht jetzt einigen

ganz schön der Stift. Was mich nur interessieren würde, ist, wer hat die Presse informiert?«

»Vielleicht jemand, der auf unserer Seite steht«, sinnierte Göttler.

»Detlef?«

»Wer weiß?«

Ina lag auf Stockers Couch. Kassandra hatte sich in ihren Arm gekuschelt und quittierte das Kraulen mit einem leisen Schnurren. Als Stocker aus der Küche kam, maunzte sie: »Du darfst dich ruhig zu uns legen.«

»Verrückt müsste ich sein«, kam es undeutlich zurück.

»Florian, Sie bereuen es, dass ich während der Renovierung meiner Wohnung bei Ihnen wohnen darf, nicht wahr?«, reagierte Ina, die die Worte genau verstanden hatte.

Er drehte sich um und sah sie mit zusammengekniffenen Augen an. »Nein, nein, das hat mit Ihnen gar nichts zu tun. Schließlich war es ja auch meine Schuld. Ich meine, das mit Ihrer Wohnung.«

»Was ist es dann?«

»Die Sirenenrufe einer gewissen Kassandra.«

Inas Blick wanderte von Stocker zu Kassandra. Und diesmal war das Grinsen der Katze eindeutig.

Nachspiel

Drei Tage nach den Ereignissen in Deutschland folgten weitere Reaktionen im Ausland. Doch leider nicht im Sinne der Gerechtigkeit. Eine zweistrahlige Gulfstream der Boston Air* verließ in den frühen Morgenstunden die Insel Malta in Richtung Libanon. Einzige Passagiere an Bord der Maschine waren ein gewisser Hadji Thomar und seine Tochter in Begleitung eines gewissen Fred Miller.

Pierre Naudi stand neben seinem Vauxhall auf dem Flugfeld und blickte mit zusammengepressten Lippen hinterher.

Die Morde an Edward Debatista und Bernadette Colbert wurden nie aufgeklärt, ebenso wenig wie der Diebstahl des Stauschlauches aus dem Polizeilabor und die undichte Stelle im Polizeiapparat.

Einzig die Morde an Claudius Schach und Mirko Bronzki, alias dem Biber, konnten auf das Konto von Weinsberg und seines Dobermanns gebucht werden.

Claudia Weinsberg verbüßte eine mehrjährige Gefängnisstrafe. Nach ihrer Entlassung nahm sie wieder ihren Mädchennamen an und verließ das Allgäu mit unbekanntem Ziel.

---

* Im Besitz der amerikanischen CIA befindliche Fluggesellschaft